Buch

Der engagierte Psychoanalytiker Dr. Judd Stevens führt in Manhattan eine Praxis. Alles ist in bester Ordnung, bis plötzlich zwei schreckliche Morde sein Leben überschatten.
Nicht genug, daß er durch die Verbrechen einen Patienten und seine hübsche schwarze Sprechstundenhilfe verliert, er wird von der Polizei auch noch als Täter in Betracht gezogen. Aber auch auf ihn selbst wird ein Mordversuch verübt, und er erkennt: Von Anfang an war es auf ihn abgesehen.
Die Polizei jedoch glaubt ihm noch immer nicht, und so ist er seinen Verfolgern schutzlos ausgeliefert. Der einzige Mensch, dem er vertraut, ist seine Patientin Anne Blake, aber wie sollte sie ihm helfen? In seiner Not wendet er sich an einen Privatdetektiv. Wie kann er freilich wissen, ob nicht auch dieser...? Die quälende Frage ist bald beantwortet: Der Detektiv wird selbst ermordet aufgefunden.
Jetzt muß sich der Arzt auf seine Fähigkeiten verlassen, in das Seelenleben des Gegners einzudringen, um sein und Annes Leben zu retten. Und auf diesem Weg gelingt es ihm langsam, den Mörder zu entlarven...

Autor

Sidney Sheldon, 1917 in Chicago geboren, schrieb schon früh für die Studios in Hollywood. Bereits mit fünfundzwanzig Jahren hatte er große Erfolge am Broadway. Am bekanntesten aus dieser Zeit ist wohl sein Drehbuch zu dem Musical »Annie, Get Your Gun«. Seit über einem Jahrzehnt veröffentlicht Sheldon Romane, die auch in Deutschland Bestseller wurden.

Außer dem vorliegenden Band sind von Sidney Sheldon als Goldmann-Taschenbücher erschienen:

Blutspur. Roman (6342)
Diamanten-Dynastie. Roman (6785)
Ein Fremder im Spiegel. Roman (6314)
Im Schatten der Götter. Roman (9263)
Jenseits von Mitternacht. Roman (6325)
Kalte Glut. Roman (8876)
Kirschblüten und Coca-Cola. Roman (9144)
Zorn der Engel. Roman (6553)

Sidney Sheldon

Das nackte Gesicht

Roman

Aus dem Amerikanischen
von Margret Schmitz

GOLDMANN VERLAG

Ungekürzte Ausgabe
Neuausgabe der 1973 im Rowohlt Verlag, Reinbek bei Hamburg,
unter dem Titel »Der Arzt und die Unsichtbaren«
erschienenen deutschen Erstveröffentlichung
Titel der Originalausgabe: The Naked Face
Originalverlag: William Morrow and Company, Inc., New York

Für die Frauen in meinem Leben –
Jorja, Mary – und – Natalie

Der Goldmann Verlag
ist ein Unternehmen der Verlagsgruppe Bertelsmann

Made in Germany · 14. Auflage · 2/89
© 1970 by The Sheldon Literary Trust
Alle deutschsprachigen Rechte
beim Wilhelm Goldmann Verlag, München
Umschlagentwurf: Design Team München
Druck: Elsnerdruck, Berlin
Verlagsnummer: 6680
MV · Herstellung: Sebastian Strohmaier/Voi
ISBN 3-442-06680-8

Das Atmen wurde ihm schwer. Dicht vor seinen Augen hasteten Schuhe vorbei wie in einer Parade. Sein Gesicht wurde von der Kälte des Bürgersteigs gefühllos. Er wußte, daß er nicht liegenbleiben durfte. Er riß den Mund auf, um jemand um Hilfe zu bitten. Da schoß ein warmer roter Strahl daraus hervor und ergoß sich in den schmelzenden Schnee. Ungläubig und fasziniert sah er zu, wie sich der Blutstrom durch den Schneematsch fraß und schließlich von der Bürgersteigkante herunterrann. Der Schmerz wurde heftiger. Doch es machte ihm nichts aus. Denn er dachte plötzlich wieder daran, daß er frei war. Er konnte Mary sagen, daß er frei war! Er schloß die Augen, geblendet von der Helligkeit des Himmels. Der Schnee gefror zu Eis. Aber er spürte nichts mehr.

2

Carol Roberts hörte die Empfangstür klappen und die Männer hereinkommen. Ohne den Blick zu heben, wußte sie mit sicherem Instinkt, wer sie waren. Der eine war Mitte Vierzig, etwa einsneunzig groß, ein Muskelpaket mit bulligem Schädel, kalten blauen Augen und einem verdrossenen Zug um denMund. Der andere war jünger. Er hatte feingeschnittene Züge und wache braune Augen. Die beiden Männer sahen grundverschieden aus. Trotzdem wirkten sie auf Carol wie eineiige Zwillinge.

Carol hatte gewittert, daß es Polente war. Als die beiden auf ihren Schreibtisch zukamen, fühlte sie, wie der Schweiß ihr aus den Achselhöhlen herunterrann. Fieberhaft überlegte sie, was passiert sein könnte. Chick? Nein, er hatte seit über sechs Monaten keine krummen Touren mehr gemacht. Seit dem Abend, als er sie gefragt hatte, ob sie ihn heiraten würde, und er ihr versprochen hatte, aus der Gang auszusteigen.

Sammy? Er war bei der Air Force in Übersee. Wenn ihrem Bruder was passiert wäre, hätten sie nicht die bei-

1

Um zehn vor elf Uhr vormittags barst der Himmel. Weißes Konfetti stürzte auf die Stadt herab und hatte sie Sekunden später in eine weiche Decke gehüllt. Auf den frostkalten Straßen von Manhattan verwandelte sich der Schnee rasch in grauen Matsch. Ein eisiger Dezemberwind trieb die Menschen vor sich her, die von ihren Weihnachtseinkäufen heimeilten in die wohlige Wärme ihrer Häuser.

Auch der große, schlanke Mann im gelben Regenmantel mitten im Gedränge der Lexington Avenue ging mit schnellen Schritten. Aber nicht so gehetzt wie die übrigen Fußgänger, die vor der Kälte flohen. Er hatte den Kopf erhoben und merkte nicht, wenn Passanten ihn anstießen. Er war frei – nach einem lebenslangen Fegefeuer. Er war auf dem Weg nach Hause zu Mary, um ihr zu sagen, daß es vorbei sei. Die Vergangenheit war begraben, die Zukunft strahlend hell. Er malte sich aus, wie ihr Gesicht bei der Nachricht aufleuchten würde. An der Ecke der Fiftynineth Street sprang die Ampel auf Rot. Er blieb mit der ungeduldig wartenden Menge stehen. Ein paar Häuser weiter stand ein Weihnachtsmann der Heilsarmee mit einer Sammelbüchse. Der Mann im gelben Regenmantel griff in die Tasche und suchte nach ein paar Münzen, einem Opfer für die Götter des Glücks. In diesem Augenblick stieß ihn jemand in den Rücken. Es war ein jäher, harter Stoß, der ihm durch den ganzen Körper fuhr. Wahrscheinlich ein Betrunkener, den die Weihnachtsfreude übermütig gemacht hatte. Oder Bruce Boyd. Bruce, der sich seiner Kraft nie recht bewußt war und die kindische Angewohnheit hatte, ihm weh zu tun. Aber er hatte Bruce seit über einem Jahr nicht gesehen.

Der Mann wollte den Kopf wenden, um zu sehen, wer ihn gestoßen hatte. Zu seiner Verblüffung gaben die Knie unter ihm nach. Im Zeitlupentempo, so als beobachte er sich selbst aus der Entfernung, sah er sich zu Boden sinken. Der Schmerz in seinem Rücken breitete sich aus.

den Bullen hergeschickt, um es ihr beizubringen. Die waren hier, um sie hochgehen zu lassen! Sie hatte Hasch in der Tasche, und wahrscheinlich hatte eines von diesen dämlichen Arschlöchern nicht dichtgehalten. Aber warum gleich zwei? Verzweifelt versuchte sie sich einzureden, daß sie ihr nichts tun konnten. Sie war nicht mehr die doofe kleine schwarze Nutte aus Harlem, die sie rumkujonieren konnten. Der Zug war durch. Sie war Empfangsdame bei einem der bekanntesten Psychoanalytiker von New York. Trotzdem – als die beiden Männer näher kamen, wuchs ihre Angst. Das war die Erinnerung an die vielen Jahre, in denen sie sich in stinkenden, überfüllten Wohnungen verstecken mußte, während die weißen Hüter von Gesetz und Ordnung die Türen eintraten und einen Vater, eine Schwester, einen Vetter wegschleppten.

Äußerlich war ihr nichts anzumerken. Auf den ersten Blick sahen die beiden Detektive eine junge, attraktive Negerin mit lehmfarbener Haut in einem schicken, sandfarbenen Kleid. Ihre Stimme klang kühl und unpersönlich. »Kann ich Ihnen helfen?«

Lt. Andrew McGreavy, der ältere der beiden Beamten, bemerkte die dunklen Flecken unter den Achseln ihres Kleides, die sich rasch ausbreiteten. Interessant, dachte er. Scheint sehr nervös zu sein, die Vorzimmermieze des Doktors. Er zog die Brieftasche mit der abgewetzten Marke aus der Tasche. »Lieutenant McGreavy, 19. Revier.« Er wies auf seinen Kollegen. »Detective Angeli. Wir sind vom Morddezernat.«

Mord? Ein Muskel in Carols Arm zuckte. *Chick! Er hat jemanden umgebracht! Er hat sein Versprechen nicht gehalten. Er ist doch wieder bei der Gang. Sie haben irgendwo eingebrochen und jemanden erschossen... Oder sie haben auf Chick geschossen? Tot? Sind die deshalb hier...?* Sie spürte, wie die Schweißflecken immer größer wurden. McGreavy schaute ihr zwar ins Gesicht, aber sie wußte, daß er es gesehen hatte. Carol und Männer wie dieser McGreavy brauchten keine Worte. Sie erkannten sich mit einem Blick. Sie kannten sich seit Hunderten von Jahren.

»Wir möchten Dr. Judd Stevens sprechen«, sagte der jüngere Detektiv. Seine Stimme klang sanft und höflich, sie paßte genau zu ihm. Jetzt erst fiel ihr auf, daß er ein verschnürtes Päckchen in braunem Papier in der Hand hielt.

Es dauerte ein Weilchen, bis sie begriffen hatte, was er gesagt hatte. Es ging also nicht um Chick. Oder Sammy. Oder um den Stoff.

»Tut mir leid.« Sie konnte ihre Erleichterung kaum verbergen. »Dr. Stevens ist gerade mit einem Patienten beschäftigt.«

»Es dauert nicht lange«, sagte McGreavy. »Wir wollen ihm nur ein paar Fragen stellen.« Er machte eine kurze Pause. »Wir können das hier erledigen – oder im Headquarter.«

Verwirrt starrte Carol die beiden Männer an. Was wollte das Morddezernat von Dr. Stevens? Der Doktor hatte nichts auf dem Kerbholz. Dafür kannte sie ihn viel zu gut. Wie lange eigentlich schon? Vier Jahre. Beim Schnellrichter hatte es angefangen . . .

Es war drei Uhr früh. Die Deckenlampen im Gerichtssaal tauchten alles in kalkige Blässe. Es war ein verwitterter alter, trostloser Raum, getränkt mit dem muffigen Geruch der Angst, der sich im Laufe der Jahre angesetzt hatte wie Schichten brüchiger Farbe.

Es war Carols Pech, daß Judge Murphy Dienst hatte. Erst vor zwei Wochen war sie ihm vorgeführt worden und mit Bewährung davongekommen, weil es ihr erster Zusammenstoß mit dem Gesetz gewesen war. Jedenfalls war es das erste Mal gewesen, daß die Bullen sie erwischt hatten. Diesmal würde sie nicht mit einem blauen Auge davonkommen.

Der Fall vor ihr war fast abgeschlossen. Ein großer, ruhig wirkender Mann stand vor dem Richter und sprach mit ihm über seinen Klienten, einen dicken Kerl in Handschellen, der am ganzen Leib schlotterte. Sie vermutete, daß der ruhige junge Mann sein Anwalt war. Er strahlte solch eine gelassene Sicherheit aus, daß sie den Dicken beneidete. Sie hatte niemand, der ihr beistand.

Die Männer entfernten sich. Carol hörte, wie ihr Name aufgerufen wurde. Sie stand auf und preßte die zitternden Knie fest zusammen. Der Gerichtsdiener schob sie sanft auf den Richtertisch zu. Ein Sekretär reichte dem Richter die Unterlagen.

Judge Murphy schaute Carol an, dann sah er in die Akte.

»Carol Roberts. Straßenprostitution, Stadtstreicherei. Besitz von Marihuana. Widerstand gegen die Staatsgewalt.«

Das letzte war Scheiße. Der Polizist hatte sie gestoßen, dafür hatte sie ihn in die Eier getreten. Schließlich war sie amerikanische Staatsbürgerin.

»Du warst doch vor ein paar Wochen schon mal hier, Carol . . . !«

Unsicher antwortete sie: »Kann sein, Euer Ehren.«

»Und ich habe dir Bewährung gegeben.«

»Ja, Sir.«

»Wie alt bist du?«

Klar, daß er das fragen würde! »Sechzehn. Heute ist mein sechzehnter Geburtstag. Herzlichen Glückwunsch«, sagte sie und brach laut schluchzend in Tränen aus.

Der große, ruhige Mann hatte an einem Seitentisch gestanden und seine Akten in eine Ledermappe gepackt. Als Carol zu weinen anfing, blickte er auf und beobachtete sie eine Weile. Dann ging er zum Richter hinüber und sprach mit ihm.

Der Richter unterbrach die Verhandlung. Die beiden Herren zogen sich in das Zimmer des Richters zurück. Eine Viertelstunde später wurde Carol vom Gerichtsdiener in das Zimmer geführt, wo sich der Mann eindringlich mit dem Richter unterhielt.

»Da hast du aber Glück gehabt, Carol«, sagte Judge Murphy. »Du bekommst noch einmal eine Chance. Das Gericht übergibt dich der persönlichen Betreuung von Dr. Stevens.«

Der Knabe ist also kein Rechtsverdreher, der ist Doktor! Von mir aus kann er sein, was er will, dachte sie, Hauptsache, ich komme aus dem Scheißladen hier raus, bevor die merken, daß heute gar nicht mein Geburtstag ist.

Der Doktor nahm sie in seinem Wagen mit nach Hause. Unterwegs sprach er über belanglose Dinge, auf die er keine Antwort erwartete. Er ließ ihr Zeit, sich zu fangen und nachzudenken. Vor einem modernen Apartmenthaus in der Seventy-first Street nahe am East River parkte er den Wagen. Der Nachtportier und der Fahrstuhlführer begrüßten den Doktor so gelassen, daß man glauben konnte, er käme jede Nacht gegen drei mit einer minderjährigen schwarzen Nutte nach Hause.

So eine Wohnung hatte Carol noch nie gesehen. Ein in Weiß gehaltenes Wohnzimmer mit zwei großen, niedrigen, mit sandfarbenem Tweed bezogenen Couches. Dazwischen ein riesiger, niederer Tisch mit einer schweren Glasplatte. Auf dem Tisch stand ein großes Schachbrett mit geschnitzten venezianischen Figuren. In der Diele hing ein Fernsehmonitor, auf dem man den Hauseingang und die Halle übersehen konnte. In einer Ecke des Wohnzimmers stand eine Bar aus Rauchglas mit Regalen voller Kristallgläser und Karaffen. Carol sah aus dem Fenster. Tief unten tuckerten winzig kleine Boote über den East River.

»Nach Verhandlungen habe ich immer Hunger«, sagte Stevens. »Wie wär's mit einem Geburtstagsessen?« Er nahm sie mit in die Küche. Sie sah zu, wie er geschickt ein mexikanisches Omelett mit Pommes frites, Salat und Kaffee machte. »Das ist einer der Vorteile, wenn man Junggeselle ist«, sagte er. »Ich kann mir was kochen, wenn ich gerade Lust dazu habe.«

Junggeselle war er also. Und keine Butze im Haus. Wenn sie ihre Trümpfe richtig ausspielte, konnte das eine Goldgrube werden. Als sie gegessen hatten, brachte er sie ins Gästezimmer. In diesem Raum war alles hellblau. In der Mitte stand ein breites französisches Bett mit einer blaukarierten Decke, an der Wand eine niedrige spanische Kommode mit Messingbeschlägen.

»Sie können heute nacht hierbleiben«, sagte er. »Ich bringe Ihnen einen Schlafanzug.«

Carol sah sich in dem geschmackvoll eingerichteten Schlafzimmer um und dachte: Carol Baby – da hast du einen Schnapp gemacht! Der Süße steht auf junges schwarzes Fleisch. Kann er haben!

Sie zog sich aus und verbrachte die nächste halbe Stunde unter der Dusche. Als sie ins Zimmer zurückkam, ein Handtuch um ihren glänzenden, voll entwickelten Körper geschlungen, sah sie, daß er einen seiner Schlafanzüge aufs Bett gelegt hatte. Sie grinste nur, ließ das Handtuch fallen und ging ins Wohnzimmer. Da war er nicht. Nebenan war das Arbeitszimmer. Sie schaute durch die offene Tür. Er saß an einem großen Schreibtisch, über dem eine altmodische Lampe brannte. Das Zimmer war vom Boden bis zur Decke mit Büchern vollgestopft. Sie trat neben ihn und küßte ihn auf den Nacken. »Na, komm schon, Süßer«, flüsterte sie. »Ich bin scharf auf dich wie 'n Rasiermesser.« Sie preßte ihren nackten Körper fester an ihn. »Worauf warten wir noch, Big Daddy? Wenn du mich nicht bald umlegst, schnall ich ab!«

Seine dunkelgrauen Augen musterten sie kurz. »Warum machst du dir das Leben noch schwerer?« fragte er ruhig. »Du kannst nichts dafür, daß du Negerin bist. Aber deshalb mußt du ja nicht unbedingt mit sechzehn eine ausgeflippte schwarze Nutte sein.«

Verblüfft sah sie ihn an. Hatte sie was Falsches gesagt? Vielleicht war er einer von der Sorte, die sich langsam aufgeilen und erst eine Peitsche brauchen, ehe sie was davon haben. Oder er war für die fromme Tour – erst über ihrem schwarzen Arsch beten und sie bekehren und dann vögeln. Sie griff zwischen seine Beine und streichelte ihn. »Komm schon, Süßer! Leg mich endlich aufs Kreuz.«

Er schob sie sanft von sich und setzte sie in einen Sessel. Sie war ziemlich verstört. Das war ihr noch nie passiert. Eigentlich sah er nicht so aus, als ob er schwul wäre. Aber wissen konnte man das heutzutage nicht.

»Was ist denn? Sag doch, wie du's gerne hättest – ich mach dir, was du willst.«

»Schön«, sagte er. »Reden wir miteinander.«

»Was sollen wir . . .? *Reden?*«

»Genau.«

Und sie redeten. Die ganze Nacht. Es war die merkwürdigste Nacht, die Carol je erlebt hatte. Dr. Stevens sprach über alles mögliche mit ihr, horchte sie aus, testete sie. Er wollte ihre Meinung über Vietnam wissen, über Negerghettos und Studentenunruhen. Immer wenn sie glaubte, nun wüßte sie, worauf er hinauswollte, wechselte er das Thema. Sie sprachen über Dinge, von denen sie noch nie etwas gehört hatte, und über Themen, bei denen sie sich für den größten lebenden Experten der Welt hielt. Noch Monate danach lag sie manchmal nachts wach und versuchte sich an das bestimmte Wort, die Zauberformel zu erinnern, die sie verwandelt hatte. Es war ihr nie gelungen. Schließlich war sie dahintergekommen, daß es diese Zauberformel nicht gegeben hatte. Es war so einfach, was Dr. Stevens gemacht hatte: Er hatte mit ihr gesprochen. Richtig gesprochen. Das hatte noch keiner getan. Er hatte sie wie einen normalen Menschen behandelt, einen Gleichwertigen, dessen Meinung und Gefühle ihm wichtig waren.

Irgendwann wurde ihr plötzlich bewußt, daß sie nackt war. Sie ging ins Gästezimmer und zog seinen Schlafanzug an. Er folgte ihr, setzte sich auf die Bettkante, und sie redeten weiter. Über Mao Tse-tung und Hula Hoops und die Pille. Und wie es ist, Eltern zu haben, die nie verheiratet waren. Carol erzählte ihm Dinge, über die sie noch nie mit einem Menschen gesprochen hatte. Dinge, die schon lange tief in ihrem Unterbewußtsein begraben waren. Schließlich schlief sie ein, innerlich leer und ausgehöhlt. Es war, als hätte sie eine schwere Operation hinter sich.

Nach dem Frühstück gab er ihr einen Hundert-Dollar-Schein.

Sie zögerte, dann sagte sie: »Ich habe gelogen. Gestern war gar nicht mein Geburtstag.«

»Ich weiß.« Er schmunzelte. »Aber das geht den Richter nichts an.« Er wechselte den Ton. »Sie können das Geld nehmen und gehen. Niemand wird Sie behelligen, bis Sie das nächste Mal von der Polizei aufgegriffen werden.« Er machte eine Pause. »Ich brauche eine Empfangssekretärin. Ich glaube, das wäre ein Job für Sie.«

Sie sah ihn ungläubig an. »Machen Sie keine Witze. Ich kann kein Steno, und Schreibmaschine kann ich auch nicht.«

»Sie könnten zur Schule gehen und es lernen.«

Carol sah ihn einen Moment an. Dann sagte sie mit gespielter Begeisterung: »Darauf wäre ich nie gekommen. Dufte Idee!« Sie konnte nicht rasch genug wegkommen. Ihre Freunde in *Fishman's Drugstore* in Harlem würden verdammt blöd aus der Wäsche gucken, wenn sie ihnen die 100 Dollar unter die Schnauze hielt. Das war Hasch für eine ganze Woche!

Als sie in *Fishman's Drugstore* kam, war es, als sei sie nie weg gewesen. Sie sah die gleichen bitteren Gesichter und hörte das alte trübselige, öde Gequatsche. Das war ihre Welt. Dauernd mußte sie an die Wohnung des Doktors denken. Nicht wegen der tollen Einrichtung. Es war so – sauber gewesen. Und so still. Wie eine Insel in einer anderen Welt. Und er hatte ihr eine Eintrittskarte dafür geboten. Was hatte sie zu verlieren? Sie konnte es ja mal probieren, nur so zum Spaß, um dem Doktor zu zeigen, daß er schief lag, daß eine wie sie es nie schaffen würde.

Zu ihrer eigenen Überraschung meldete sie sich in einer Abendschule an. Sie zog aus dem möblierten Zimmer aus. Dem Zimmer mit dem verrosteten Waschbecken und dem kaputten Klo und den zerschlissenen grünen Vorhängen und dem durchgelegenen Eisenbett, in dem sie ihre Träume gesponnen hatte. Sie war eine bildschöne reiche Erbin in Paris oder Rom oder London, und jeder Mann, der keuchend auf ihr lag, war ein reicher, schöner Prinz, der sie unbedingt heiraten wollte. Und jedesmal wenn einer dieser Männer seinen Orgasmus gehabt hatte und von ihrem Bauch runterrollte, war ihr Traum vorbei. Bis zum nächstenmal.

Sie gab das Zimmer und die Prinzen auf, ohne sich noch einmal umzuschauen, und zog zu ihren Eltern. Dr. Stevens gab ihr ein Taschengeld, solange sie zur Schule ging. Sie schaffte den High-School-Abschluß mit erstklassigen Noten. Bei der Abschlußfeier war der Doktor da. Seine grauen Augen leuchteten. Da war einer, der an sie glaubte! Sie war jemand! Sie bekam einen Job bei *Nedick's* und ging abends in einen Sekretärinnenkursus. Am Tag nach dem Examen fing sie bei Dr. Stevens an und konnte sich eine eigene Wohnung leisten.

Das war vier Jahre her. Dr. Stevens hatte sie immer mit der ernsten Höflichkeit behandelt wie in der ersten Nacht. Anfangs hatte sie darauf gewartet, daß er eine Anspielung machen würde, was sie früher gewesen und was nun aus ihr geworden war. Bis sie begriff, daß er sie immer als das gesehen hatte, was sie jetzt war. Er hatte ihr nur geholfen, sich selbst zu finden. Wenn sie Sorgen hatte, konnte sie mit ihm darüber sprechen. Er hatte stets Zeit für sie. In den letzten Wochen hatte sie mehrfach einen Anlauf genommen, ihm zu erzählen, was mit ihr und Chick los war. Sie hatte ihn fragen wollen, ob sie es Chick sagen sollte, aber sie hatte es immer wieder rausgeschoben. Dr. Stevens sollte stolz auf sie sein. Sie hätte alles für ihn getan. Sie hätte mit ihm geschlafen, einen Mord für ihn begangen... Und jetzt waren die Bullen vom Morddezernat da und wollten ihn sprechen.

McGreavy wurde ungeduldig. »Na, was ist, Miss?«

»Ich habe Anweisung, ihn auf keinen Fall zu stören, wenn ein Patient bei ihm ist«, antwortete Carol. Sie sah den Ausdruck in McGreavys Augen. »Ich rufe ihn an.« Sie nahm den Hörer auf und drückte auf eine Taste der Sprechanlage. Nach einer Weile kam die Stimme von Dr. Stevens aus dem Lautsprecher. »Ja – bitte?«

»Hier sind zwei Detektive, die Sie sprechen möchten. Sie kommen vom Morddezernat.«

Sie war gespannt, ob seine Stimme etwas verraten würde ... Erschrecken ... Nervosität ... Angst? Aber er antwortete gelassen wie immer. »Die Herren müssen warten.« Er schaltete sich aus.

Sie war stolz auf ihn. Die Kerle konnten *sie* einschüchtern, aber nicht den Doktor! Herausfordernd sah sie die Männer an. »Sie haben es selbst gehört.«

»Wie lange bleibt der Patient drin?« fragte Angeli.

Sie warf einen Blick auf die Uhr. »Noch 25 Minuten. Das ist der letzte Patient für heute.«

Die Männer wechselten einen raschen Blick.

»Na schön, warten wir«, sagte McGreavy seufzend. Sie setzten sich. McGreavy musterte Carol. »Ich kenne Sie doch?« sagte er.

Sie ging ihm nicht auf den Leim. »Kaum«, erwiderte sie ruhig. »Aber es heißt ja, Nigger sehen alle gleich aus.«

Genau 25 Minuten später hörte Carol die Tür klappen, die vom Sprechzimmer auf den Korridor führte. Gleich darauf kam Dr. Judd Stevens herein. Als er McGreavy sah, stutzte er. »Wir kennen uns doch?« Aber er konnte sich nicht erinnern, woher.

McGreavy verzog keine Miene. »Ja, das stimmt ... Lieutenant McGreavy.« Er wies auf seinen Kollegen. »Detective Frank Angeli.«

Judd und Angeli reichten sich die Hand. »Kommen Sie rein.«

Die Männer gingen ins Sprechzimmer und schlossen die Tür. Carol sah ihnen nach. Der Große hatte offenbar was gegen den Doktor. Oder war er nur von Natur aus so mürrisch? Fest stand nur eines: Ihr Kleid war reif für die Reinigung.

Judds Sprechzimmer wirkte eher wie der Wohnraum eines französischen Landhauses. Kein Schreibtisch, dafür etliche bequeme Sessel und kleine Beistelltische mit echten alten Lampen. An der einen Wand eine Tür, die direkt zum Korridor führte. Ein auffallend schöner Teppich auf dem Boden. In einer Ecke des Zimmers eine bequeme

Couch. McGreavy fiel auf, daß keine Diplome an den Wänden hingen. Aber er hatte sich über Stevens erkundigt. Wenn er gewollt hätte, hätte er die Wände mit Diplomen und Zeugnissen tapezieren können.

»Das ist das erste Mal, daß ich in einer Psychiaterpraxis bin«, sagte Angeli beeindruckt. »Ich wollte, bei mir zu Hause würde es so aussehen.«

»In dieser Atmosphäre entspannen sich die Patienten leichter«, sagte Judd. »Ich bin übrigens Psychoanalytiker.«

»Und was ist der Unterschied?« fragte Angeli.

»Ungefähr 50 Dollar die Stunde«, sagte McGreavy. »Mein Partner ist noch neu bei uns.«

Partner. Bei diesem Wort fiel es Judd ein. Während eines bewaffneten Raubüberfalls war McGreavys Partner erschossen und der Lieutenant schwer verwundet worden. Das war vier oder fünf Jahre her. Der Täter war ein gewisser Amos Ziffren gewesen. Sein Verteidiger hatte auf Unzurechnungsfähigkeit plädiert. Judd war als Sachverständiger hinzugezogen worden und hatte festgestellt, daß Ziffren schwachsinnig war. Fortgeschrittene Paranoia. Sein Gutachten hatte Ziffren die Todesstrafe erspart; er war in eine Anstalt gekommen.

»Jetzt erinnere ich mich wieder«, sagte Judd. »Der Fall Ziffren. Sie hatten drei Kugeln abgekriegt. Ihr Partner wurde erschossen.«

»Und ich erinnere mich an Sie«, erwiderte McGreavy, »Sie haben den Mörder rausgepaukt.«

»Was kann ich für Sie tun?

»Wir brauchen ein paar Informationen.« Der Lieutenant gab Angeli ein Zeichen. Sein Kollege machte die Kordel um das braune Päckchen auf.

»Sie sollen das hier identifizieren«, sagte McGreavy. Seine Stimme klang unbeteiligt und verriet nichts.

Angeli hatte das Päckchen geöffnet. Er hielt einen gelben Regenmantel aus Ölholz hoch. »Kennen Sie den?«

»Das könnte meiner sein«, sagte Judd.

»Das ist Ihrer. Jedenfalls steht Ihr Name drin.«

»Wo haben Sie ihn gefunden?«

»Was glauben Sie?« Es klang nicht mehr harmlos. Die Gesichter der beiden Beamten hatten sich unmerklich verhärtet.

Judd musterte McGreavy. Dann nahm er eine Pfeife aus einem Ständer und begann sie zu stopfen. »Sie sagen mir wohl besser erst einmal, was das alles soll«, erwiderte er gelassen.

»Es geht um diesen Regenmantel, Dr. Stevens«, sagte McGreavy. »Falls es Ihrer ist, möchten wir wissen, wieso er sich nicht in Ihrem Besitz befand.«

»Das ist furchtbar einfach. Als ich heute morgen hierherging, hat es genieselt. Mein Trenchcoat ist in der Reinigung. Darum habe ich den Ölmantel angezogen. Ich brauche ihn sonst nur beim Angeln. Einer meiner Patienten war ohne Mantel gekommen. Als er ging, schneite es heftig. Da habe ich ihm den Ölmantel geliehen.«

Er brach ab und fragte dann besorgt: »Ist ihm was passiert?«

»Wem?« fragte McGreavy.

»Meinem Patienten – John Hanson.«

»Sie haben ins Schwarze getroffen«, sagte Angeli. »Mr. Hanson kann Ihnen den Mantel nicht mehr persönlich zurückbringen. Er ist tot.«

Entsetzt fuhr Judd hoch. »*Tot?*«

»Er hatte ein Messer im Rücken«, sagte McGreavy trocken.

Judd starrte ihn ungläubig an. McGreavy nahm Angeli den Mantel ab und drehte ihn so, daß Judd den häßlichen Schlitz sehen konnte. Der Rücken des Mantels war mit dunklen, rostroten Flecken bedeckt. Judd mußte gegen eine Übelkeit ankämpfen.

»Ja, aber ... Wer sollte denn einen Grund haben, ihn umzubringen?«

»Das hätten wir gern von Ihnen erfahren, Doktor«, sagte Angeli. »Wer könnte es besser wissen als Sie?«

Judd schüttelte fassungslos den Kopf. »Wann ist das passiert?«

»Heute vormittag um elf«, antwortete McGreavy. »Auf der Lexington Avenue. Einen Block von hier. Ein paar Dutzend Leute müssen gesehen haben, wie er umgefallen ist. Aber sie hatten es alle verdammt eilig, nach Hause zu kommen und das Fest der Liebe zu organisieren. Sie haben ihn einfach im Schnee verbluten lassen.«

Judds Hände krampften sich um die Sessellehne.

»Wann war Hanson heute morgen bei Ihnen?« fragte Angeli.

»Um zehn.«

»Wie lange dauert eine Sitzung bei Ihnen, Doktor?«

»Fünfzig Minuten.«

»Ist er danach sofort gegangen?«

»Ja. Der nächste Patient wartete schon.«

»Ist Hanson durchs Vorzimmer rausgegangen?«

»Nein. Die Patienten kommen durchs Vorzimmer rein und gehen hinterher hier raus.« Er wies auf die Tür zum Korridor. »Auf diese Weise begegnen sie sich nicht.«

McGreavy nickte. »Hanson wurde also wenige Minuten, nachdem er Ihre Praxis verlassen hatte, ermordet. Warum war er bei Ihnen in Behandlung?«

Judd zögerte mit der Antwort. »Tut mir leid. Ich darf nicht über meine Patienten sprechen.«

»Es handelt sich um einen Mord«, sagte McGreavy. »Vielleicht können Sie uns helfen, den Mörder zu finden.«

Judds Pfeife war ausgegangen. Er zündete sie wieder an und ließ sich Zeit dabei.

»Wie lange war er schon in Behandlung?« fragte Angeli.

»Drei Jahre.«

»Was für ein Problem hatte er?«

Wieder zögerte Judd. Er dachte daran, wie John Hanson heute morgen weggegangen war: lächelnd, erregt, glücklich über seine neugewonnene innere Freiheit. »Er war homosexuell.«

»Na, da haben wir ja mal wieder was besonders Feines«, stöhnte McGreavy.

»Er *war* homosexuell«, sagte Judd mit Nachdruck. »Aber er hatte es überwunden. Heute morgen habe ich ihn aus der Behandlung entlassen. Er war auf dem Weg zurück zu seiner Frau und den beiden Kindern.«

»Ein Schwuler mit Familie?« bemerkte McGreavy spöttisch.

»Das ist nicht so selten.«

»Vielleicht wollte eines von seinen Bübchen ihn nicht gehen lassen. Es gab Krach, er hat durchgedreht und dem Treulosen ein Messer ins Kreuz gerammt.«

Judd dachte darüber nach. »Möglich«, sagte er gedehnt. »Trotzdem – ich kann es mir nicht recht vorstellen.«

»Warum nicht, Dr. Stevens?« fragte Angeli.

»Weil er seit über einem Jahr keine homosexuellen Kontakte mehr hatte. Ich halte es für wahrscheinlicher, daß er überfallen worden ist. Hanson war nicht der Typ, der sich widerstandslos ausplündern läßt. Er hätte sich gewehrt.«

»Ein mutiger verheirateter Schwuli«, sagte McGreavy bissig. Er zündete sich eine Zigarre an. »An dieser Theorie ist nur eines faul: Seine Brieftasche ist noch da. Mit über hundert Dollar drin.«

Er beobachtete Judd scharf.

»Und wenn es ein Verrückter gewesen wäre?« meinte Angeli.

Judd stand auf und trat ans Fenster. »Sehen Sie sich die Menge da unten an. Von zwanzig Menschen war einer bereits in einer Nervenheilanstalt – oder gehört eigentlich rein. Auf jeden erkannten Fall von Geisteskrankheit kommen mindestens zehn nicht diagnostizierte Fälle.«

McGreavy musterte Judd mit neugierigem Interesse. »Sie wissen wohl eine ganze Menge über die menschliche Natur?«

»Was Sie ›die menschliche Natur‹ nennen – das gibt es nicht –. So wenig wie ›die tierische Natur‹. Man kann da nicht verallgemeinern.«

»Wie lange praktizieren Sie schon?« fragte McGreavy.

»Zwölf Jahre. Warum?«

McGreavy zuckte die Achseln. »Sie sind ein gutaussehender Mann. Ich wette, viele Ihrer Patienten verlieben sich in Sie. Habe ich recht?«

Judds Miene wurde eisig. »Ich verstehe Ihre Frage nicht.«

»Kommen Sie, Doktor – Sie wissen genau, was ich meine. Wir sind doch nicht von gestern! Eine Tunte geht zum Psychiater und findet einen jungen, hübschen Doktor, dem man die Kümmerchen beichten kann.« Sein Ton wurde vertraulicher. »Sie wollen mir doch nicht weismachen, in den drei Jahren wäre es bei Hanson immer still in der Hose geblieben?«

Judd vereiste noch mehr. »Das verstehen Sie also unter ›nicht von gestern sein‹, Lieutenant?«

McGreavy ließ sich nicht beirren. »Es wäre doch gut möglich. Und noch was wäre denkbar: Sie haben Hanson gesagt, er brauche nicht mehr zu kommen. Vielleicht war ihm das nicht recht. Er hatte sich an Sie gewöhnt. Es kam zum Streit.«

Judd wurde rot vor Zorn.

Rasch warf Angeli ein: »Haben Sie eine Ahnung, Doktor, wer einen Grund haben könnte, Hanson zu hassen? Oder wen er gehaßt hat?«

»Wenn ich es wüßte, würde ich es Ihnen sagen. Ich glaube, ich weiß alles über John Hanson. Er war ein glücklicher Mann. Er haßte niemand, und ich weiß von keinem Menschen, der ihn gehaßt hat.«

»Wie schön für ihn. Sie müssen ein Wunderdoktor sein«, sagte McGreavy. »Wir werden seine Akte mitnehmen.«

»Nein.«

»Wir können sie gerichtlich beschlagnahmen lassen.«

»Tun Sie das. Aber Sie werden nichts darin finden, was Ihnen weiterhilft.«

»Warum geben Sie sie uns dann nicht freiwillig?« fragte Angeli.

»Weil ich auf seine Familie Rücksicht nehme. Sie sind

auf der falschen Spur. Es wird sich herausstellen, daß Hanson von einem Fremden getötet wurde.«

»Das glaube ich nicht«, entgegnete McGreavy scharf.

Angeli packte den Ölmantel ein und verschnürte das Päckchen. »Wenn alle Tests gemacht sind, bekommen Sie ihn wieder.«

»Behalten Sie ihn«, sagte Judd.

McGreavy öffnete die Tür zum Korridor. »Sie hören noch von uns, Doktor.« Er ging hinaus. Angeli nickte Judd zu und folgte ihm.

Als Carol hereinkam, stand Judd grübelnd im Zimmer. »Alles in Ordnung?« fragte sie besorgt.

»John Hanson ist ermordet worden.«

»*Ermordet?*«

»Man hat ihn erstochen«, sagte Judd.

»O Gott! Aber wieso denn?«

»Die Polizei hat noch keine Ahnung.«

»Wie entsetzlich!« Sie sah ihm an, daß es ihm naheging. »Kann ich irgendwas tun, Doktor?«

»Würden Sie die Praxis schließen, Carol? Ich muß zu Mrs. Hanson. Ich möchte es ihr selbst sagen.«

»Sie können unbesorgt gehen. Ich mache schon alles«, sagte Carol.

»Danke.«

Judd ging.

Dreißig Minuten später hatte Carol alles aufgeräumt. Sie schloß gerade ihren Schreibtisch ab, als sich die Eingangstür öffnete. Es war nach sechs, das Haus bereits geschlossen. Carol blickte auf. Der Mann kam lächelnd auf sie zu.

3

Mary Hanson war eine richtige Schnuckelpuppe: zierlich, bildhübsch, mit einer Traumfigur. Äußerlich wirkte sie weich, rührend hilflos und sehr feminin. In Wirklichkeit war sie so hart wie Granit. Judd hatte sie gleich zu Beginn der Behandlung von John Hanson kennengelernt. Sie hatte sich so hysterisch gegen die Behandlung ihres Mannes gesträubt, daß Judd sie zu einem klärenden Gespräch zu sich bitten mußte.

»Ich denke nicht daran, mir von meinen Freunden sagen lassen zu müsen, ich wäre mit einem Spinner verheiratet«, hatte sie ihm erklärt. »Er soll sich scheiden lassen. Dann kann er von mir aus machen, was er will.«

Judd hatte ihr klarzumachen versucht, daß eine Scheidung zu diesem Zeitpunkt John vollends ruinieren würde.

»Da ist nichts mehr zu ruinieren«, hatte Mary getobt. »Glauben Sie vielleicht, ich hätte ihn geheiratet, wenn ich gewußt hätte, daß er schwul ist? Er ist doch ein Weib!«

»In jedem Mann steckt ein bißchen was von einer Frau. Genau wie jede Frau gewisse maskuline Züge hat. In seinem Fall sind ein paar schwierige psychologische Hürden zu überwinden. Aber er bemüht sich sehr, Mrs. Hanson. Ich meine, Sie sind es ihm und den Kindern schuldig, ihm dabei zu helfen.«

Über drei Stunden hatte er mit ihr diskutiert. Am Ende hatte sie widerstrebend eingewilligt, die Scheidung vorerst hinauszuschieben. In den folgenden Monaten war ihr Interesse gewachsen. Sie hatte angefangen, ihren Mann zu unterstützen. Judd behandelte sonst prinzipiell keine Ehepaare. Doch Mary hatte ihn dringend gebeten, sie ebenfalls zu behandeln, und er hatte es in diesem Fall für richtig gehalten. Als sie sich selbst besser zu verstehen und einzusehen begann, wo sie als Ehefrau versagt hatte, machte John phantastische Fortschritte.

Und nun mußte er ihr sagen, daß ihr Mann sinnlos ermordet worden war. Zuerst verstand sie ihn gar nicht und hielt es für einen makabren Scherz. Dann begann sie zu begreifen, zu toben, zu schreien. »Er kommt nie mehr zurück! Er wird nie mehr zu mir zurückkommen!« Sie war wie ein verwundetes Tier. Die sechsjährigen Zwillinge stürzten ins Zimmer, und von da an herrschte ein unbeschreibliches Chaos. Es gelang Judd schließlich, die Kinder zu beruhigen und bei Nachbarn unterzubringen. Er gab Mrs. Hanson ein Beruhigungsmittel und rief den Hausarzt. Als er nichts weiter für sie tun konnte, ging er. Er setzte sich in seinen Wagen und fuhr ziel- und planlos umher. Seine Gedanken liefen immer in den gleichen Bahnen. Hanson hatte sich durch eine Hölle hindurchgekämpft, und im Augenblick des Sieges dieser sinnlose Tod! Ob es tatsächlich ein Homosexueller war? Ein enttäuschter früherer Freund? Möglich war es schon, aber Judd konnte es dennoch nicht glauben. Lieutenant McGreavy hatte gesagt, Hanson sei einen Block von der Praxis entfernt ermordet worden. Ein alter Freund hätte sich aber doch mit Hanson irgendwo verabredet – entweder um ihn zur Rückkehr zu überreden, oder ihm zu drohen. Aber er hätte ihm bestimmt nicht auf einer belebten Straße ein Messer in den Rücken gestoßen.

An einer Straßenecke sah er eine Telefonzelle. Da fiel ihm ein, daß er Dr. Peter Hadley und seiner Frau Norah versprochen hatte, abends zum Essen zu kommen. Sie waren seine engsten Freunde, aber er wollte heute abend niemand sehen. Er parkte an der Ecke, ging in die Zelle und rief bei den Hadleys an. Norah meldete sich. »Judd, du bist spät dran! Wo steckst du?«

»Entschuldige, Norah, aber ich kann heute abend nicht!«

»Ach, Judd!« rief Norah enttäuscht. »Wir haben eine hinreißende Blondine hier, die darauf brennt, dich kennenzulernen.«

»Ein andermal. Ich bin heute wirklich nicht in der Verfassung dazu. Bitte, entschuldige mich.«

»Ihr verdammten Ärzte!« fauchte Norah. »Warte, da ist Peter.«

Peter nahm den Hörer. »Was ist los, Judd?«

Judd zögerte. »Ach – es war ein schwerer Tag. Ich erzähl's dir morgen.«

»Du verpaßt ein sagenhaftes *smørgasbord*. Wirklich toll!«

»Beim nächstenmal«, versprach Judd. Er hörte Flüstern, dann kam Norah noch einmal an den Apparat.

»Du, Judd, sie kommt Weihnachten zum Essen. Wie ist es mit dir?«

»Ich weiß nicht«, sagte Judd ausweichend. »Wir können noch darüber reden, Norah. Bitte, sei nicht böse wegen heute abend.« Er legte rasch auf. Wenn Norah doch nur diese verdammten Kuppelversuche unterlassen wollte!

Judd hatte sehr jung als Student geheiratet. Elizabeth war Naturwissenschaftlerin gewesen, ein kluges, warmherziges, fröhliches Mädchen. Sie waren verliebt und sehr glücklich gewesen und hatten sich viele Kinder gewünscht. Am ersten gemeinsamen Weihnachtsfest war Elizabeth bei einem Autounfall ums Leben gekommen. Sie war schwanger gewesen. Danach hatte Judd sich ganz in seine Arbeit vergraben und war einer der angesehensten Psychoanalytiker geworden. Aber er konnte es heute noch nicht ertragen, mit anderen Menschen Weihnachten zu feiern. Obwohl er wußte, daß es falsch war, hatte er irgendwie das Gefühl, Weihnachten gehöre Elizabeth und dem Kind.

Vor der Telefonzelle wartete ein hübsches junges Mädchen im Minirock und einem leuchtendbunten Knautschlackmantel. Er hielt ihr die Tür auf. »Entschuldigen Sie, daß ich Sie warten ließ.« – »Aber das macht doch nichts.« Sie lächelte ihn ein bißchen schmachtend an.

Judd ahnte zwar, daß Frauen ihn attraktiv fanden, aber es war ihm gleichgültig. In seinem Beruf war es ohnehin eher ein Nachteil. Es erschwerte die Arbeit nur, wenn sich die Patientinnen in ihn verliebten.

Mit einem freundlichen Nicken ging er an dem Mädchen vorbei. Er merkte, daß sie ihm nachsah, als er in seinen Wagen stieg. Er fuhr über den East River Drive zum Merrit Parkway. Nach anderthalb Stunden erreichte er den Connecticut Turnpike. In New York war der Schnee nur dreckiger Match gewesen. Hier in Connecticut hatte er die Landschaft in eine Postkarten-Idylle verwandelt.

Er fuhr an Westport und Danbury vorbei und sah immer nur angestrengt auf die Fahrbahn oder achtete auf die Winterlandschaft, nur um nicht an Hanson denken zu müssen. Stundenlang fuhr er so durch die Dunkelheit, bis er seelisch und körperlich müde war. Dann wendete er und fuhr heimwärts.

Mike, der Portier mit dem roten Gesicht, der ihn sonst immer mit einem Lächeln begrüßte, war kühl und geistesabwesend. Wahrscheinlich Ärger in der Familie, dachte Judd. Normalerweise unterhielt er sich mit Mike über dessen zehnjährigen Sohn und die verheirateten Töchter, aber heute war er selbst nicht dazu aufgelegt. Er bat Mike, den Wagen in die Garage zu bringen.

»In Ordnung, Dr. Stevens.« Mike schien noch etwas sagen zu wollen, ließ es aber dann doch.

Judd betrat das Haus. Ben Katz, der Manager, kam gerade durch die Halle. Er sah Judd, grüßte ihn nervös und verschwand eilig in seiner Wohnung.

Was haben die alle heute abend, dachte Judd. Oder bilde ich mir das nur ein? Er stieg in den Fahrstuhl.

Der Liftboy nickte. »'n Abend, Dr. Stevens.«

»Guten Abend, Eddie.«

Eddie schluckte und sah verlegen zu Boden.

»Ist was los?« fragte Judd.

Eddie schüttelte den Kopf, sah ihn jedoch nicht dabei an.

Ach du lieber Himmel – noch ein Anwärter auf meine Couch, dachte Judd. Das Haus war plötzlich voll davon.

Eddie machte die Fahrstuhltür auf. Judd ging auf seine Wohnung zu. Plötzlich fiel ihm auf, daß er nicht gehört hatte, wie die Fahrstuhltür wieder geschlossen wurde. Er drehte sich um. Eddie stand immer noch da und starrte ihn an. Als Judd etwas sagen wollte, schloß Eddie hastig die Tür. Judd ging zu seinem Appartment und schloß die Tür auf.

Alle Lichter brannten. Lieutenant McGreavy zog gerade eine Schublade im Wohnzimmer auf. Angeli kam aus dem Schlafzimmer.

Judd fühlte, wie die Wut in ihm aufstieg. »Was machen Sie hier in meiner Wohnung?«

»Wir warten auf Sie, Dr. Stevens«, erwiderte McGreavy.

Judd knallte die Schublade zu. Fast hätte er McGreavy die Finger eingeklemmt. »Wie sind Sie reingekommen?«

»Wir haben einen Durchsuchungsbefehl«, antwortete Angeli.

Judd sah ihn ungläubig an. »Was ... einen Durchsuchungsbefehl? Für meine Wohnung?«

»Ich finde, Sie überlassen es lieber uns, die Fragen zu stellen«, knurrte McGreavy.

»Sie brauchen nicht zu antworten«, warf Angeli ein. »Sie können einen Anwalt verlangen. Außerdem machen wir Sie darauf aufmerksam, daß alles, was Sie sagen, gegen Sie verwendet werden kann.«

»Wollen Sie einen Anwalt anrufen?« fragte McGreavy.

»Ich brauche keinen Anwalt. Ich habe Ihnen gesagt, daß ich John Hanson heute morgen meinen Mantel geliehen habe, und ich habe ihn nicht wieder zu Gesicht bekommen, bis Sie ihn mir heute nachmittag in meine Praxis gebracht haben. Ich kann Hanson nicht ermordet haben. Ich hatte den ganzen Tag Patienten. Miss Roberts kann es bezeugen.«

McGreavy und Angeli warfen sich einen kurzen Blick zu.

»Wo waren Sie heute nachmittag?« fragte Angeli.

»Bei Mrs. Hanson.«

»Das wissen wir bereits«, sagte McGreavy. »Und danach?«

Judd zögerte. »Dann bin ich nur so rumgefahren.«

»Wohin?«

»Nach Connecticut.«

»Wo haben Sie zu Abend gegessen?« fragte McGreavy.

»Nirgends. Ich hatte keinen Hunger.«

»Also hat niemand Sie gesehen?«

Judd überlegte einen Moment. »Wahrscheinlich nicht.«

»Aber vielleicht haben Sie irgendwo getankt?« meinte Angeli.

»Nein. Ich mußte nicht tanken. Außerdem – was spielt es für eine Rolle, wo ich heute abend war? Hanson ist heute vormittag ermordet worden.«

»Sind Sie noch einmal in Ihre Praxis zurückgegangen?« fragte McGreavy ruhig.

»Nein«, antwortete Judd. »Warum?«

»Weil eingebrochen worden ist.«

»Was sagen Sie? Wer?«

»Das wissen wir nicht«, sagte McGreavy. »Ich möchte, daß Sie mit uns hinfahren und es sich ansehen. Sie sollen uns sagen, ob etwas fehlt.«

»Selbstverständlich. Wer hat Sie benachrichtigt?«

»Der Nachtwächter«, sagte Angeli. »Bewahren Sie Wertgegenstände in der Praxis auf? Geld? Medikamente? Drogen?«

»Nur Kleingeld«, sagte Judd. »Und keinerlei Drogen. Da war nichts zu stehlen. Es ist mir unbegreiflich.«

»Uns auch«, sagte McGreavy. »Gehen wir.«

Als sie im Fahrstuhl nach unten fuhren, warf Eddie ihm einen um Entschuldigung bittenden Blick zu. Judd nickte, um ihm zu zeigen, daß er verstand.

Die Polizei kann mich doch nicht verdächtigen, in meiner eigenen Praxis einzubrechen, dachte Judd. Offenbar hatte McGreavy es sich in den Kopf gesetzt, ihm was anzuhängen. War es Rache für seinen toten Kollegen? Aber das lag fünf Jahre zurück. Er konnte doch unmöglich fünf Jahre lang seine Wut genährt und auf eine Chance gewartet haben, es ihm heimzuzahlen?

Unten vor dem Haus stand ein nicht markierter Polizeiwagen. Schweigend fuhren sie zu seiner Praxis.

Als sie das Haus erreicht hatten, trug Judd sich unten in der Halle in die Liste ein. Der Nachtportier Bigelow sah ihn sehr merkwürdig an. Oder bildete er es sich nur ein?

Sie fuhren mit dem Fahrstuhl in den 15. Stock und gingen über den Korridor zu Judds Praxis. Vor der Tür stand ein Polizist. Er nickte McGreavy zu und trat zur Seite. Judd wollte seinen Schlüssel aus der Tasche ziehen.

»Die Tür ist offen«, sagte Angeli. Sie ließen Judd zuerst eintreten.

Im Vorzimmer sah es verheerend aus. Alle Schubladen waren herausgerissen, der Fußboden bedeckt mit Papieren. Judd sah sich fassungslos um. »Was meinen Sie, Doktor ... was haben die gesucht?« fragte McGreavy.

»Ich habe keine Ahnung.« Er machte die Tür zu seinem Sprechzimmer auf. McGreavy folgte ihm auf den Fersen.

Die beiden niedrigen Tische waren umgeworfen, eine Lampe lag zersplittert auf dem Boden, der Teppich war blutgetränkt. In einer Ecke des Zimmers lag die gräßlich zugerichtete Leiche von Carol Roberts. Sie war nackt. Ihre Hände waren mit Draht auf dem Rücken zusammengebunden. Über ihr Gesicht, die Brüste und zwischen die Schenkel war ätzende Säure gespritzt. Die Finger der rechten Hand waren gebrochen, das Gesicht von Schlägen geschunden und verquollen. Im Mund steckte ein zusammengeknülltes Taschentuch als Knebel.

Die beiden Detektive registrierten genau, wie Judd reagierte.

»Sie sehen blaß aus«, sagte Angeli. »Setzen Sie sich.«

Judd schüttelte den Kopf. Er atmete ein paarmal tief durch. Als er sprechen konnte, bebte seine Stimme vor Erregung. »Wer ... wer kann das getan haben?«

»Das wollen wir von Ihnen hören, Doktor«, sagte McGreavy.

»Ich kann mir nicht denken, wer Carol so etwas antun konnte. Sie hat in ihrem Leben keinem Menschen was getan.«

»Allmählich dürften Sie mal eine andere Platte auflegen«, sagte McGreavy. »Kein Mensch hatte was gegen Hanson. Trotzdem hat ihm jemand ein Messer ins Kreuz gedrückt. Niemand wollte Carol etwas antun. Aber man hat sie mit Säure begossen und sie zu Tode gefoltert!« Seine Stimme wurde eiskalt. »Und Sie wollen mir weismachen, daß niemand den beiden ein Haar krümmen wollte! Was sind Sie eigentlich ... taub? Oder blind? Das Mädchen hat vier Jahre bei Ihnen gearbeitet. Sie sind Psychoanalytiker. Wollen Sie behaupten, Sie hätten nichts über ihr Privatleben gewußt? Oder war es Ihnen scheißegal?«

»Natürlich nicht«, erwiderte Judd gepreßt. »Ich habe mich um sie gekümmert. Sie hatte einen Freund. Sie wollte heiraten ...«

»Chick. Wir haben schon mit ihm gesprochen.«

»Aber er kann es nicht gewesen sein. Er ist ein netter Junge. Er hat Carol geliebt.«

»Wann haben Sie sie zuletzt lebend gesehen?« fragte Angeli.

»Das habe ich Ihnen schon gesagt. Als ich weggegangen bin, um zu Mrs. Hanson zu fahren. Ich habe Carol gebeten, die Praxis abzuschließen.« Seine Stimme wurde brüchig. Er schluckte und holte tief Luft.

»Hatten Sie noch weitere Patienten für heute bestellt?«

»Nein.«

»Glauben Sie, es könnte ein Triebmord sein?« fragte Angeli.

»Es muß ein Triebtäter gewesen sein. Aber auch der braucht ein Motiv.«

»Das meine ich auch«, sagte McGreavy.

Judd schaute wieder in die Ecke, wo Carols Leiche lag. Gereizt fragte er: »Wie lange wollen Sie sie eigentlich da so liegen lassen?«

»Sie wird gleich abgeholt«, antwortete Angeli. »Wir sind schon mit allem fertig.«

»Ach ...« Judd drehte sich zu McGreavy um. »So ist das ... Sie haben sie also für mich dort liegen lassen?«

»Richtig. Ich frage Sie noch einmal: Gibt es irgend etwas in diesen Räumen, das für jemanden so wichtig sein könnte, daß er dafür –« er wies auf Carol – »dazu bereit war?«

»Nein.«

»Vielleicht in den Akten über Ihre Patienten?«

Judd schüttelte den Kopf. »Nein. Auch nicht.«

»Sie sind nicht sehr hilfsbereit, Doktor«, sagte McGreavy.

Judd brauste auf. »Glauben Sie etwa, mir läge nichts daran, daß Sie das aufklären? Wenn es in meinen Unterlagen einen Anhaltspunkt gäbe, würde ich es Ihnen sofort sagen. Ich kenne meine Patienten. Es gibt keinen einzigen darunter, der sie umgebracht hätte. Das war ein Outsider!«

»Woher wissen Sie, daß es nicht doch jemand war, der Ihre Akten haben wollte?«

»Weil sie nicht angerührt worden sind.«

McGreavy stutzte. »Wie kommen Sie darauf? Sie haben doch noch gar nicht nachgesehen.«

Wortlos ging Judd an die gegenüberliegende Wand, drückte gegen den unteren Teil der Holzvertäfelung und schob sie zur Seite. Dahinter lag ein tiefes Fach mit eingebauten Regalen voller Tonbänder. »Ich nehme alle Sitzungen mit meinen Patienten auf. Die Bänder werden hier archiviert«, erklärte er ruhig.

»Halten Sie es für denkbar, daß man Carol gefoltert hat, um sie zu zwingen, die Tonbänder herauszugeben?«

»Auf diesen Bändern ist nichts zu hören, was einen Außenstehenden interessieren könnte. Für diesen Mord hier muß es ein anderes Motiv geben.« Der Anblick von Carols geschundenen Körper erfüllte ihn erneut mit ohnmächtiger Wut. »Sie müssen den Mörder finden!«

»Das werde ich! Verlassen Sie sich darauf!« McGreavy sah Judd unverwandt an.

Die Straße vor dem Haus war menschenleer. Ein eisiger Wind fegte. McGreavy gab Angeli Anweisung, Judd nach Hause zu fahren. »Ich habe noch was zu erledigen«, sagte er. Er wandte sich zu Judd um. »Gute Nacht, Doktor.«

Judd sah ihm nach, wie er schwerfällig davonstapfte.

»Kommen Sie«, sagte Angeli. »Mir ist kalt.«

Judd setzte sich auf den Beifahrersitz. Sie fuhren los.

»Ich muß Carols Familie benachrichtigen«, sagte Judd. »Das haben wir schon gemacht.« Judd nickte müde. Trotzdem muß ich in den nächsten Tagen hin, dachte er. Was McGreavy wohl mitten in der Nacht noch erledigen muß? Als ob er seine Gedanken erraten habe, sagte Angeli: »Ein tüchtiger Mann, der McGreavy. Er hatte geglaubt, Ziffren würde für den Mord an seinem Partner auf den elektrischen Stuhl kommen.«

»Ziffren war geisteskrank.«

Angeli zuckte die Schultern. »Ich will's Ihnen ja glauben.«

Aber McGreavy glaubt es nicht, dachte Judd. Er mußte wieder an Carol denken... ihre wache Intelligenz, ihre herzliche Zuneigung zu ihm, ihren Stolz auf das, was sie erreicht hatte. Erst als Angeli ihn ansprach, merkte er, daß sie vor seinem Haus angekommen waren.

Fünf Minuten später war er oben in seiner Wohnung. An Schlaf war jetzt nicht zu denken. Er goß sich einen Brandy ein und ging in sein Arbeitszimmer. Er dachte an die Nacht, in der Carol nackt zu ihm hereingekommen war, wie sie ihren warmen, verführerischen Körper an ihn gepreßt hatte. Er hatte so kühl reagiert, weil er gewußt hatte, daß dies die einzige Chance gewesen war, ihr zu helfen. Aber sie hatte nie erfahren, welche Willenskraft es ihn gekostet hatte, nicht mit ihr zu schlafen. Oder ob sie es doch geahnt hatte? Er hob sein Glas und kippte den Brandy hinunter.

Das Leichenschauhaus sah aus wie alle Leichenschauhäuser um drei Uhr nachts. McGreavy wartete ungeduldig im Flur, bis der Coroner mit der Autopsie fertig war. Dann betrat er den grellweißen Raum. Der Coroner stand an einem der großen Waschbecken und bürstete seine Hände. Er war ein kleiner Mann mit hoher, zirpender Stimme und fahrigen Bewegungen. In raschen, abgehackten Sätzen beantwortete er McGreavys Fragen, dann verschwand er. McGreavy blieb noch einen Moment und dachte über das nach, was er gerade erfahren hatte. Dann ging er hinaus in die klirrend kalte Nacht, um sich ein Taxi zu suchen. Weit und breit war keines zu sehen. Die Scheißkerle machen wahrscheinlich alle Urlaub auf den Bahamas, und ich kann die halbe Nacht hier stehen und mir den Arsch abfrieren, dachte er. Ein Streifenwagen kam vorbei. Er winkte ihn heran, zeigte dem jungen Polizeianwärter seine Hundemarke und ließ sich ins 19. Revier fahren. Es war gegen die Vorschriften, aber es war ihm egal. Es würde eine lange Nacht werden.

Als er ins Revier kam, wartete Angeli auf ihn.

»Sie waren gerade mit der Autopsie fertig«, sagte McGreavy.

»Und?«

»Sie war schwanger.«

Angeli sah ihn überrascht an.

»Im dritten Monat. Zu spät für eine gefahrlose Abtreibung, und noch nicht so weit, daß man was sehen konnte.«

»Glauben Sie, das hätte was mit dem Mord zu tun?«

»Genau das frage ich mich. Wenn ihr Freund sie angebufft hat und sie sowieso heiraten wollten ... Na und? Dann heiraten Sie eben und haben ihr Kind kurz danach. Das gibt's jeden Tag. Wenn er sie *nicht* heiraten wollte ... Auch keine Katastrophe. Dann kriegt sie eben ihr Kind ohne Ehemann. Passiert auch jeden Tag ein paarmal.«

Wir haben mit Chick gesprochen. Er wollte sie heiraten.«

»Weiß ich«, erwiderte McGreavy. »Bleibt also die dritte Möglichkeit: Ein farbiges Mädchen ist schwanger. Sie geht zu dem Vater und sagt es ihm. Daraufhin bringt er sie um.«

»Er müßte doch wahnsinnig sein.«

»Oder verdammt gerissen. Und darauf tippe ich. Passen Sie mal auf, Angeli: Angenommen, Carol ist zu ihrem Liebhaber gekommen, hat ihm gesagt, was los ist und daß eine Abtreibung nicht in Frage kommt. Daß sie das Kind kriegen wird. Vielleicht hat sie versucht, ihn unter Druck zu setzen. Nehmen wir weiter an, er konnte sie nicht heiraten. Weil er verheiratet ist. Oder weil er weiß ist. Zum Beispiel ein angesehener Doktor mit einer schikken Praxis. Wenn sich die Sache rumgesprochen hätte, wäre er erledigt gewesen. Wer geht denn noch zu einem Psychiater, der seine schwarze Vorzimmerdame angebrütet hat und sie heiraten mußte?«

»Stevens ist Arzt«, gab Angeli zu bedenken. »Er hätte zig andere Möglichkeiten gehabt, sie umzubringen, ohne sich verdächtig zu machen.«

»So einfach ist das auch nicht. Fast alles läßt sich zurückverfolgen. Auch wenn ein Arzt Gift kauft, steht das irgendwo in den Büchern. Schauen Sie doch mal, wie geschickt das eingefädelt ist: Da bricht ein Wahnsinniger bei ihm ein, ermordet seine Sekretärin, und er ist ganz der gramgebeugte Chef, der uns beschwört, den Mörder zu finden.«

»Das beweisen Sie ihm mal.«

»Ich bin noch nicht fertig. Wir haben ja auch noch seinen Patienten, diesen John Hanson. Noch so ein sinnloser Mord. Auch von diesem unbekannten Triebtäter begangen. Ich will Ihnen was sagen, Angeli: Ich glaube nicht an Zufälle. Aber gleich zwei solche Zufälle an einem Tag ... das macht mich nervös. Ich habe mich gefragt, welche Beziehung zwischen dem Tod von John Hanson und dem Tod von Carol Roberts bestehen könnte. Und auf einmal sah das alles gar nicht mehr so nach Zufall aus. Nehmen wir an, Carol kommt in sein Zimmer und eröffnet ihm, daß er Vater wird. Es gibt eine gewaltige Szene, sie versucht ihn zu erpressen ... Er soll sie heiraten oder ihr Geld geben ... was weiß ich! John Hanson wartet draußen im Vorzimmer und hört alles mit an. Später, als er auf der Couch liegt, droht er Stevens an, die Geschichte publik zu machen. Oder er versucht, ihn endlich dazu zu bringen, mit ihm zu schlafen.«

»Das sind alles nur Vermutungen.«

»Aber sie passen. Also Hanson geht, schleicht Stevens ihm nach und bringt ihn zum Schweigen. Danach muß er Carol loswerden. Dann fährt er zu Mrs. Hanson und anschließend nach Connecticut. Seine Probleme sind gelöst. Er ist aus dem Schneider. Er kann in aller Seelenruhe zusehen, wie wir uns die Hacken abrennen, um einen unbekannten Wahnsinnigen aufzutreiben.«

»Das kaufe ich Ihnen nicht ab. Sie konstruieren eine Anklage ohne eine Spur von konkreten Beweisen.«

»Was verstehen Sie unter ›konkret‹? Sind zwei Leichen nicht konkret? Ein schwangeres Mädchen, das für Stevens gearbeitet hat. Und ein schwuler Patient, der einen Block von seiner Praxis entfernt ermordet wird. Als ich die Bänder hören wollte, hat er abgelehnt. Warum? Wen versucht Stevens zu decken? Ich habe ihn gefragt, ob jemand in seine Praxis eingebrochen sein könnte, weil er etwas Bestimmtes suchte. Dann hätten wir wenigstens eine Erklärung für den Mord an Carol gehabt: Sie hat den oder die Einbrecher erwischt, und man hat sie gefoltert, um von ihr zu erfahren, wo das Zeug versteckt ist. Aber was sagt der Doktor? Es gab nichts zu holen! Seine Bänder sind völlig uninteressant. Er hatte keine Drogen in der Praxis. Kein Geld. Nichts. Ergo: Wir müssen nach einem Triebtäter suchen. Prima – was? Nur daß ich darauf nicht reinfalle. Ich glaube, wir haben nur nach einem zu suchen: Nach Dr. Stevens.«

»Sie wollen ihn wohl um jeden Preis festnageln?« sagte Angeli ruhig.

McGreavy wurde rot vor Zorn. »Weil er schuldig ist.«

»Werden Sie ihn verhaften?«

»Ich werde ihm lange Leine lassen«, antwortete McGreavy. »Und während er sich die Leine selbst um den Hals legt, werde ich die Beweise zusammentragen. Stück für Stück. Wenn ich ihn erst mal habe, wurstelt er sich nicht mehr raus.« McGreavy drehte sich um und ging.

Grübelnd sah Angeli ihm nach. Wenn er nichts unternahm, bestand die Gefahr, daß McGreavy versuchen würde, Dr. Stevens unter einer fragwürdigen Anklage festnehmen zu lassen. Das durfte er nicht zulassen. Er nahm sich vor, am Morgen mit Captain Bertelli zu sprechen.

4

Die Morgenzeitungen meldeten in fetten Schlagzeilen den grausigen Mord an Carol Roberts. Judd war versucht, seine Patienten durch den Auftragsdienst anrufen und die Behandlungen für den Tag absagen zu lassen. Er war nicht mehr zu Bett gegangen. Seine Augen waren rot und brannten. Als er jedoch die Liste der Patienten durchsah, wurde ihm klar, daß zwei von ihnen verzweifelt sein würden, wenn er absagte, drei weitere zumindest sehr verstört. Also entschloß er sich, so weiterzuarbeiten, als sei nichts geschehen. Wahrscheinlich war es auch für ihn selbst besser. Es würde ihn ablenken.

Er fuhr früh in die Praxis, doch die Zeitungsreporter, Fernsehleute und Fotografen drängten sich bereits im Korridor.

Er ließ niemanden herein, gab keine Antworten und schüttelte die Meute mit Mühe ab. Beklommen öffnete er die Tür zu seinem Sprechzimmer.

Der blutdurchtränkte Teppich war verschwunden, alle Möbel standen wieder an ihrem Platz. Die Praxis sah aus wie immer. Nur daß Carol nie wieder lächelnd und voller Eifer hereinkommen würde.

Er hörte, wie die Außentür geöffnet wurde. Sein erster Patient war gekommen.

Harrison Burke war ein distinguierter silberhaariger Mann, der Prototyp des Topmanagers. Er war Vizepräsident der International Steel Corporation. Als Judd ihn kennenlernte, hatte er sich gefragt, ob dieser Typ des Managers das schablonenhafte Image geprägt hatte oder ob umgekehrt das Image den Mann formte. Ein reizvolles Thema für ein Buch: Der Stellenwert der Fassade ... Der Arzt im wehenden weißen Kittel, der Strafverteidiger in großer Pose, Gesicht und Figur einer Schauspielerin – das alles wog oft viel mehr als das innere Gewicht.

Burke legte sich auf die Couch. Judd konzentrierte sich auf ihn. Dr. Peter Hadley hatte diesen Patienten vor zwei Monaten zu ihm geschickt. Judd hatte keine zehn Minuten gebraucht, um sicher zu sein, daß Harrison Burke ein höchst aggressiver Paranoiker war. Heute morgen hatten alle Zeitungen über den Mord berichtet, der gestern nacht in diesen Räumen geschehen war. Doch Burke erwähnte ihn mit keinem Wort. Es war typisch für seinen Zustand. Er war ausschließlich mit sich selbst beschäftigt.

»Sie wollten mir ja nicht glauben«, begann er sofort, »aber jetzt habe ich Beweise, daß sie hinter mir her sind.«

»Harrison, wir waren doch übereingekommen, die Sache gelassen zu betrachten«, erwiderte Judd vorsichtig. »Manchmal treibt unsere Phantasie ...«

»Ich phantasiere nicht«, schrie Burke erregt. Er fuhr hoch und ballte die Fäuste. »Sie wollen mich umbringen.«

»Bleiben Sie ruhig liegen und versuchen Sie sich zu entspannen«, sagte Judd besänftigend.

Burke sprang auf. »Mehr haben Sie dazu nicht zu sagen? Sie wollen nicht einmal hören, was für Beweise ich habe?« Seine Augen wurden schmal. »Wer sagt mir, daß Sie nicht auch zu denen gehören?«

»Sie wissen genau, daß ich nicht zu ihnen gehöre. Ich bin Ihr Freund. Ich will Ihnen doch helfen.«

Judd war niedergeschlagen. Er hatte geglaubt, im letzten Monat mit Burke Fortschritte gemacht zu haben, aber das war wohl eine Täuschung gewesen. Burke war noch genauso von Ängsten gepeinigt wie vor zwei Monaten, als er zu ihm gekommen war.

Burke hatte als Laufjunge bei International Steel angefangen. Im Laufe von 25 Jahren hatte er es dank seines glänzenden Aussehens und seine liebenswürdigen Art fast bis zur Spitze geschafft. Er war der designierte Nachfolger des Präsidenten gewesen. Dann waren vor vier Jahren seine Frau und die drei Kinder beim Brand seines Sommerhauses in Southampton ums Leben gekommen. Burke war in dieser Zeit mit seiner Geliebten auf den Bahamas gewesen. Die Tragödie hatte ihn tiefer getroffen, als man angenommen hatte. Streng katholisch erzogen, war er außerstande, das Gefühl der Schuld zu überwinden. Er begann zu grübeln, zog sich von seinen

Freunden zurück, blieb abends zu Hause und durchlitt in selbstquälerischen Gedanken die Todesangst seiner Frau und seiner Kinder, die bei lebendigem Leib verbrannten, während er mit seiner Geliebten im Bett lag. Es war ein Film, der immer wieder vor seinem Auge abrollte. Er gab sich selbst die alleinige Schuld am Tode seiner Familie. Wenn er bei ihnen gewesen wäre, hätte er sie retten können. Der Gedanke wurde zur fixen Idee. Er war ein Ungeheuer. Er wußte es, und Gott wußte es. Seine Mitmenschen mußten es doch sehen. Sie mußten ihn so hassen, wie er sich haßte. Sie lächelten ihn an und heuchelten Mitgefühl, aber in Wahrheit warteten sie nur darauf, daß er sich eine Blöße gab und ihnen in die Falle ging. Aber dazu war er zu schlau. Er ging nicht mehr in die Direktionskantine, sondern aß allein in seinem Büro. Er wich allen Kontakten nach Möglichkeit aus. Als vor zwei Jahren der Posten des Präsidenten frei wurde, überging man Burke und wählte einen Außenseiter. Ein Jahr später wurde die Stelle des geschäftsführenden Vizepräsidenten neu besetzt. Wieder wurde Burke übergangen. Dies war der letzte noch fehlende Beweis für ihn, daß eine Verschwörung gegen ihn im Gange war. Er fing an, seine Kollegen zu bespitzeln. Nachts versteckte er Tonbandgeräte in den Büros seiner Rivalen. Vor sechs Monaten hatte man ihn dabei ertappt. Nur mit Rücksicht auf seine Position und seine lange Zugehörigkeit zur Firma wurde er nicht entlassen.

Um ihm zu helfen und ihn beruflich zu entlasten, begann der Präsident der Gesellschaft, Burkes Verantwortungsbereich unmerklich zu verkleinern. Doch das überzeugte Burke nur noch mehr davon, daß *sie* versuchten, ihn zu fangen. *Sie* hatten alle Angst vor ihm, weil er schlauer war als sie alle. Wenn er erst Präsident wäre, würde er sie alle feuern, weil sie idiotische Stümper waren. Er machte immer mehr Fehler. Wenn man ihn darauf hinwies, bestritt er energisch, sie gemacht zu haben. Jemand fälschte seine Berichte, änderte Zahlen und Daten, um ihn in Mißkredit zu bringen. Bald wurde ihm klar, daß er nicht nur in der Firma Feinde hatte. Man beschattete ihn, zapfte sein Telefon an, öffnete seine Post. Er aß kaum noch etwas, weil er glaubte, man wolle ihn vergiften. Er verlor in beängstigender Weise an Gewicht. Der Präsident der Gesellschaft meldete ihn schließlich zu einer Untersuchung bei Dr. Peter Hadley an und bestand darauf, daß Burke den Termin auch wahrnahm.

Nach einem halbstündigen Gespräch rief Hadley bei Judd an. Judds Terminkalender war voll, aber als Peter ihm darlegte, wie dringend es sei, sagte er schließlich zu.

Harrison Burke hatte sich wieder auf der Couch ausgestreckt, aber seine Fäuste waren immer noch geballt.

»Erzählen Sie mir, welche Beweise Sie haben.«

»Gestern nacht sind sie in mein Haus eingebrochen. Sie wollten mich umbringen. Aber ich lasse mich nicht erwischen. Ich schlafe seit einiger Zeit in meinem Arbeitszimmer. An allen Türen habe ich neue Sicherheitsschlösser anbringen lassen. Sie kriegen mich nicht!«

»Haben Sie den Einbruch der Polizei gemeldet?«

»Natürlich nicht. Die stecken doch mit ihnen unter einer Decke. Sie haben Befehl, mich zu erschießen. Nur wagen sie es nicht, solange Menschen in der Nähe sind. Deshalb halte ich mich ja immer in der Menge auf.«

»Gut, daß ich das alles jetzt weiß«, sagte Judd.

»Wieso?« fragte Burke mißtrauisch gespannt.

»Ich höre Ihnen sehr aufmerksam zu«, sagte Judd. Er wies auf das Tonbandgerät. »Und außerdem wird alles, was Sie sagen, auf Band festgehalten. Wenn Sie tatsächlich ermordet werden sollten, kann ich die Verschwörung gegen Sie nachweisen.«

Burkes Miene hellte sich auf. »Mein Gott, das ist ja fabelhaft! Das Band! Das ist die beste Lösung!«

»Warum legen Sie sich nicht wieder hin?« sagte Judd.

Burke nickte. Er lehnte sich zurück und schloß die Augen. »Ich bin müde. Seit Monaten habe ich nicht mehr geschlafen. Ich wage nicht, die Augen zu schließen. Sie haben keine Ahnung, wie es ist, wenn man hinter Ihnen her ist und Ihnen an den Kragen will.«

Meinen Sie? dachte Judd und sah McGreavy vor sich. »Hat Ihr Hausmeister nicht gehört, wie bei Ihnen eingebrochen wurde?« fragte er.

»Den habe ich doch vor zwei Wochen an die Luft gesetzt«, erwiderte Burke. »Habe ich Ihnen das nicht gesagt?«

Judd erinnerte sich genau, daß Burke ihm vor drei Tagen von einer Auseinandersetzung mit dem Mann erzählt hatte. Offenbar hatte Burke bereits kein Zeitgefühl mehr. »Ich glaube nicht, daß Sie das erwähnt haben«, antwortete er ruhig. »Sind Sie sicher, daß Sie ihn vor zwei Wochen entlassen haben?«

Burke brauste sofort auf. »Ich irre mich nie. Was glauben Sie wohl, wie ich Vizepräsident einer der größten Firmen der Welt geworden bin? Weil mein Hirn wie ein Computer arbeitet. Merken Sie sich das, Doktor!«

»Warum haben Sie ihn entlassen?«

»Weil er mich vergiften wollte.«

»Womit denn?«

»Spiegeleier mit Speck. Gespickt mit Arsen.«

»Haben Sie davon probiert?«

»Natürlich nicht«, fauchte Burke empört.

»Woher wußten Sie dann, daß das Essen vergiftet war?«

»Ich habe es gerochen.«

»Und was haben Sie zu ihm gesagt?«

Burke sah ihn mit einem Ausdruck gehässiger Befriedigung an. »Gar nichts! Ich habe ihn durchgeprügelt.«

Judd war bei diesem Gespräch immer frustrierter geworden. Er war überzeugt, daß er diesem Mann hätte helfen können, wenn er früher gekommen wäre. Inzwischen war es ein Wettlauf mit der Zeit. In der Psychoanalyse bestand immer die Gefahr, daß, sobald die Assoziationen ungehemmt ausgesprochen wurden, der dünne Firnis über den im Unterbewußtsein ruhenden Instinkten barst und sich alle primitiven Triebe und Emotionen Bahn brachen. Eine Behandlung beginnt stets damit, daß der Patient animiert wird, alles zu sagen, was er denkt und fühlt. In Burkes Fall war das zu einem Bumerang geworden. Die Sitzungen hatten alle verborgenen Aggressionen freigelegt. Burke hatte scheinbar von Mal zu Mal Fortschritte gemacht, hatte zugegeben, daß es keine Verschwörung gegen ihn gab, daß er wohl nur überarbeitet und seelisch erschöpft war. Judd hatte gehofft, schon bald mit der Tiefenanalyse beginnen und an die Wurzel des Problems vordringen zu können. Aber Burke hatte ihn geschickt getäuscht. Er hatte Judd die ganze Zeit nur getestet, ihn irregeführt, um ihm eine Falle zu stellen und herauszufinden, ob Judd einer von *ihnen* sei. Harrison Burke war eine wandelnde Zeitbombe, die jede Sekunde hochgehen konnte. Es gab keine nahen Angehörigen, die man informieren konnte. Ob er den Präsidenten der Gesellschaft anrufen und ihm seine Befürchtungen mitteilen sollte? Das wäre allerdings das Ende von Burke; man würde ihn in eine Anstalt einweisen. Aber war er denn wirklich ein potentieller Mörder? Judd hätte gern die Meinung eines Fachkollegen eingeholt, aber er wußte, daß Burke niemals einwilligen würde. Er mußte die Verantwortung allein übernehmen.

»Harrison, ich möchte, daß Sie mir etwas versprechen«, sagte er.

»Was soll ich versprechen?« Burke war schon wieder mißtrauisch.

»Schauen Sie – Ihre Feinde könnten versuchen, Sie derart zu reizen, daß Sie sich zu einer Gewalttat hinreißen lassen. Dann könnten sie Sie einsperren lassen ... Aber dazu sind Sie ja viel zu clever, nicht wahr? Versprechen Sie mir deshalb, daß Sie nichts tun werden, und wenn man Sie noch so provoziert. Dann kann man Ihnen nämlich nichts anhaben.«

Burkes Augen blitzten. »Sie haben recht! Das ist es, was sie vorhaben. Aber wir sind zu clever für sie, was?«

Judd hörte die Vorzimmertür gehen. Er sah auf die Uhr. Der nächste Patient war gekommen.

Er schaltete das Tonband ab. »Ich glaube, das wär's für heute«, sagte er.

»Sie haben wirklich alles auf Band aufgenommen?«
erkundigte sich Burke noch einmal nachdrücklich.

»Jedes Wort«, versicherte Judd ihm. »Niemand wird Ihnen etwas tun.« Er zögerte. »Ich meine, Sie sollten heute nicht mehr ins Büro gehen. Fahren Sie nach Hause und ruhen Sie sich ein wenig aus.«

»Das kann ich nicht«, flüsterte Burke. Seine Stimme klang verzweifelt. »Sobald ich nicht in meinem Büro bin, nehmen sie das Schild mit meinem Namen von der Tür und hängen ein anderes hin.« Er beugte sich vor. »Seien Sie vorsichtig! Wenn die merken, daß Sie mein Freund sind, werden sie versuchen, auch Sie zu kriegen.« Er ging zur Tür, machte sie einen Spalt weit auf und spähte nach beiden Seiten über den Korridor. Dann schlüpfte er rasch hinaus.

Judd sah ihm bedrückt nach. Wenn der Mann doch sechs Monate früher gekommen wäre... Plötzlich durchzuckte ihn ein entsetzlicher Gedanke: War Burke vielleicht schon zum Mörder geworden? War es möglich, daß er mit dem Tod von John Hanson und Carol Roberts zu tun hatte? Burke und Hanson waren seine Patienten. Sie könnten sich begegnet sein. In den letzten Wochen hatte Burke gelegentlich den nächsten Termin nach Hanson gehabt. Burke war mehrfach zu spät gekommen. Die beiden Männer könnten sich im Korridor begegnet sein. Und schon die Tatsache, daß er diesen Mann ein paarmal getroffen hatte, könnte ihn irritiert haben. Hatte er sich vielleicht von Hanson verfolgt oder bedroht gefühlt? Carol hatte er jedesmal gesehen, wenn er in die Praxis kam. Auch in ihr könnte er eine Gefahr gewittert haben. Wie lange schon war Burke geistig krank? Seine Frau und die Kinder waren bei einem Brandunfall ums Leben gekommen. War es ein Unfall gewesen? Er mußte Genaueres darüber erfahren.

Er machte die Tür zum Vorzimmer auf. »Bitte, kommen Sie rein«, sagte er.

Anne Blake erhob sich und kam ihm lächelnd entgegen. Judds Herz schlug wieder einmal rascher, genau wie damals, als er sie zum erstenmal gesehen hatte. Seit Elizabeths Tod hatte er auf keine Frau so reagiert.

Sie waren sich überhaupt nicht ähnlich. Elizabeth war blond, zierlich und blauäugig gewesen. Anne Blake hatte schwarzes Haar, fast violette dunkle Augen und lange schwarze Wimpern. Sie war groß und hatte eine glänzende Figur. Sie strahlte eine wache Intelligenz aus und war von klassischer, vornehmer Schönheit. Man hätte sie für unnahbar halten können, wären nicht diese warmen Augen gewesen. Ihre Stimme klang tief und weich.

Anne war Mitte Zwanzig. Sie war zweifellos die schönste Frau, der Judd je begegnet war. Auf eine unerklärliche Weise war sie ihm lieb und vertraut, als habe er sie schon immer gekannt, und die Intensität seiner Reaktion erschreckte ihn.

Sie war vor drei Wochen ohne vorherige Anmeldung in die Praxis gekommen. Carol hatte ihr erklärt, sein Terminkalender sei voll, er könne zur Zeit keine neuen Patienten annehmen. Anne hatte jedoch ruhig darum gebeten, warten zu dürfen. Zwei Stunden hatte sie im Vorzimmer gesessen, bis Carol weich geworden war und sie zu Judd ins Sprechzimmer geführt hatte.

Sie hatte einen so starken Eindruck auf ihn gemacht, daß er nicht mehr wußte, was sie in den ersten Minuten gesagt hatte. Er erinnerte sich, daß er sie gebeten hatte, Platz zu nehmen, und daß sie sich vorgestellt hatte. Sie war Hausfrau. Auf seine Frage, was sie zu ihm geführt habe, hatte sie gezögert und schließlich gemeint, sie wisse nicht einmal so recht, ob sie überhaupt ein Problem habe. Ein befreundeter Arzt habe ihr gegenüber erwähnt, Judd sei der beste Analytiker, den er kenne. Den Namen dieses Arztes wollte sie jedoch nicht nennen. Er hatte ihr versichert, daß er aus Zeitmangel momentan wirklich außerstande sei, sie zu behandeln, und ihr angeboten, sie zu einem guten Kollegen zu überweisen. Sie hatte freundlich, aber entschieden darauf bestanden, nur von ihm behandelt werden zu wollen. Am Ende hatte er nachgegeben. Äußerlich wirkte sie ganz normal, wenn man davon absah, daß sie unter einem gewissen Streß zu stehen schien. Er war daher ziemlich sicher, daß ihr Problem leicht zu beheben sein würde. Er wich von seinem Prinzip ab, Patienten nur auf Empfehlung oder Überweisung eines anderen Arztes anzunehmen, und er verzichtete auf seine Mittagspause, um sie behandeln zu können. In den letzten drei Wochen war sie zweimal wöchentlich erschienen. Trotzdem wußte er inzwischen kaum mehr über sie als am Anfang. Aber er wußte etwas über sich selbst: Er war verliebt – zum erstenmal seit Elizabeths Tod.

Bei der ersten Sitzung hatte er sie gefragt, ob sie ihren Mann liebe.

Er ertappte sich dabei, daß er auf eine negative Antwort gehofft hatte. Doch sie hatte erwidert: »Ja. Er ist ein guter Mensch und sehr stark.«

»Glauben Sie, daß er so etwas wie eine Vaterfigur für Sie ist?«

Sie hatte ihn erstaunt angeblickt. »Nein. Ich habe nicht nach dem Vaterersatz gesucht. Ich hatte eine sehr glückliche Kindheit.«

»Wo sind Sie geboren?«

»In Revere, einer kleinen Stadt in der Nähe von Boston.«

»Leben Ihre Eltern noch?«

»Nur mein Vater. Meine Mutter ist gestorben, als ich zwölf Jahre alt war.«

»Wie war das Verhältnis Ihrer Eltern?«

»Sehr gut. Sie haben sich sehr geliebt.«

Man merkt es ihr an, dachte Judd. Neben all dem Kummer und Unglück, was er sonst erlebte, war Anne eine erfrischende Ausnahme. »Haben Sie Geschwister?«

»Nein. Ich war ein Einzelkind. Ein verzogenes Gör.« Sie lächelte ihn an. Sie hatte ein offenes, ungeziertes Lächeln.

Ihr Vater war Beamter im Auswärtigen Dienst. Sie hatte mit ihm im Ausland gelebt, bis er sich wieder verheiratet hatte und nach Kalifornien gezogen war. Sie hatte bei der UNO als Dolmetscherin gearbeitet. Sie sprach fließend Französisch, Italienisch und Spanisch. Ihren Mann hatte sie bei einem Urlaub auf den Bahamas kennengelernt. Er war Inhaber eines Bauunternehmens. Anfangs hatte sie sich nicht für ihn interessiert, aber er hatte beharrlich und gewinnend um sie geworben, und zwei Monate später waren sie verheiratet. Das war vor einem halben Jahr gewesen. Sie lebten auf einem Landsitz in New Jersey.

Das war so ziemlich alles, was Judd in sechs Sitzungen über sie erfahren hatte. Er hatte immer noch nicht die leiseste Ahnung, weshalb sie zu ihm gekommen war. Er erinnerte sich genau an einige der Fragen, die er ihr während der ersten Sitzung gestellt hatte.

»Geht es bei Ihrem Problem um ihren Mann, Mrs. Blake?«

Keine Antwort.

»Harmonieren Sie beide sexuell?«

»Ja.« Verlegen.

»Vermuten Sie, daß ihr Mann ein Verhältnis mit einer anderen Frau hat?«

»Nein.« Amüsiert.

»Haben Sie ein Verhältnis mit einem anderen Mann?«

»Nein.« Entrüstet.

Da sie von sich aus ihr Problem nicht ansprach, blieb ihm nichts anderes übrig, als sich vorsichtig heranzutasten.

»Gibt es bei Ihnen Streit um Geld?«

»Nein. Er ist außergewöhnlich großzügig.«

»Schwierigkeiten mit der Verwandtschaft?«

»Seine Eltern sind tot. Mein Vater lebt in Kalifornien.«

»Waren Sie oder Ihr Mann jemals rauschgiftsüchtig?«

»Nein.«

»Befürchten Sie homosexuelle Neigungen bei Ihrem Mann?«

»Nein.« Ein tiefes, warmes Lachen.

Er ließ sich nicht beirren. »Hatten Sie jemals sexuelle Beziehungen zu einer Frau?«

»Nein.« Gekränkt.

Er hatte alles angetippt – Alkoholismus, Frigidität, Angst vor einer Schwangerschaft, alles, was ihm nur denkbar erschien. Jedesmal hatte sie ihn offen angeschaut und nur den Kopf geschüttelt. Sobald er versucht hatte, sie in die Enge zu treiben, hatte sie abgewehrt: »Bitte, haben Sie Geduld mit mir. Lassen Sie mir Zeit.«

Bei jedem anderen Patienten hätte er aufgegeben. Aber er wollte ihr helfen. Und er mußte sie wiedersehen. So hatte er sie eben nur über unverfängliche Dinge sprechen lassen und einiges über ihren Lebenslauf erfahren. Sie hatte mit ihrem Vater viele Länder bereist und faszinierende Leute kennengelernt. Sie hatte viel Humor und war schnell in ihren Reaktionen. Er stellte bald fest, daß sie dieselben Bücher mochten, dieselbe Musik, dieselben Theaterstücke. Sie war warmherzig und liebenswürdig, ließ jedoch nicht erkennen, daß sie mehr in ihm sah als ihren Arzt. Es war eine Ironie des Schicksals: Seit Jahren hatte er unbewußt eine Frau wie Anne gesucht. Nun hatte er sie gefunden, aber er durfte nichts anderes tun, als ein Problem lösen zu helfen, das er noch nicht einmal kannte, und sie dann zu ihrem Mann zurückzuschicken.

Als sie jetzt hereinkam, setzte er sich in den Sessel neben der Couch und erwartete, daß sie sich hinlegen würde.

Aber sie sagte ruhig: Nein, heute nicht. Ich bin nur gekommen, um Sie zu fragen, ob ich Ihnen irgendwie helfen kann.«

Er sah sie sprachlos an. Die seelische Belastung der letzten Tage war so groß gewesen, daß diese überraschende Geste der Anteilnahme ihm die Fassung nahm. Plötzlich hatte er den brennenden Wunsch, sich alles von der Seele zu reden, ihr zu sagen, was in diesen beiden Tagen geschehen war, ihr von McGreavy und seinem wahnwitzigen Verdacht zu erzählen. Aber er durfte sich nicht gehenlassen. Er war der Arzt, sie war seine Patientin. Schlimmer noch: Er liebte sie, und sie war die Frau eines Mannes, den er nicht kannte.

Sie rührte sich nicht, beobachtete ihn nur. Er nickte ihr wortlos zu. Sprechen konnte er nicht.

»Ich mochte Carol gern«, sagte sie. »Warum nur mußte sie so sterben?«

»Ich weiß es nicht«, antwortete er mühsam.

»Hat die Polizei denn gar keine Vermutung, wer es gewesen sein könnte?«

Wenn du wüßtest, wen sie verdächtigen, dachte er bitter.

»Sie haben ein paar Theorien«, sagte Judd.

»Ich kann mir denken, wie Ihnen zumute ist. Ich bin nur gekommen, um Ihnen zu sagen, wie leid mir das tut. Ich war nicht einmal sicher, ob Sie heute überhaupt hier sein würden.«

»Eigentlich wollte ich auch nicht kommen. Aber... nun ja, da bin ich. Aber da wir schon beide hier sind, könnten wir ja auch über Sie sprechen.«

Anne schwieg einen Moment, dann sagte sie leise: »Ich glaube, da ist nichts mehr zu besprechen.«

Judd erschrak. *Mein Gott, bitte, laß sie nicht sagen, daß ich sie nicht wiedersehe!*

»Ich fahre nächste Woche mit meinem Mann nach Europa.«

»Wie schön für Sie«, rang er sich ab.

»Ich fürchte, ich habe Ihre Zeit unnütz in Anspruch genommen, Dr. Stevens. Es tut mir sehr leid.«

»Aber ich bitte Sie...« Seine Stimme gehorchte ihm kaum. Das war also das Ende. Der Gedanke, daß er sie nie mehr sehen würde, bereitete ihm physischen Schmerz.

Sie machte das Portemonnaie auf und nahm ein paar Geldscheine heraus. Sie hatte nach jedem Besuch bar bezahlt. Alle anderen Patienten pflegten mit Schecks zu zahlen.

Judd wehrte hastig ab. »Nein, Sie sind heute als Freund zu mir gekommen. Ich bin Ihnen... dankbar.« Dann tat er etwas, was er noch nie bei einem Patienten gemacht hatte. »Ich möchte Sie bitten, noch einmal wiederzukommen«, sagte er.

Überrascht blickte sie auf. »Warum?«

Weil ich es nicht ertrage, dich gehen zu lassen, dachte er. *Weil ich eine Frau wie dich nie wiederfinde. Weil ich wollte, ich wäre dir früher begegnet. Vor ihm. Weil ich dich liebe.* Laut sagte er: »Ich dachte, wir könnten ... die Dinge abrunden. Um sicherzugehen, daß Sie Ihr Problem überwunden haben.«

Sie schmunzelte. »Sie meinen, ich soll wiederkommen, um mir mein Reifezeugnis abzuholen?«

»Nennen Sie es so«, sagte er. »Wollen Sie das tun?«

»Wenn Sie es möchten – gern.« Sie fügte hinzu: Ich habe Ihnen keine richtige Chance gegeben. Aber ich weiß, daß Sie ein wunderbarer Arzt sind. Wenn ich jemals Hilfe brauchen sollte, würde ich immer zu Ihnen kommen.«

Sie streckte ihm die Hand entgegen. Er ergriff sie. Sie hatte einen festen, guten Händedruck.

»Dann bis Freitag«, sagte sie.

»Bis Freitag.«

Als sie gegangen war, ließ er sich in einen Sessel fallen. Er hatte sich noch nie so verlassen gefühlt. Alles sah bedrückend düster aus. Lieutenant McGreavy verdächtigte ihn zweier Morde, und er konnte nicht beweisen, daß er sie nicht begangen hatte. Jeden Augenblick konnte er verhaftet werden. Es wäre das Ende seiner beruflichen Laufbahn.

Und er liebte eine verheiratete Frau, die er nur noch ein einziges Mal wiedersehen würde ...

Er wollte sich zwingen, an etwas Positives zu denken. Aber verdammt ... wo war denn da noch irgendwas Positives?

5

Den Rest seines Arbeitstages nahm er nur noch wie durch Schleier wahr. Nur wenige seiner Patienten äußerten sich zu Carols Tod. Für die meisten von ihnen existierten nur ihre eigenen Probleme; damit waren sie vollauf beschäftigt. Judd ertappte sich mehrmals dabei, daß seine Gedanken abschweiften und er eine Antwort auf die Fragen suchte, die ihn bewegten. Er nahm sich vor, später noch einmal die Bänder von heute abzuspielen, um sicherzugehen, daß er nichts Wichtiges überhört hatte.

Als sich um 19 Uhr sein letzter Patient verabschiedet hatte, ging er an seine Bar und trank einen doppelten Scotch. Er traf ihn wie ein Faustschlag in den leeren Magen. Er hatte den ganzen Tag noch nichts gegessen, aber schon von dem Gedanken an Essen wurde ihm übel. Er setzte sich in einen Sessel und begann wieder zu grübeln.

In den Krankengeschichten seiner Patienten gab es keinen Anhaltspunkt für ein Mordmotiv. Ob jemand versucht hatte, seine Akten zu stehlen, um einen seiner Patienten zu erpressen? Aber Erpresser waren in aller Regel feige und nicht gewalttätig. Falls Carol einen Einbrecher überrascht haben sollte, hätte er sie bestimmt nicht auf diese Weise zu Tode gefoltert, sondern sie schnell und lautlos umgebracht. Es mußte eine andere Erklärung geben.

Immer wieder ging er die Ereignisse der beiden letzten Tage durch. Schließlich gab er es resigniert auf. Er war verblüfft, als er sah, wie spät es war.

Bis er die Praxis aufgeräumt hatte und gehen konnte, war es neun. Unten auf der Straße traf ihn ein eisiger Windstoß. Es schneite wieder. Die wirbelnden Schneeflocken verwischten alle Konturen. Die Stadt sah aus wie ein fahles Aquarell, in dem die nassen Farben zerliefen.

In einem Schaufenster auf der Lexington Avenue hing ein großes rot-weißes Plakat:

NUR NOCH 6 EINKAUFSTAGE
BIS WEIHNACHTEN!

Judd mochte weniger denn je an Weihnachten denken. Er schritt rascher aus.

Die Straße war verlassen. Nur in der Ferne sah er einen Mann gehen. Ein eiliger Fußgänger, der heimstrebte zu seiner Frau oder der wartenden Freundin.

Judd dachte an Anne. Sie war jetzt sicher daheim bei ihrem Mann, unterhielt sich mit ihm, umsorgte ihn... Oder sie waren schon im Bett und... *Hör auf damit!* dachte er gequält.

Kurz vor der nächsten Ecke sah er sich um. Es kam kein Auto. Er ging quer über die Kreuzung zu der Garage hinüber, in der er tagsüber seinen Wagen abstellte. Als er mitten auf der Fahrbahn war, hörte er ein Geräusch hinter sich. Eine große schwarze Limousine kam ohne Licht auf ihn zu. Die Reifen fanden im glitschigen Schnee keinen Halt. Der Wagen war keine zehn Meter entfernt. *Besoffener Idiot*, dachte Judd. *Wenn er den Wagen nicht unter Kontrolle kriegt, bricht er sich den Hals.*

Er machte kehrt und stürzte auf den Bürgersteig zurück. Der Fahrer riß das Steuer herum, gab Gas und fuhr direkt auf ihn zu. Da begriff Judd erst, daß der Wagen gar nicht schleuderte. Aber es war schon zu spät.

Er spürte einen harten Schlag gegen die Brust, hörte ein furchtbares Krachen und hatte das Gefühl, als explodiere ein Feuerwerk in seinem Schädel. In dieser Sekunde wurde ihm blitzartig klar, was hier gespielt wurde, warum John Hanson und Carol Robert ermordet worden waren. Er konnte gerade noch denken: *Das muß ich McGreavy sagen.* Dann wurde alles schwarz.

Von außen sah das 19. Polizeirevier aus wie ein altes, verwittertes Schulgebäude: brauner Backstein, Gipsfassade, vom Mist vieler Taubengenerationen weiß gesprenkelte Mauerbrüstungen. Das 19. Revier war zuständig für Manhattan von der Fifty-ninth bis zur Eigthy-sixth Street und von der Fifth Avenue bis zum East River.

Kurz nach zehn rief ein Krankenhaus an und meldete einen Unfall mit Fahrerflucht. Die Zentrale stellte ins Detective Bureau durch. Hier war in dieser Nacht besonders viel los. Wie immer bei solchem Wetter, wenn sich die Straßen leerten, häuften sich Überfälle und Einbrüche. Die meisten Beamten waren weggerufen worden. Außer Detective Frank Angeli war nur noch ein Sergeant da, der einen mutmaßlichen Brandstifter verhörte.

Als das Telefon klingelte, nahm Angeli ab. Eine Krankenschwester berichtete, sie habe einen Unfallpatienten auf der Station, der dringend nach Lieutenant McGreavy verlange. Als sie den Namen des Patienten nannte, versprach Angeli, sofort zu kommen.

Während er den Hörer auflegte, kam McGreavy herein. Angeli erzählte ihm von dem Anruf und meinte: »Am besten fahren wir ja wohl gleich rüber.«

»Der läuft uns nicht weg. Erst will ich den Captain des Reviers sprechen, in dem der Unfall passiert ist.«

Er ging zum Telefon und wählte eine Nummer. Angeli beobachtete ihn verstohlen. Er überlegte, ob Captain Bertelli McGreavy gesagt hatte, daß er bei ihm gewesen war. Das Gespräch war kurz und knapp verlaufen.

»Lieutenant McGreavy ist ein guter Polizist, ganz bestimmt«, hatte Angeli gesagt, »aber ich habe den Eindruck, daß er sich doch in diesem Fall von der Geschichte damals vor fünf Jahren in seinem Urteil beeinflussen läßt.«

Captain Bertelli hatte ihn lange mit undurchdringlicher Miene angesehen. »Mit anderen Worten: Sie beschuldigen ihn, daß er Dr. Stevens aus Rache eine Falle stellen möchte?«

»Von beschuldigen kann keine Rede sein, Captain. Ich hielt es nur für meine Pflicht, Sie über meinen Eindruck zu informieren.«

»Danke. Ich nehme es zur Kenntnis.« Damit war die Unterhaltung beendet gewesen.

McGreavys Telefongespräch dauerte drei Minuten, in denen er brummte und sich Notizen machte. Angeli ging ungeduldig im Zimmer auf und ab. Zehn Minuten später fuhren die beiden Detektive in einem Streifenwagen zum Krankenhaus.

Judds Zimmer lag im sechsten Stock am Ende eines langen, häßlichen Flurs, in dem der unangenehm süßliche Krankenhausgeruch lag. Die Schwester, die im Revier angerufen hatte, führte sie zu Judds Zimmer.

»Wie ist sein Zustand, Schwester?« fragte McGreavy.

»Darüber kann Ihnen nur der Doktor Auskunft geben«, erwiderte sie knapp, fügte dann aber impulsiv hinzu: »Es ist ein Wunder, daß er nicht tot ist. Er hat vermutlich nur eine Gehirnerschütterung, Rippenquetschungen und eine Verletzung am linken Arm.«

»Ist er bei Bewußtsein?« fragte Angeli.

»Ja. Wir haben sogar Mühe, ihn im Bett zu halten.« Sie wandte sich zu McGreavy. »Er sagt immer wieder, daß er Sie sprechen muß.«

Sie kamen in einen Saal mit sechs Betten, die alle belegt waren. Die Schwester wies auf das Bett in der Ecke, das durch einen Vorhang abgeschirmt war. Angeli und McGreavy traten hinter den Vorhang.

Von Kissen gestützt, saß Judd aufrecht im Bett. Er war blaß, hatte ein Pflaster auf der Stirn und den linken Arm in einer Schlinge.

»Ich höre, Sie hatten einen Unfall«, begann McGreavy kühl.

»Es war kein Unfall«, erwiderte Judd. »Jemand hat versucht, mich umzubringen.« Seine Stimme klang matt.

»Wer?« fragte Angeli.

»Wenn ich das wüßte. Aber etwas anderes ist mir klargeworden.« Er sah McGreavy beschwörend an. »Die Mörder hatten weder John Hanson gemeint noch Carol. Sie hatten es auf mich abgesehen.«

McGreavy zog die Brauen hoch. »Wie kommen Sie darauf?«

»Hanson ist ermordet worden, weil er meinen Mantel anhatte. Sie müssen gesehen haben, wie ich morgens mit diesem gelben Mantel ins Haus ging. Als Hanson mittags damit rauskam, haben sie geglaubt, ich sei es.«

»Das wäre denkbar«, meinte Angeli.

»Freilich«, sagte McGreavy. »Und als sie gemerkt

haben, daß sie den Falschen umgelegt haben, sind sie in Ihre Praxis gekommen, haben Ihnen die Kleider vom Leib gerissen und gesehen, daß sie eine schnuckelige kleine Negerin sind, und das hat sie so geärgert, daß sie Sie zu Tode geprügelt haben.«

»Sie haben Carol umgebracht, weil sie noch in der Praxis war, als sie kamen, um mich zu ermorden«, sagte Judd.

McGreavy zog einen Zettel aus der Tasche. »Ich habe mit dem Revier gesprochen, in dem der Unfall passiert ist.«

»Es war kein Unfall.«

»Dem Polizeibericht zufolge haben Sie sich verkehrswidrig verhalten.«

Judd starrte ihn an. »Verkehrswidrig?«

»Ja. Sie sind schräg über die Kreuzung gegangen, Doktor.«

»Es kamen keine Autos, da ...«

»Doch, eines ist gekommen«, verbesserte ihn McGreavy. »Nur haben Sie es nicht gesehen. Es hat geschneit, die Sicht war miserabel. Sie sind einfach auf die Fahrbahn gelaufen, der Fahrer mußte hart bremsen, der Wagen kam ins Schleudern und hat Sie erwischt. Da hat der Fahrer die Nerven verloren und ist getürmt.«

»So war es nicht. Und außerdem ist er ohne Licht gefahren.«

»Aha. Und das ist ein Beweis dafür, daß er auch Hanson und Carol Roberts umgebracht hat?«

Judd wiederholte stur: »Man hat versucht, mich umzubringen.«

McGreavy schüttelte den Kopf. »Das haut nicht hin, Doktor.«

»Wie meinen Sie das?« fragte Judd.

»Haben Sie wirklich geglaubt, ich würde loswetzen und Ihren nebulösen Killer suchen, während Sie sich stillschweigend aus der Affäre manövrieren?« Seine Stimme wurde eiskalt. »Wußten Sie, daß Miss Roberts schwanger war?«

Judd schloß die Augen und ließ den Kopf aufs Kissen zurücksinken. Das war es also gewesen, worüber sie mit ihm hatte sprechen wollen. Er hatte es halbwegs geahnt. McGreavy würde natürlich jetzt unterstellen... Er öffnete die Augen.

»Nein«, sagte er müde. »Das wußte ich nicht.« Sein Kopf fing wieder an zu dröhnen. Ihm wurde vor Schmerzen übel. Er hätte gern nach der Schwester geklingelt, aber diesen Triumph wollte er McGreavy nicht gönnen.

»Ich habe die Akten in der City Hall durchgesehen«, fuhr McGreavy fort. »Ich weiß nicht nur, daß Ihre Vorzimmermieze schwanger war. Ich habe auch erfahren, daß sie auf den Strich gegangen ist, ehe sie bei Ihnen angefangen hat. Wußten Sie das, Dr. Stevens? Sie brauchen nicht zu antworten. Das kann ich Ihnen abnehmen. Sie haben es gewußt, weil Sie sie vor vier Jahren beim Schnellrichter aufgelesen haben. Ist es nicht ein bißchen ungewöhnlich, daß ein angesehener Arzt eine Nutte als Empfangsdame in sein Vorzimmer setzt?«

»Kein Mädchen wird als Nutte geboren«, entgegnete Judd. »Ich habe versucht, einer Sechzehnjährigen eine Chance zu geben.«

»Und dem Wohltäter die Chance zur freien Selbstbedienung?«

»Sie Dreckschwein!«

McGreavy grinste nur. »Als Sie sie damals beim Schnellrichter fanden... wohin haben Sie sie in der Nacht gebracht?«

»In meine Wohnung.«

»Und dort hat sie dann auch geschlafen?«

»Ja.«

McGreavy feixte. »Sie sind mir vielleicht ein Herzchen. Was wollten Sie denn mit ihr machen? Schach spielen? Hören Sie, wenn Sie nicht mit ihr geschlafen haben, müssen Sie schwul sein. Womit wir direkt bei John Hanson wären, nicht wahr? Aber wenn Sie mit ihr gepennt haben, ist es mehr als wahrscheinlich, daß Sie es weitergetrieben haben, bis Sie sie angebrütet hatten. Und jetzt haben Sie den Nerv, mir eine fadenscheinige Geschichte von einem fahrerflüchtigen Triebtäter aufzutischen, der in der Gegend rumrennt und reihenweise Leute kaltmacht?« McGreavy drehte sich auf dem Absatz um und verließ mit zornrotem Gesicht das Zimmer.

Das Hämmern in Judds Kopf hatte sich zu einem wahnsinnigen Schmerz gesteigert.

Angeli betrachtete ihn besorgt. »Ist Ihnen nicht gut?«

»Sie müssen mir helfen«, sagte Judd. »Jemand versucht, mich zu ermorden.« Er fand selbst, daß seine Stimme weinerlich klang.

»Wer könnte ein Motiv haben, Doktor?«

»Ich weiß es nicht.«

»Haben Sie Feinde?«

»Nein.«

»Haben Sie ein Verhältnis mit einer verheirateten Frau? Oder jemand die Freundin ausgespannt?«

Judd schüttelte energisch den Kopf und bereute es sofort.

»Gibt es Geld in Ihrer Familie? Zu erwartende Erbschaften? Verwandte, denen Sie deshalb im Wege sind?«

»Nein.«

Angeli seufzte. »Okay. Also kein Motiv in der Familie. Was ist mit Ihren Patienten? Ich glaube, Sie sollten uns doch lieber eine Liste geben, damit wir sie überprüfen können.«

»Das ist unmöglich.«

»Ich frage Sie doch lediglich nach den Namen, nach sonst nichts.«

»Trotzdem, das geht nicht.« Es kostete ihn Mühe, zu sprechen. »Wenn ich Zahnarzt wäre oder Fußpfleger, wäre das keine Frage. Aber begreifen Sie doch: Diese Menschen sind in seelischer Not. Die meisten haben sogar ernste innere Schwierigkeiten. Wenn Sie anfangen würden, sie zu verhören, wären sie nicht nur beunruhigt. Ihr Vertrauen zur mir wäre zerstört. Ich wäre nicht mehr imstande, sie weiterzubehandeln. Nein, es geht wirklich nicht.« Erschöpft fiel er ins Kissen zurück.

»Angeli sah ihn ruhig an. »Wie nennt man einen Menschen, der überzeugt ist, daß man ihm nachstellt und ihn bedroht?«

»Einen Paranoiker«, antwortete Judd. Er merkte, worauf Angeli hinauswollte. »Sie glauben doch nicht, daß ich...«

»Versetzen Sie sich mal in meine Lage«, entgegnete Angeli. »Wenn ich jetzt in diesem Bett läge und so reden würde wie Sie, und wenn Sie mein Arzt wären... was würden Sie denken?

Judd schloß die Augen. Die Kopfschmerzen wurden fast unerträglich. Er hörte Angeli sagen: »Ich muß gehen. McGreavy wartet auf mich.«

Er machte die Augen auf. »Warten Sie! Geben Sie mir doch eine Chance, Ihnen zu beweisen, daß ich recht habe.«

»Wie?«

»Der Mörder wird es wieder versuchen. Stellen Sie einen Mann ab, der ständig bei mir bleibt. Dann muß der Mörder ihm beim nächsten Versuch in die Arme laufen.«

Angeli sah Judd mitleidig an. »Dr. Stevens, wenn jemand grimmig entschlossen ist, Sie umzubringen, wird keine Macht der Welt ihn daran hindern. Wenn er Sie heute nicht erwischt, dann eben morgen. Wenn nicht hier, dann anderswo. Es ist egal, ob Sie König oder Präsident oder ein einfacher kleiner Mann sind. Das Leben hängt an einem verdammt dünnen Fädchen. Es kann in einer einzigen Sekunde reißen.«

»Können Sie gar nichts tun? Überhaupt nichts?«

»Doch... einen guten Rat kann ich Ihnen geben. Lassen Sie neue Sicherheitsschlösser an Ihren Türen anbringen. Lassen Sie keinen Unbekannten rein. Auch keine Lieferanten, wenn Sie nicht persönlich etwas bestellt haben.«

Judd nickte. Seine Kehle war trocken. Das Schlucken tat weh. »In Ihrem Haus gibt es einen Portier und einen Liftboy«, fuhr Angeli fort. »Können Sie sich auf die beiden verlassen?«

»Der Portier ist seit zehn Jahren da. Der Liftboy seit acht. Ich habe uneingeschränktes Vertrauen zu ihnen.«

Angeli nickte zufrieden. »Gut. Sagen Sie ihnen, sie sollten die Augen aufhalten. Wenn die beiden aufpassen, wird es einem Fremden schon schwerfallen, sich in Ihre Wohnung zu schleichen. Und wie ist es mit Ihrer Praxis? Werden Sie sich eine neue Sekretärin suchen?«

Judd konnte den Gedanken, daß eine Fremde an Carols Tisch sitzen sollte, nicht ertragen. »Nicht sofort.«

»Vielleicht wäre es besser, einen Mann zu engagieren«, meinte Angeli.

»Ich werde es mir überlegen.«

Angeli wollte gehen, doch dann drehte er sich noch einmal um. »Ich habe eine Idee«, sagte er zögernd. »Aber es ist ein bißchen weit hergeholt...«

»Ja?« fragte Judd gespannt.

»Dieser Kerl, der McGreavys Partner erschossen hat...«

»Amos Ziffren.«

»War er wirklich geisteskrank?«

»Ja. Er ist ins Matteawan State Hospital eingewiesen worden.«

»Vielleicht hat er was gegen Sie. Ich werde ihn überprüfen. Nur um sicherzugehen, daß er nicht ausgebrochen ist oder vielleicht sogar entlassen. Rufen Sie mich morgen früh an.«

»Vielen Dank«, sagte Judd.

»Nichts zu danken. Das ist mein Job. Und wenn sich rausstellt, daß Sie doch Dreck am Stecken haben, werde ich McGreavy dabei helfen, Sie hinter Gitter zu bringen.« Nach einer kurzen Pause setzte er hinzu: »Aber erzählen Sie McGreavy lieber nicht, daß ich Ihretwegen den Ziffren überprüfe.«

»Nein, ich sage nichts.«

Sie lächelten sich zu. Angeli ging. Judd war wieder allein.

Es sah schlecht für ihn aus. Er wußte genau, daß man ihn bereits verhaftet hätte, wenn McGreavy ein anderer

Typ wäre. Er wollte seine Rache um jeden Preis. Dazu brauchte er absolut sichere, hieb- und stichfeste Beweise. Und die hatte er noch nicht. Judd überlegte, ob es gestern abend nicht doch ein Unfall gewesen sein könnte. Die Straße war verschneit gewesen. Wenn der Wagen nun tatsächlich ins Schleudern gekommen war und ihn nur zufällig erwischt hatte? Aber warum waren die Scheinwerfer nicht eingeschaltet gewesen? Und woher war der Wagen so urplötzlich gekommen?

Er war mehr denn je davon überzeugt, daß es ein Mordversuch gewesen war ... und bestimmt nicht der letzte. Über diesem Gedanken schlief er ein.

Am anderen Morgen kamen Peter und Norah Hadley. Sie hatten in den Frühnachrichten von seinem Unfall gehört.

Peter war so alt wie Judd, aber kleiner als er und furchterregend mager. Die beiden Männer stammten aus der gleichen Stadt in Nebraska und hatten zusammen Medizin studiert. Norah war Engländerin, eine mollige, vollbusige Blondine, lebhaft und ungeheuer redselig. Wenn man sich fünf Minuten mit ihr unterhalten hatte, glaubte man, sie seit Ewigkeiten zu kennen.

»Du siehst schauerlich aus«, sagte Peter, nachdem er Judd kritisch gemustert hatte.

»Wirklich erhebend, so was von einem Arzt zu hören.« Judds Kopfschmerzen waren fast weg. Er fühlte sich nur noch benommen und an allen Gliedern wie zerschlagen.

Norah drückte ihm einen Nelkenstrauß in die Hand. »Wir haben dir ein paar Blumen mitgebracht.« Sie beugte sich über ihn und küßte ihn auf die Wange. »Mein armes Schätzchen!«

»Wie ist das bloß passiert?« fragte Peter.

Judd zögerte. »Ich bin überfahren worden. Der Fahrer ist getürmt.«

»Und das ausgerechnet jetzt. Wir haben gerade den Bericht über Carol in der Zeitung gelesen.«

»Es ist grauenvoll«, sagte Norah. »Ich mochte sie gern.«

Judd war die Kehle wie zugeschnürt. »Ich auch.«

»Haben sie schon eine Spur?« fragte Peter.

»Sie suchen fieberhaft.«

»Heute morgen steht in der Zeitung daß ein gewisser Lieutenant McGreavy mit einer baldigen Festnahme rechnet. Weißt du schon was Näheres?«

»Ja, ein bißchen«, erwiderte Judd trocken. »McGreavy hält mich auf dem laufenden.«

»Erst wenn man die Polizei mal wirklich braucht, merkt man, wie fabelhaft sie ist«, sagte Norah hingerissen.

»Dr. Harris hat mir die Röntgenaufnahmen von dir gezeigt. Du hast ein paar häßliche Prellungen, aber keine Gehirnerschütterung. In ein paar Tagen wirst du nach Hause können.«

Doch Judd wußte, daß er so lange nicht warten durfte.

Eine Weile redeten sie über Berufliches und über gemeinsame Bekannte und vermieden geflissentlich, Carol Roberts zu erwähnen. Norah und Peter wußten offenbar nicht, daß John Hanson ein Patient von Judd gewesen war. McGreavy mußte seine Gründe haben, warum er es vor der Presse verschwiegen hatte.

Als die Hadleys gehen wollten, bat Judd, Peter noch einen Moment allein sprechen zu können. Während Norah draußen auf dem Flur wartete, sprach Judd mit seinem Freund über Harrison Burkes alarmierenden Zustand.

»Das ist bitter«, sagte Peter. »Als ich ihn an dich überwies, war mit zwar klar, daß er sich in sehr schlechter Verfassung befand. Aber ich hatte doch gehofft, daß ihm noch helfen könntest. Wenn es so ist, wie du sagst, wirst du ihn auf jeden Fall in eine Klinik einweisen lassen müssen. Wann wirst du es tun?«

»Sobald ich hier rauskomme.«

Es war eine bewußte Lüge. Er wollte und mußte zuerst herausfinden, ob Burke die beiden Morde begangen haben konnte.

Peter verabschiedete sich. »Wenn ich irgendwas für dich tun kann, Alter, dann laß es mich bitte wissen!«

Als Judd wieder allein war, überlegte er, was er nun

unternehmen sollte. Ein einleuchtendes Mordmotiv gab es nicht. Folglich konnten die Morde nur von jemand begangen worden sein, der geistig krank war und sich in seinem Wahn von Judd geschädigt oder bedroht fühlte. Diese Möglichkeit kam nur für Harrison Burke oder Amos Ziffren in Betracht. Sollte Burke für den Morgen, an dem Hanson ermordet wurde, kein Alibi haben, würde er Detective Angeli bitten, Burke unter die Lupe zu nehmen. Hatte er aber ein Alibi, würde Angeli sich auf Ziffren konzentrieren müssen.

Seine depressive Stimmung hob sich ein wenig. Die Aussicht, etwas Konkretes tun zu können, beflügelte ihn. Er mußte so schnell wie möglich aus dem Krankenhaus heraus. Er klingelte nach der Schwester und verlangte den Arzt. Zehn Minuten später kam Dr. Seymour Harris ins Zimmer. Er war ein ungewöhnlich kleiner Mann mit strahlend blauen Augen und einem komischen krausen Backenbart. Judd kannte ihn schon lange und schätzte ihn außerordentlich.

»So, Sie sind wach? Na, Sie sehen aber immer noch schauderhaft aus.«

Judd hatte es langsam satt, das zu hören. »Ich möchte nach Hause. Ich fühle mich nämlich prächtig.« Es war eine faustdicke Lüge.

»Wann?«

»Sofort.«

Dr. Harris sah ihn kopfschüttelnd an. »Aber Sie sind doch gerade erst gekommen. Warum bleiben Sie nicht ein paar Tage? Ich werde meine niedlichsten Karbolmäuschen zu Ihrer Betreuung abkommandieren. Die halten Sie schon bei Laune.«

»Vielen Dank, Seymour. Aber ich muß wirklich nach Hause.«

Harris seufzte. »Na schön. Sie sind Ihr eigener Arzt. Aber wenn Sie mich fragen: In Ihrem Zustand würde ich nicht mal meinen Hund rumlaufen lassen.« Er sah Judd forschend an. »Kann ich Ihnen irgendwie helfen?«

Judd schüttelte den Kopf.

»Na schön. Dann lasse ich Ihnen Ihre Sachen bringen.«

Eine halbe Stunde später rief das Mädchen an der Pforte ein Taxi für ihn. Um Viertel nach zehn war er in seiner Praxis.

6

Vor der Praxistür wartete schon Teri Washburn, seine erste Patientin für diesen Tag. Vor zwanzig Jahren war Teri einer der ganz großen Hollywoodstars gewesen. Sie hatte einen Holzfäller aus Oregon geheiratet und war in der Versenkung verschwunden. Nach fünf oder sechs weiteren Ehen lebte sie nun in New York mit ihrem derzeit letzten Mann, einem Importeur.

Sie sah Judd vorwurfsvoll an und setzte zu einer einstudierten Anklagerede an. Doch dann stutzte sie und sagte erschrocken: »Was ist denn mit Ihnen los? Sie sehen ja aus, als hätte man Sie durch den Fleischwolf gedreht.«

»Nur ein kleiner Unfall. Entschuldigen Sie, daß ich zu spät komme.« Er schloß die Tür auf und ließ Teri eintreten. Der Anblick von Carols leerem Stuhl war wieder ein Schlag in die Magengrube.

»Ich habe es in der Zeitung gelesen«, sagte Teri mit einer Stimme, in der die Sensationsgier mitschwang. »War es ein Lustmord?«

»Nein«, erwiderte er schroff und ging sofort ins Sprechzimmer. »Würden Sie bitte noch ein paar Minuten warten?«

Er sah seinen Terminkalender durch und begann nacheinander die Nummern seiner Patienten zu wählen, um die restlichen Termine für den Tag abzusagen. Bis auf drei erreichte er alle. Brust und Arm taten bei jeder Bewegung weh, auch die bohrenden Kopfschmerzen waren wieder da. Er nahm zwei Tabletten und spülte sie mit einem Schluck Wasser herunter. Dann ließ er Teri herein.

Er nahm sich vor, in den nächsten 50 Minuten alles andere zu verdrängen und sich nur auf Teri zu konzentrieren. Sie legte sich auf die Couch, zog den Rock ziemlich weit hoch und begann zu reden.

Teri Washburn war vor zwanzig Jahren eine gefeierte Schönheit gewesen. Spuren davon waren heute noch zu erkennen. Sie hatte die größten, sanftesten, unschuldigsten Augen, die Judd je gesehen hatte. Der volle, sinnliche Mund war inzwischen von zwei scharfen Falten eingerahmt, aber immer noch einen zweiten Blick wert. Unter dem eng anliegenden Pucci-Kleid zeichneten sich die runden, festen Brüste ab. Judd vermutete, daß sie sich eine Silikoninjektion hatte machen lassen, wiewohl Teri nicht darüber sprach. Sie hatte für ihr Alter eine gute Figur, und die Beine waren Klasse.

Die meisten seiner Patientinnen glaubten irgendwann, ihn zu lieben. Es war das normale Zwischenstadium während einer Behandlung. Teri dagegen hatte vom ersten Tag an versucht, ihn zu ködern. Sie hatte alle Tricks probiert – und sie war eine Expertin. Judd hatte ihr schließlich sehr energisch erklärt, er werde sie an einen anderen Arzt überweisen, wenn sie diesen Unfug nicht bleiben ließe. Seitdem hatte sie sich einigermaßen manierlich aufgeführt, aber ständig auf der Lauer gelegen, um seinen schwachen Punkt zu entdecken.

Sie war ihm von einem berühmten englischen Arzt geschickt worden, nachdem sie in Antibes einen Skandal verursacht hatte, der ungeheuren Staub aufgewirbelt hatte. Ein französischer Klatschkolumnist hatte berichtet, Teri habe das Wochenende auf der Yacht eines bekannten griechischen Großreeders, mit dem sie verlobt war, verbracht, um dort mit seinen drei Brüdern zu schlafen, während der Schiffseigner geschäftlich nach Rom geflogen war. Die Geschichte wurde mit allen Mitteln vertuscht, der Kolumnist mußte dementieren, wurde kaltgestellt und bald danach entlassen. Schon im ersten Gespräch mit Judd hatte Teri triumphierend erzählt, daß es wirklich genau so gewesen war. »Es ist irre. Ich brauche Sex – ständig. Ich kann nie genug kriegen.« Sie hatte die Hände an den Hüften gerieben, dabei den Rock hochgeschoben und Judd unschuldsvoll angeschaut. »Ich brauche das eben, verstehen Sie?«

Seither hatte Judd sehr viel über Teri erfahren. Sie stammte aus einer kleinen Bergwerksstadt in Pennsylvania. »Mein Vater war ein stupider Pole. Sein einziges Vergnügen bestand darin, sich jeden Samstag vollaufen zu lassen und meine Mutter grün und blau zu schlagen.« Als sie dreizehn war, hatte sie den Körper einer Frau und das Gesicht eines Engels. Sie merkte bald, daß sie sich ein paar Cents verdienen konnte, wenn sie mit den Kumpels hinter den Kohlenhalden verschwand. Als ihr Vater dahinterkam, gab es eine gräßliche Szene. Er hatte die gemeinsten polnischen Flüche gebrüllt, Teris Mutter aus der Baracke geworfen, die Türe verriegelt, seinen Gürtel abgeschnallt und Teri entsetzlich verprügelt. Anschließend hatte er sie vergewaltigt.

Teri war vollkommen ruhig gewesen, als sie auf Judds Couch lag und diesen Vorfall mit ausdruckslosem Gesicht schilderte und am Ende nur hinzufügte: »Ich habe meine Eltern danach nie wiedergesehen.«

»Sie sind weggelaufen«, hatte Judd verständnisvoll gesagt. Teri hatte sich überrascht zu ihm umgedreht.

»Was?«

»Nun ja, nachdem Ihr Vater sie vergewaltigt hatte...«

»Weggelaufen?« Teri hatte den Kopf in den Nacken geworfen und gebrüllt vor Lachen. »Wieso? Es hat mir doch Spaß gemacht! Nein, meine Mutter hat mich rausgeschmissen, das Biest!«

Jetzt schaltete Judd das Tonbandgerät an. »Worüber wollen Sie heute sprechen?« fragte er.

»Übers Vögeln«, sagte sie spontan. »Warum analysieren wir zur Abwechslung nicht mal Sie, damit wir rauskriegen, warum Sie so ein standhafter Zinnsoldat sind?«

Er ging nicht darauf ein. »Wieso glauben Sie, daß Carols Tod etwas mit einem Sexualverbrechen zu tun haben könnte?«

»Ich denke doch bei allem nur an Sex, Kleiner.« Sie machte eine obszöne Bewegung und ließ ihren Rock höher rutschen.

»Teri, ziehen Sie den Rock runter!«

Sie sah ihn ganz harmlos an. »Oh, Entschuldigung. Übrigens: Samstag haben Sie eine tolle Geburtstagsparty versäumt.«

»Dann erzählen Sie mal davon.«

Sie zögerte. »Werden Sie es auch nicht übelnehmen?«

Es war ungewöhnlich, daß sie Hemmungen zeigte.

»Sie wissen doch, daß Sie meine Billigung nicht brauchen. Der einzige Mensch, vor dem Sie sich rechtfertigen müssen, sind Sie selbst. Recht oder Unrecht... das gehört zu den Spielregeln, die wir nur aufgestellt haben, um mit unseren Mitmenschen das Spiel spielen zu können. Ohne Regeln gibt es kein Spiel. Aber vergessen Sie nie: die Regeln sind künstlich aufgestellt.«

Schweigen. Dann begann sie zu erzählen: »Es war eine irre Party. Mein Mann hatte eine Sechs-Mann-Band engagiert.«

Er wartete.

Sie wandte den Kopf, um ihn sehen zu können. »Sind Sie sicher, daß Sie mich nicht verachten werden?«

»Ich will Ihnen helfen. Jeder von uns tut mal Dinge, deren er sich schämt. Das heißt aber nicht, daß wir immer so weitermachen müssen.«

Sie musterte ihn eine Weile, dann legte sie sich wieder hin. »Habe ich Ihnen schon mal gesagt, daß Harry, mein Mann, wahrscheinlich impotent ist?«

»Ja.« Sie sprach unablässig darüber.

»Er hat es noch nie richtig mit mir gemacht, seit wir verheiratet sind. Dauernd hat er eine andere lausige Ausrede...« Sie verzog den Mund zu einer bitteren Grimasse. »Tja... Samstag nacht habe ich die ganze Band bedient, alle sechs, und Harry hat dabei zugesehen.« Sie fing an zu weinen.

Judd gab ihr ein Papiertaschentuch. Er blieb ruhig sitzen und beobachtete sie.

Für alles, was Teri Washburn im Leben bekommen hatte, hatte sie viel zuviel bezahlt. Als sie nach Hollywood gekommen war, hatte sie zunächst als Kellnerin in einem Drive-in gearbeitet und den größten Teil ihres Verdienstes dafür verwendet, bei einem drittklassigen Lehrer Schauspielunterricht zu nehmen. Innerhalb einer Woche hatte dieser Lehrer sie dazu gebracht, zu ihm zu ziehen, seinen Haushalt zu versorgen und den Unterricht aufs Schlafzimmer zu verlagern. Als sie nach ein paar Wochen erkannt hatte, daß er ihr – selbst wenn er gewollt hätte – niemals zu einer Rolle verhelfen konnte, war sie ihm weggelaufen und Kassiererin in einem Hotel-Drugstore in Beverly Hills geworden. Ein Filmboss war am Weihnachtsabend in den Laden gekommen, um in letzter Minute ein Geschenk für seine Frau zu kaufen. Er hatte Teri seine Karte gegeben und gesagt, sie möge ihn anrufen. Eine Woche später wurde ein Probestreifen mit ihr gedreht. Spielen konnte sie nicht, aber drei Dinge sprachen für sie: Ihr Gesicht und ihre Figur waren sensationell, sie war ungeheuer fotogen, und sie war die Geliebte des Studiochefs.

Im ersten Jahr hatte sie winzige Rollen in billigen kleinen Filmen bekommen. Es kamen die ersten Verehrerbriefe. Ihre Rollen wurden größer. Dann starb ihr Wohltäter an einem Herzanfall. Sie war sicher, daß man sie feuern würde. Statt dessen ließ sein Nachfolger sie zu sich kommen und erklärte ihr, er habe große Pläne mit ihr. Sie bekam einen neuen Vertrag, mehr Geld und ein größeres Apartment mit einem spiegelverkleideten Schlafzimmer. Sie diente sich hoch zu tragenden Rollen in Filmen der B-Klasse, und als das Publikum an den Kinokassen immer deutlicher für Teri Washburn votierte, bekam sie die Hauptrollen in den A-Filmen. Aber all das war lange her.

Judd hatte Mitleid mit ihr, als sie vor ihm auf der Couch lag und schluchzte. »Möchten Sie ein Glas Wasser?« fragte er.

»N-nein. Es ist ... schon ... gut.« Sie putzte sich die

Nase. »Verzeihung. Ich benehme mich wie ein Idiot.« Sie richtete sich auf.

Judd blieb sitzen und ließ ihr Zeit, sich zu fangen.

»Warum heirate ich immer wieder Männer wie Harry?«

»Das ist eine wichtige Frage. Haben Sie selbst eine Erklärung dafür?«

»Wie soll ich das wissen?« schrie sie. »Sie sind Psychiater. Wenn ich vorher wüßte, daß sie solche Waschlappen sind, würde ich sie doch nicht heiraten, oder?«

»Was meinen Sie selbst?«

Sie erstarrte. »Sie meinen, ich würde es trotzdem tun?« Wütend sprang sie auf. »Oh – Sie Scheißkerl! Sie glauben, es hätte mir Spaß gemacht, die ganze Band ranzulassen?«

»War es nicht so?«

Rasend vor Zorn packte sie eine Vase und warf sie nach ihm. Sie zersplitterte an der Tischkante. »Reicht das als Antwort?«

»Nein. Die Vase hat 200 Dollar gekostet. Ich setze sie auf Ihre Rechnung.«

Sie sah ihn ratlos an. »Hat es mir wirklich Spaß gemacht?« flüsterte sie.

»Das müssen Sie wissen.«

Ihre Stimme wurde noch leiser. »Ich muß krank sein. O Gott, ich bin wirklich krank. Bitte, helfen Sie mir, Judd. Helfen Sie mir!«

Judd ging auf sie zu. »Sie müssen mir dabei selbst helfen.«

Sie nickte benommen.

»Ich möchte, daß Sie jetzt nach Hause gehen, Teri, und darüber nachdenken, was Sie empfinden. Nicht was Sie empfinden, während Sie solche Dinge tun, sondern was Sie vorher fühlen. Überlegen Sie, warum Sie es tun wollen. Wenn Sie das wissen, wissen Sie ein gutes Stück mehr über sich selbst.«

Sie sah ihn lange nachdenklich an, dann entspannte sich ihr Gesicht. Sie putzte sich noch einmal die Nase. »Sie sind ein prima Kerl, Doc«, sagte sie. Sie nahm ihre

Handtasche und die Handschuhe. »Dann bis nächste Woche?«

»Ja.« Er hielt ihr die Tür auf. »Bis nächste Woche.«

Er wußte längst die Antwort auf Teris Problem, aber sie mußte selbst darauf kommen. Sie mußte erkennen, daß man Liebe nicht kaufen kann, sondern warten muß, bis sie aus freien Stücken geschenkt wird. Daß man ihr freiwillig Liebe entgegenbringen würde, konnte sie nicht akzeptieren, bevor sie erkannt hatte, daß sie es wert war, geliebt zu werden. Bis dahin würde sie wieder und wieder versuchen, sie zu erkaufen, mit der einzigen Münze, die sie besaß: mit ihrem Körper. Er wußte, welche Qualen sie durchlitt, er ahnte die bodenlose Verzweiflung, mit der sie sich verachtete, und er litt mit ihr. Aber er konnte ihr nur helfen, wenn er äußerlich unpersönlich und reserviert erschien. Seine Patienten hielten ihn für einen kühlen, sachlichen Mann, der von olympischer Höhe herab weise Ratschläge erteilte. Es war die Fassade, hinter der er bei einer Behandlung verborgen blieb. In Wahrheit bekümmerten ihn die Probleme seiner Patienten zutiefst. Sie wären verblüfft gewesen, hätten sie gewußt, wie oft ihn die Dämonen, von denen sie gepeinigt wurden, in seinen Alpträumen heimsuchten. In den ersten sechs Monaten seiner Arbeit als Psychiater hatte er unter gräßlichen Kopfschmerzen gelitten. Er hatte sich unbewußt mit seinen Patienten identifiziert und fast ein Jahr gebraucht, um zu lernen, seine emotionelle Anteilnahme zu kontrollieren und in sicher Kanäle abzuleiten.

Noch während er Teris Tonband wegschloß, richteten sich seine Gedanken wieder auf sein eigenes Dilemma. Er ging ans Telefon und rief im 19. Revier an.

Die Zentrale verband ihn mit dem Detective Bureau. Er hörte McGreavys tiefen Baß: »Lieutenant McGreavy.«

»Detective Angeli, bitte.«

»Moment.«

Es klapperte, als McGreavy den Hörer hinlegte. Sekunden später meldete sich Angeli. »Hier Detective Angeli.«

»Judd Stevens. Haben Sie schon eine Information?«

Kurzes Zögern. »Ich habe das überprüft«, antwortete Angeli vorsichtig.

»Sie brauchen nur ja oder nein zu sagen.« Judds Herz hämmerte wild. Es kostete ihn Mühe, die nächste Frage auszusprechen. »Ist Ziffren noch in der Anstalt?«

Es schien eine Ewigkeit zu dauern, bis Angeli antwortete: »Ja, er ist noch da.«

Judd war maßlos enttäuscht. »Ach so.«

»Tut mir leid.«

»Vielen Dank.« Judd legte langsam auf.

Also blieb nur noch Harrison Burke. Ein hoffnungsloser Paranoiker, der überzeugt war, alle Welt stelle ihm nach, um ihn zu töten. Ob er sich entschlossen hatte, zuerst zuzuschlagen? John Hanson hatte die Praxis um Viertel nach zehn verlassen und war wenige Minuten später getötet worden. Judd mußte unbedingt erfahren, ob Harrison Burke zu dieser Zeit in seinem Büro war. Er sah Burkes Geschäftsnummer nach und rief dort an.

»International Steel.« Eine Stimme wie ein Automat.

»Mr. Harrison Burke, bitte.«

»Mr. Burke ... Moment ...«

Judd hatte gehofft, daß Burkes Sekretärin das Gespräch annehmen würde. Wenn sie allerdings für einen Moment aus dem Zimmer gegangen war und Burke selbst an den Apparat kommen sollte ...?

»Vorzimmer Mr. Burke.« Es war eine Frauenstimme.

»Hier ist Dr. Judd Stevens. Ich möchte Sie um eine Information bitten.«

»Ja, Dr. Stevens?« Es klang erleichtert, doch mit einer Spur Vorsicht. Sie schien zu wissen, wer er war. Welche Hoffnungen setzte sie auf ihn? Wie mochte Burke wohl mit ihr umgehen?

»Es handelt sich um die Rechnung für Mr. Burke ...«, begann Judd.

»Ach, um die Rechnung?« Sie bemühte sich nicht, ihre Enttäuschung zu verhehlen.

Judd fuhr rasch fort: »Meine Sekretärin ... ist nicht mehr bei mir, und ich bin gerade dabei, meine Bücher durchzuarbeiten. Ich sehe, daß sie für Mr. Burke eine Behandlung am Montag um 9 Uhr 30 eingetragen hatte, bin aber im Zweifel, ob das stimmt. Würden Sie so nett sein, in Mr. Burkes Terminkalender zu schauen, ob er an dem Tag beim mir war?«

»Einen Augenblick.« Er hörte deutlich die Mißbilligung aus ihrem Ton heraus, und er erriet ihre Gedanken. Ihr Chef war im Begriff durchzudrehen, aber sein Arzt hatte keine anderen Sorgen, als an sein Geld zu kommen. Gleich darauf kam sie wieder ans Telefon. »Ich fürchte, Ihre Sekretärin hat einen Fehler gemacht, Dr. Stevens«, sagte sie frostig. »Mr. Burke kann am Montag nicht bei Ihnen gewesen sein.«

»Sind Sie ganz sicher?« fragte Judd nachdrücklich. »Hier steht, er sei von 9 Uhr 30 bis ...«

»Es interessiert mich nicht, was in Ihren Büchern steht.« Sie war offen empört über seine Hartnäckigkeit. »Mr. Burke war den ganzen Vormittag in einer Sitzung. Sie hat um acht Uhr angefangen.«

»Könnte er nicht für eine Stunde weggegangen sein?«

»Nein. Mr. Burke verläßt das Haus niemals während der Geschäftszeit.« Was sie dachte, war klar: *Merken Sie denn nicht, daß der Mann krank ist? Was tun Sie denn überhaupt, um ihm zu helfen?*

»Soll ich ihm ausrichten, daß Sie angerufen haben?«

»Das ist nicht nötig«, sagte Judd. »Vielen Dank.« Er hätte gern noch etwas zu seiner Rechtfertigung und zu ihrer Beruhigung gesagt, aber er wußte nicht, was.

Also auch hier – nichts. Wenn weder Ziffren noch Burke versucht hatten, ihn umzubringen, dann hatte er wirklich keine Erklärung mehr. Er war wieder genau da, wo er begonnen hatte. Jemand – entweder eine oder mehrere Personen – hatte seine Sekretärin und einen seiner Patienten ermordet. Der Verkehrsunfall konnte Zufall oder Absicht gewesen sein. Zum Zeitpunkt des Unfalls war es ihm eindeutig wie Absicht erschienen. Doch wenn er die Sache jetzt leidenschaftslos betrachtete, mußte er zugeben, daß er durch die Ereignisse der vergangenen

Tage verstört gewesen war. In seinem hocherregten Zustand könnte er leicht einen normalen Verkehrsunfall mißdeutet haben. Die schlichte Wahrheit war doch, daß es niemanden gab, der ein denkbares Motiv haben könnte, ihn zu ermorden. Er hatte ein ausgezeichnetes Verhältnis zu seinen Patienten und eine herzliche Beziehung zu seinen Freunden. Er konnte sich nicht erinnern, jemanden verletzt oder gekränkt zu haben.

Das Telefon klingelte. Er erkannte Annes tiefe, kehlige Stimme sofort.

»Störe ich Sie?«

»Nein, durchaus nicht.«

Ihre Stimme klang besorgt. »Ich habe in der Zeitung von Ihrem Unfall gelesen. Ich wollte Sie schon früher anrufen, wußte aber nicht, wo Sie zu erreichen waren.«

Er bemühte sich um einen sorglos leichten Ton. »Es war nicht so schlimm. Es soll mir eine Lehre sein, nicht mehr quer über die Straße zu gehen.«

»In der Zeitung stand etwas von Fahrerflucht.«

»Das stimmt.«

»Hat man den Fahrer gefunden?«

»Nein. Vermutlich war es ein Halbstarker ohne Führerschein.« *In einer schwarzen Limousine mit ausgeschalteten Scheinwerfern.*

»Glauben Sie das?« fragte Anne.

Die Frage überraschte ihn. »Was wollen Sie damit sagen?«

»Ich weiß nicht recht«, meinte sie unsicher. »Ich finde nur ... Wissen Sie, erst der Mord an Carol, dann ... Ihr Unfall ...«

Sie hatte also den gleichen Verdacht wie er.

»Es ... es sieht doch beinahe so aus, als ob da jemand Amok laufen würde.«

Judd tat zuversichtlich. »Wenn es so ist, wird die Polizei ihn fassen.«

»Sind Sie in Gefahr?«

Ihre Anteilnahme tat ihm gut. »Nein, das glaube ich nicht.« Er schwieg verlegen. Er hätte ihr so viel zu sagen gehabt, aber er wollte einen freundlichen Anruf nicht falsch deuten; es war gewiß nicht mehr als das ganz natürliche Interesse des Patienten an seinem Arzt. Anne hätte außerdem jeden Bekannten angerufen, von dem sie wußte, daß er Sorgen hatte. Mehr steckte nicht dahinter.

»Es bleibt doch bei Freitag?« fragte er.

»Ja.« Es klang eigenartig. Ob sie es sich doch noch anders überlegen würde?

»Ich erwarte Sie«, sagte er rasch.

»Gut. Auf Wiedersehen, Dr. Stevens.«

»Auf Wiedersehen, Mrs. Blake. Danke für den Anruf. Herzlichen Dank.« Er legte auf.

Ob Annes Mann wohl wußte, was für ein unglaubliches Glück er hatte? Was für ein Mann mochte er sein? Nach den wenigen Äußerungen zu urteilen, die Anne über ihn gemacht hatte, mußte er ein attraktiver und aufmerksamer Mann sein, sportlich, gescheit, beruflich erfolgreich, ein Kunstmäzen. Anscheinend genau der Typ, mit dem Judd unter anderen Umständen gern befreundet gewesen wäre.

Was mochte es nur sein, das Anne bedrückte, was sie aber nicht mit ihrem Mann besprechen konnte? Was sie nicht einmal ihrem Psychiater anvertrauen konnte? Vermutlich war es ein lastendes Schuldgefühl wegen einer Liebesaffäre, die sie entweder vor oder während ihrer Ehe gehabt hatte. Flüchtige Amouren, die nichts bedeuteten, traute er Anne ohnehin nicht zu. Vielleicht würde sie es ihm am Freitag sagen. Wenn er sie zum letztenmal sehen würde.

Der Rest des Nachmittags verging rasch. Judd empfing die wenigen Patienten, denen er nicht mehr hatte absagen können. Als der letzte gegangen war, nahm er das Band von Harrison Burkes letztem Besuch vor, ließ es ablaufen und machte sich dabei einige Notizen.

Als er fertig war, wußte er, daß er keine andere Wahl hatte. Er mußte Burkes Vorgesetzten am nächsten Morgen anrufen und ihn über Burkes Zustand informieren.

Er sah aus dem Fenster und war überrascht, daß es schon dunkel geworden war. Es war fast 20 Uhr. Er fühlte sich müde und zerschlagen. Seine Rippen und der Arm schmerzten sehr. Er beschloß, nach Hause zu gehen und ein heißes Bad zu nehmen.

Er verschloß alle Bänder im Wandschrank. Das Band von Harrison Burke schloß er in der Schreibtischschublade ein. Er wollte es am anderen Tag einem Gerichtsgutachter übergeben. Dann zog er den Mantel an und war schon halb aus der Tür, als das Telefon klingelte. Er ging zurück und nahm den Hörer auf. »Dr. Stevens?«

Keine Antwort. Am anderen Ende der Leitung war nur ein schweres, nasales Atmen zu hören.

»Hallo?«

Keine Antwort. Stirnrunzelnd legte Judd auf. Wahrscheinlich verwählt, dachte er. Er schaltete alle Lichter aus, schloß die Türen ab und ging zum Lift. Alle anderen Büros waren längst leer. Es war noch zu früh für die Nachtschicht der Putzfrauen; außer Bigelow, dem Nachtportier, war sicher niemand mehr im Haus.

Judd drückte den Rufknopf am Fahrstuhl. Der Anzeiger blieb dunkel. Er drückte noch einmal auf den Knopf. Nichts.

In diesem Augenblick gingen alle Lampen im Flur aus.

7

Judd stand vor dem Fahrstuhl, und die plötzliche Dunkelheit traf ihn wie ein körperlicher Schlag. Er fühlte, wie sein Herz einen Moment aussetzte und dann zu rasen begann. Eine jähe atavistische Angst schoß ihm durch die Glieder. Er suchte in seiner Tasche nach Streichhölzern, aber er hatte sie in der Praxis liegengelassen. Vielleicht war ein Stockwerk tiefer noch Licht. Vorsichtig tastete er sich zu der Tür, die zum Treppenhaus führte. Er stieß sie auf: Auch die Treppe lag im Dunkeln. Er hielt sich am

Geländer fest und ging vorsichtig Stufe um Stufe hinunter. Tief unten sah er den tanzenden Lichtstrahl einer Taschenlampe näher kommen. Er war plötzlich so erleichtert. Das mußte Bigelow, der Nachtwächter, sein. »Bigelow!« schrie er. »Bigelow! Ich bin hier – Dr. Stevens!« Seine Stimme brach sich an den Steinmauern und kam als geisterhaftes Echo zurück. Die Gestalt mit der Taschenlampe kam unaufhaltsam und lautlos die Treppe herauf. »Wer ist da?« schrie Judd. Die einzige Antwort war das Echo seiner eigenen Frage.

Da wußte Judd, wer es war. Seine Mörder. Es mußten mindestens zwei sein. Einer hatte unten im Keller den Strom abgeschaltet, während der andere ihm den Fluchtweg über die Treppe versperrte.

Der Lichtstrahl kam näher, er war höchstens noch zwei oder drei Stockwerke entfernt. Judd hatte eiskalte Hände vor Angst. Sein Herz ging wie ein Preßlufthammer, seine Beine zitterten. Er drehte sich um und lief die Stufen bis zu seinem Stockwerk hoch. Er machte die Tür auf und lauschte. Wenn nun schon einer hier oben im dunklen Flur auf ihn wartete?

Die Schritte auf der Treppe hinter ihm wurden immer lauter. Judd tastete sich durch den nachtschwarzen Flur. Als er wieder am Fahrstuhl angekommen war, zählte er die Türen zu den Büros auf seiner Etage. Als er seine eigene Praxis erreicht hatte, wurde die Treppenhaustür geöffnet. In seiner Aufregung ließ Judd seinen Schlüsselbund fallen. Mit zitternden Händen tastete er den Boden ab, fand den Schlüssel, schloß die Tür zu seinem Vorzimmer auf, stürzte hinein und schloß zweimal hinter sich ab. Sie war jetzt nur mit einem passenden Spezialschlüssel zu öffnen!

Draußen auf dem Flur hörte er Schritte näher kommen. Er hastete in sein Sprechzimmer und drückte auf den Lichtschalter. Nichts. Im ganzen Haus war kein Strom. Er schloß sich auch in diesem Zimmer ein und ging zum Telefon. Er tastete die Wählscheibe ab und drehte die Nummer der Zentrale. Es klingelte dreimal, dann meldete sich die Vermittlung – seine einzige Verbindung zur Außenwelt.

Mit leiser Stimme sagte er: »Hier spricht Dr. Stevens. Dies ist ein Notruf. Ich muß Detective Frank Angeli vom 19. Revier sprechen. Es ist sehr dringend.«

»Okay. Ihre Nummer bitte!«

Judd gab die Nummer an.

»Moment bitte.«

Er hörte, wie sich jemand an der Tür zu schaffen machte, die von seinem Sprechzimmer direkt in den Außenflur führte. Aber von da konnte keiner reinkommen, weil es von draußen keine Klinke und kein Schloß gab, sondern nur einen Knopf.

»Zentrale, bitte beeilen Sie sich!«

»Moment bitte«, erwiderte die kühle, gelassene Stimme.

Das Rufzeichen erklang, dann meldete sich die Telefonvermittlung der Polizei. »Hier 19. Revier.«

Judd atmete tief durch. »Detective Angeli! Es ist dringend.«

»Detective Angeli... Sekunde.«

Draußen vor der Tür hörte er leise Stimmen. Jemand war dazugekommen. Was hatten sie vor?

Eine wohlbekannte Stimme klang durchs Telefon. »Detective Angeli ist nicht da. Hier spricht Lieutenant McGreavy. Kann ich...«

»Hier ist Judd Stevens. Ich bin in meiner Praxis. Alle Lichter sind ausgegangen und jemand versucht einzubrechen und mich umzubringen.«

Am anderen Ende der Leitung blieb es einen Moment totenstill, dann sagte McGreavy: »Hören Sie, Doktor, warum kommen Sie nicht hierher, damit wir in Ruhe...«

Judd schrie: »Ich kann nicht zu Ihnen kommen! Jemand will mich ermorden!«

Wieder blieb es still am anderen Ende der Leitung. McGreavy glaubte ihm nicht. Er würde ihm nicht helfen. Judd hörte, wie eine Tür aufgeschlossen wurde, dann Stimmen im Vorzimmer. Sie waren in seinem Vorzimmer! Sie konnten nur mit einem passenden Schlüssel hereinkommen! Aber er hörte sie deutlich, und sie kamen auf die Tür zu seinem Sprechzimmer zu.

McGreavy sprach jetzt wieder, aber Judd hörte nicht mehr hin. Es war zu spät. Er legte den Hörer auf. Es hätte auch nichts mehr genützt, wenn McGreavy versprochen hätte, sofort zu kommen. Die Mörder waren da! *Das Leben hängt an einem verdammt dünnen Fädchen. Es kann in einer einzigen Sekunde reißen.* Seine Angst verwandelte sich in blinde Wut. Er würde sich nicht abschlachten lassen wie Hanson und Carol. Er würde sich wehren. Er suchte in der Dunkelheit nach einer Waffe, mit der er sich verteidigen wollte. Ein Aschenbecher ... ein Brieföffner ... Sinnlos! Die Mörder hatten bestimmt Schußwaffen. Es war wie in einem Alptraum von Kafka. Er war grundlos verurteilt, und seine Henker hatten kein Gesicht. Er hörte, wie sie näher kamen. Er wußte, daß er nur noch wenige Minuten zu leben hatte. Mit einer seltsam leidenschaftslosen Gelassenheit, als sei er selbst einer seiner Patienten, analysierte er seine letzten Gedanken. Er dachte an Anne, und ein schmerzliches Gefühl des Verlusts erfüllte ihn. Er dachte an seine Patienten, die ihn sosehr brauchten. An Harrison Burke. O Gott, er hatte noch nicht in der Firma angerufen und die Einweisung in eine Anstalt veranlaßt. Er mußte die Bänder bereitlegen, damit man sie finden und ... Sein Herz machte einen Satz. Vielleicht hatte er *doch* etwas, womit er sich verteidigen konnte!

Er hörte, wie der Türknopf gedreht wurde. Er hatte zwar abgeschlossen, aber es war ein einfaches Schloß. Es war ein Kinderspiel, die Tür aufzubrechen. Er hörte ein leises Knarren, als sich jemand gegen die Tür lehnte. Dann wurde am Schloß gefummelt. Warum treten sie die Tür nicht einfach ein, dachte er. Er hatte das dumpfe Gefühl, daß die Antwort darauf sehr wichtig war, aber er hatte jetzt keine Zeit, darüber nachzudenken. Mit bebenden Händen schloß er die Schublade auf, in der Burkes Tonband eingeschlossen war, riß das Band aus der Kartonhülle, legte es auf das Gerät und fädelte das Band ein. Es war eine winzige Chance, aber es war seine einzige.

Er versuchte sich an den Wortlaut seines Gesprächs mit Burke zu erinnern. Draußen im Vorzimmer wurde am Türschloß gedreht. Judd holte tief Luft. »Tut mir leid, daß wir jetzt hier im Dunkeln sitzen«, sagte er laut. »Aber in ein paar Minuten ist der Schaden sicher behoben, Harrison. Warum legen Sie sich nicht wieder hin und entspannen sich?«

Im Vorzimmer wurde es still. Judd hatte das Band inzwischen eingefädelt. Er drückte auf den Startknopf, aber es blieb still. Natürlich – der Strom war ja abgeschaltet. Ein Gefühl der Verzweiflung packte ihn, aber trotzdem machte er noch einen Versuch. »So ist es besser«, sagte er laut. »Machen Sie es sich bequem.« Er tastete auf dem Tisch nach den Streichhölzern, fand sie, riß ein Streichholz an. Er hielt die Flamme dicht an das Tonbandgerät. Da war der Hebel. Er schaltete auf Batterie um und drückte den Startknopf noch einmal. In diesem Augenblick klickte es im Schloß. Er war verloren!

Und da brüllte Burkes Stimme durchs Zimmer: »Mehr haben Sie dazu nicht zu sagen? Sie wollen nicht einmal hören, was für Beweise ich habe? Wer sagt mir, daß Sie nicht auch zu denen gehören?«

Judd wagte sich nicht zu rühren, sein Herzschlag dröhnte wie Paukenschläge in seinen Ohren.

»Sie wissen genau, daß ich nicht zu ihnen gehöre«, kam seine eigene Stimme vom Tonband. »Ich bin Ihr Freund. Ich will Ihnen doch helfen ... Erzählen Sie mir, welche Beweise Sie haben.«

»Gestern nacht sind sie in mein Haus eingebrochen. Sie wollten mich umbringen. Aber ich lasse mich nicht erwischen. Ich schlafe seit einiger Zeit in meinem Arbeitszimmer. An allen Türen habe ich neue Sicherheitsschlösser anbringen lassen. Sie kriegen mich nicht.«

Die Geräusche im Vorzimmer waren verstummt.

Wieder Judds Stimme. »Haben Sie den Einbruch der Polizei gemeldet?«

»Natürlich nicht. Die stecken doch mit ihnen unter einer Decke. Sie haben Befehl, mich zu erschießen. Nur wagen sie es nicht, solange Menschen in der Nähe sind. Deshalb halte ich mich ja immer in der Menge auf.«

»Gut, daß ich das alles jetzt weiß.«

»Wieso?«

»Ich höre Ihnen sehr aufmerksam zu«, sagte Judds Stimme. In der gleichen Sekunde fuhr Judd wie elektrisiert hoch: Im nächsten Satz war von der Aufzeichnung auf Tonband die Rede!

Seine Hand schoß vor. Gottlob fand er den Schalter sofort. Das Band stoppte. Mit lauter Stimme sagte er: »Und wir beide werden gemeinsam schon einen Weg finden, mit den Problemen fertig zu werden.« Er brach ab. Was nun? Er konnte das Band doch nicht noch einmal ablaufen lassen? Seine einzige Hoffnung war, daß die Leute draußen inzwischen überzeugt waren, daß er einen Patienten bei sich hatte. Aber selbst wenn sie es glaubten, würde das etwas nützen?

»Fälle wie der Ihre, Harrison«, fuhr er mit erhobener Stimme fort, »sind viel häufiger als Sie denken.« Er stieß einen ungeduldigen Seufzer aus. »Jetzt wird es aber langsam Zeit, daß der Strom wieder eingeschaltet wird. Ich weiß, Ihr Fahrer wartet unten auf Sie. Er wird wahrscheinlich gleich raufkommen und Sie suchen.«

Judd lauschte. Im Vorzimmer wurde geflüstert. Was hatten sie vor? Unten auf der Straße hörte er plötzlich das Heulen einer näher kommenden Sirene. Das Flüstern brach ab. Er horchte. Waren sie immer noch draußen und warteten? Das Heulen der Sirene wurde lauter. Unten vor dem Haus brach es ab.

Und plötzlich gingen die Lichter wieder an.

8

»Einen Drink?«

McGreavy schüttelte mürrisch den Kopf. Judd goß sich den zweiten Scotch ein, während McGreavy ihm wortlos dabei zusah. Judds Hände zitterten immer noch. Erst als der Whiskey ihn langsam erwärmte, begann sich die Spannung in ihm zu lösen.

Zwei Minuten, nachdem die Lichter wieder angegangen waren, war McGreavy gekommen, begleitet von einem phlegmatischen Sergeant, der jetzt neben ihm saß und auf einem Stenogrammblock Notizen machte.

»Wir wollen das noch einmal rekapitulieren, Dr. Stevens«, sagte McGreavy.

Judd atmete tief durch und bemühte sich, ruhig und mit fester Stimme zu sprechen. »Ich habe das Büro abgeschlossen und bin zum Fahrstuhl gegangen. Da wurde alles dunkel. Ich dachte, daß die Lichter im Treppenhaus vielleicht noch brennen würden und wollte zu Fuß nach unten gehen.« In der Rückerinnerung empfand er noch einmal die grauenvolle Angst. »Ich sah jemand mit einer Taschenlampe nach oben kommen. Ich rief hinunter, weil ich dachte, es wäre der Nachtwächter. Aber er war es nicht.«

»Wer war es denn?«

»Ich habe es Ihnen schon gesagt: Ich weiß es nicht. Ich bekam keine Antwort.«

»Wieso glauben Sie, daß es Leute waren, die Sie ermorden wollten?«

Judd lag eine wütende Antwort auf der Zunge, aber er beherrschte sich. Es war ihm überaus wichtig, McGreavy zu überzeugen. »Sie sind mir bis zu meiner Praxis gefolgt.«

»Sie glauben, daß es zwei Männer gewesen sind?«

»Mindestens zwei«, antwortete Judd. »Ich habe gehört, wie sie miteinander geflüstert haben.«

»Sie sagten, Sie hätten Ihre Vorzimmertür zum Flur abgeschlossen. Ist das richtig?«

»Ja.«

»Und als Sie in Ihrem Sprechzimmer waren, haben Sie wiederum die Tür zum Vorzimmer hinter sich abgeschlossen?«

»Ja.«

McGreavy stand auf und untersuchte diese Tür. »Haben Sie versucht, sie mit Gewalt aufzubrechen?«

»Nein«, gab Judd zu. Er wußte noch, wie unverständlich ihm dieser Punkt gewesen war.

»Richtig«, sagte McGreavy. »Wenn man die Vorzimmertür zum Flur abschließt, ist sie nur mit dem passenden Spezialschlüssel zu öffnen. Stimmt das?«

Judd wußte, worauf McGreavy hinauswollte. »Ja.«

»Wer besaß den Schlüssel?«

Judd stieg die Röte ins Gesicht. »Nur Carol und ich.«

McGreavy fragte ruhig weiter. »Und was ist mit den Putzfrauen? Wie kamen die rein?«

»Wir hatten eine Sonderregelung. An drei Vormittagen in der Woche kam Carol etwas früher und ließ sie rein. Sie waren dann fertig, bevor mein erster Patient kam.«

»Das ist keine sehr praktische Lösung. Warum dürfen die Putzfrauen nicht in diese Räume, wenn sie all die anderen Büros dieser Etage saubermachen?«

»Weil meine Akten und Unterlagen höchst vertraulicher Natur sind. Ich nehme lieber eine Unbequemlichkeit in Kauf, als Fremde unbeaufsichtigt in meinen Räumen zu wissen.«

McGreavy vergewisserte sich mit einem kurzen Seitenblick, ob der Sergeant alles mitschrieb. Dann wandte er sich wieder an Judd. »Als wir vorhin ankamen, war die Vorzimmertür unverschlossen. Nicht etwa aufgebrochen – sie war unverschlossen.«

Judd schwieg.

McGreavy fuhr fort: »Sie haben mir eben erklärt, nur Carol und Sie hätten einen Schlüssel gehabt. Aber Carols Schlüssel haben wir auf dem Revier! Denken Sie bitte noch einmal nach, Dr. Stevens. Wer hatte sonst noch einen Schlüssel?«

»Niemand.«

»Und wie sind diese Leute Ihrer Meinung nach reingekommen?«

Plötzlich hatte Judd die Erklärung. »Sie haben einen Abdruck von Carols Schlüssel gemacht, als sie sie umgebracht haben.«

»Möglich wäre das«, räumte McGreavy ein. »Wenn es so ist, werden wir Paraffinspuren am Schlüssel finden. Ich lasse das im Labor prüfen.«

Judd nickte. Er hatte das Gefühl, einen Sieg errungen zu haben. Lange konnte er sich an dem Gefühl der Befriedigung jedoch nicht freuen.

»Sie sehen es also folgendermaßen: Zwei Männer – wir wollen mal im Moment davon ausgehen, daß keine Frau im Spiel ist – haben sich eine Kopie des Schlüssels beschafft, um in Ihr Büro einzudringen und Sie umzubringen. Richtig?«

»Ja«, sagte Judd.

»Schön. Und Sie behaupten ferner, Sie hätten die Tür zwischen Vorzimmer und Behandlungsraum abgeschlossen. Richtig?«

»Ja«, antwortete Judd. McGreavys Stimme klang fast mild. »Aber wir fanden auch diese Tür unverschlossen.«

»Sie müssen einen Schlüssel gehabt haben.«

»Warum sind diese Männer dann nicht reingekommen und haben Sie umgebracht, nachdem sie die Tür geöffnet hatten?«

»Das habe ich Ihnen erklärt. Sie haben die Stimmen vom Tonband gehört und...«

»Zwei besessene Killer setzen Himmel und Hölle in Bewegung, schalten den Strom ab, treiben Sie zurück in Ihr Büro wie in eine Falle, öffnen alle Türen... und verduften dann spurlos, ohne Ihnen auch nur ein Härchen zu krümmen?« McGreavys Stimme war voller Verachtung.

Judd bebte vor Wut. »Was wollen Sie damit andeuten?«

»Soll ich es Ihnen vielleicht schriftlich geben, Doktor?

Ich glaube nicht, daß jemand hier war, und ich glaube nicht, daß jemand Sie umbringen wollte.«

»Ich erwarte nicht, daß Sie sich allein auf meine Aussagen verlassen«, rief Judd wütend. »Warum war der Strom abgeschaltet? Wo ist der Nachtwächter? Mr. Bigelow?«

»Unten in der Halle.«

Judds Herzschlag stockte. »Tot?«

»Er war äußerst lebendig, als er uns reinließ. An der Hauptleitung war ein Kurzschluß gewesen. Bigelow war unten im Keller, um die Leitung zu reparieren. Er war gerade damit fertig, als ich ankam.«

Judd war wie vor den Kopf geschlagen. »Ach so.«

»Ich weiß nicht, was Sie mit alldem beabsichtigen, Dr. Stevens«, sagte McGreavy, »aber merken Sie sich eines: Ich spiele Ihr Spielchen nicht mit!« Er ging zur Tür. »Und tun Sie mir einen Gefallen. Rufen Sie mich nicht wieder an. Ich melde mich bei Ihnen.«

Der Sergeant klappte sein Notizbuch wieder zu und folgte McGreavy.

Die Wirkung des Alkohols war verflogen. Judd blieb in tiefer Niedergeschlagenheit zurück. Er hatte nicht die geringste Vorstellung, was er jetzt tun sollte. Er kam sich vor wie ein kleiner Junge, der schrie: ›Der Wolf ist da!‹, nur daß der Wolf ein unsichtbares, tödliches Phantom war, das spurlos verschwand, sobald McGreavy erschien. Ein Phantom. Oder . . . Es gab noch eine andere Möglichkeit. Sie war so entsetzlich, daß er den Gedanken kaum zu Ende denken mochte. Aber er mußte es tun.

Er mußte die Möglichkeit ins Auge fassen, daß er selbst ein Paranoiker war.

Der menschliche Geist neigt in Fällen der Überbeanspruchung zu Delusionen, die den Anschein der Realität haben. Judd wußte, daß er völlig überarbeitet war. Seit Jahren hatte er keinen Urlaub gemacht. Es war denkbar, daß der Tod von John Hanson und Carol Roberts ihn seelisch so sehr aus dem Gleichgewicht gebracht hatte, daß er nun in einem Wahnzustand alle Ereignisse wie durch ein verzerrtes Vergrößerungsglas sah. Menschen, die unter Verfolgungswahn leiden, leben in einer Seelenlandschaft, in der alltägliche, harmlose Vorfälle zu grausigen Alpträumen werden. Er dachte an den Autounfall. Wenn es ein Mordversuch gewesen wäre, hätte der Fahrer doch aussteigen und sich vergewissern müssen, daß sein Opfer tot war. Und dann der Vorfall heute abend: Woher wollte er wissen, daß die Männer bewaffnet waren? War es nicht ein Anzeichen für Verfolgungswahn, zu unterstellen, daß sie hier waren, um ihn zu töten? Es war doch viel logischer, anzunehmen, daß es harmlose Einbrecher waren. Sie waren getürmt, als sie die Stimmen im Nebenzimmer hörten. Wenn sie Mordabsichten gehabt hätten, wären sie hereingekommen und hätten ihn umgebracht. Wie sollte er die Wahrheit ergründen?

Er wußte, daß es zwecklos war, sich noch einmal an die Polizei zu wenden. Es gab niemanden, der ihm helfen konnte.

Dann kam ihm eine Idee. Sie war aus der nackten Verzweiflung geboren. Je mehr er darüber nachdachte, um so vernünftiger erschien sie ihm. Er nahm das Telefonbuch und begann das Branchenverzeichnis durchzublättern.

9

Am anderen Nachmittag um 16 Uhr fuhr Judd von der Praxis aus zu einer Adresse in der Lower West Side. Es war ein altes, heruntergekommenes Backstein-Mietshaus. Als Judd den Wagen vor dem schäbigen Gebäude abstellte, kamen ihm Bedenken. Ob er sich in der Adresse geirrt hatte? Da entdeckte er ein Schild in einem Fenster im ersten Stock:

NORMAN Z. MOODY
PRIVATDETEKTIV
GARANTIERT ZUFRIEDENSTELLENDE
BEDIENUNG

Judd stieg aus. Es war ein kalter, windiger Tag. Der Wetterbericht hatte Schnee angekündigt. Er ging vorsichtig über den vereisten Bürgersteig und betrat das Haus. Ein widerlicher Geruch von Kochdünsten und Urin schlug ihm entgegen.

Er drückte auf eine Klingel neben dem Schild *Norman Z. Moody – 1*. Gleich darauf summte es, die Tür sprang auf. Er trat ein und fand das Apartment Nr. I. Auf einem Schild an der Tür stand:

NORMAN Z. MOODY
PRIVATDETEKTIV
Bitte klingeln und eintreten

Moody gehörte offenbar nicht zu den Leuten, die Geld für sogenannte Wohnkultur ausgeben. Das Büro sah aus, als habe ein Blinder das Mobiliar auf dem Müllplatz zusammengesucht. Jeder Fußbreit war mit unbeschreiblichem Gerümpel vollgestopft. In einer Ecke stand ein zerfetzter japanischer Wandschirm, daneben eine indische Lampe, davor ein verkratzter, hypermoderner skandinavischer Tisch. Überall stapelten sich Zeitungen und alte Zeitschriften.

Die Tür zu einem Nebenzimmer ging auf, herein kam – Norman Z. Moody. Er war etwa einsfünfundsechzig groß und wog gut und gern seine drei Zentner. Er ging nicht, er rollte vorwärts und sah aus wie ein wandelnder Buddha. Er hatte ein freundliches Gesicht und große, unschuldige hellblaue Augen. Sein eiförmiger Kopf war völlig kahl. Es war unmöglich, sein Alter zu schätzen.

»Mr. Stevenson?« fragte Moody.

»Dr. Stevens«, erwiderte Judd.

»Setzen Sie sich, setzen Sie sich.« Der Buddha sprach mit dem schleppenden Akzent der Südstaatler.

Judd schaute sich suchend um, dann hob er einen Stapel alter Bodybuilding- und Nudisten-Magazine von einem schmierigen Ledersessel, aus dem an einigen Stellen die Füllung quoll; widerstrebend nahm er Platz.

Moody senkte seine Massen in einen überdimensionalen Schaukelstuhl. »Nun ja! Was kann ich für Sie tun?«

Judd wußte, daß er einen Fehler gemacht hatte. Er hatte am Telefon seinen Namen genannt. Einen Namen, der in den vergangenen Tagen in allen New Yorker Zeitungen auf der Titelseite gestanden hatte. Und nun war es ihm gelungen, den einzigen Privatdetektiv in der ganzen Stadt zu nehmen, der diesen Namen noch nicht gehört hatte. Er suchte krampfhaft nach einer Ausrede, um wieder gehen zu können.

»Wer hat mich Ihnen empfohlen?« fragte Moody.

Judd überlegte einen Moment. Er wollte Moody nicht kränken. »Ich habe Ihren Namen aus dem Branchenverzeichnis.«

Moody lachte. »Ich weiß nicht, was ich ohne das Branchenverzeichnis machen würde. Das ist die größte Erfindung neben dem Whisky.« Wieder lachte er glucksend.

Judd stand auf. Dieser Moody war ein Vollidiot. »Entschuldigen Sie, daß ich Ihre Zeit in Anspruch genommen habe, Mr. Moody«, sagte er. »Ich möchte es mir noch einmal überlegen, ehe ich . . .«

»Sicher, sicher. Das verstehe ich gut«, antwortete Moody. »Deshalb müssen Sie für diesen Termin heute trotzdem bezahlen.«

»Selbstverständlich.« Judd griff in die Tasche. »Wieviel?«

»Fünfzig Dollar.«

»Fünfzig . . .!« Judd blieb die Luft weg. Ärgerlich nahm er ein paar Scheine und drückte sie Moody in die Hand. Der Buddha zählte sorgfältig nach.

»Vielen Dank«, sagte er dann.

Judd wollte gehen. Er war stinkwütend auf sich.

»Doc . . .«, sagte Moody.

Judd drehte sich um. Moody lächelte ihn pflaumenweich an, während er das Geld in seine Westentasche stopfte. »Wo Sie doch schon mal 50 Dollar bezahlt haben«, sagte er milde, »können Sie sich eigentlich hinsetzen und mir erzählen, worum es geht. Ich sag immer, nichts erleichtert den Menschen mehr, als wenn er sich was von der Seele reden kann.«

Ausgerechnet mir muß dieser fette Idiot das sagen, dachte Judd amüsiert. Was mache ich anderes als zuzuhören, wenn die Leute sich was von der Seele reden? Er überlegte kurz. Was konnte er schon verlieren? Vielleicht war es ganz gut, mit einem Fremden darüber zur reden. Langsam kehrte er um und setzte sich wieder.

»Sie machen ein Gesicht, als müßten Sie die Probleme der ganzen Welt allein lösen, Doc. Vier Schultern sind besser als zwei, sag ich immer.«

Judd fragte sich beklommen, wie lange er die Allgemeinplätze von Moody noch ertragen könnte.

Moody schaute ihn forschend an. »Weshalb sind Sie hergekommen? Weiber? Oder Geld? Wenn es keine Weiber und kein Geld mehr gäbe, würden sich die meisten Probleme von allein lösen, sag ich immer.« Er wartete auf eine Antwort.

»Ich . . . ich glaube, man will mich ermorden.«

Die blauen Augen blitzten. »Sie glauben es?«

Judd wich aus. »Vielleicht könnten Sie mich an jemanden weiterempfehlen, der auf solche Fälle spezialisiert ist.«

»Sicher kann ich das«, erwiderte Moody. »Norman Z. Moody. Der Beste, den Sie kriegen können.«

Judd stöhnte.

»Warum erzählen Sie mir nicht, was los ist, Doc?« schlug Moody vor. »Vielleicht können wir zusammen ein bißchen Licht in die Geschichte bringen.«

Judd mußte wider Willen lächeln. Es klang ganz genauso, wie wenn er zu seinen Patienten sagte: Legen Sie sich hin, reden Sie über alles, was Ihnen gerade in den Sinn kommt. Warum eigentlich nicht? Er holte tief Atem und berichtete Moody so präzise wie möglich, was in den letzten Tagen passiert war. Es war eher ein Selbstgespräch. Er vergaß, daß er Moody gegenübersaß. Er hütete sich allerdings auszusprechen, daß er sich um seinen Geisteszustand Sorgen machte.

Als Judd schwieg, betrachtete Moody ihn mit strahlender Miene. »Da haben Sie aber ein feines Problem am Hals. Entweder ist da einer ganz wild darauf versessen, Sie umzubringen, oder Sie müssen Angst haben, daß Sie schizophren sind oder Verfolgungswahn haben.«

Judd blickte überrascht auf. 1:0 für Norman Z. Moody!

Moody fuhr fort: »Sie sagen, der Fall wird von zwei Detektiven bearbeitet. Können Sie sich an die Namen erinnern?«

Judd zögerte mit der Antwort. Er mochte diesem Mann nicht zu viel anvertrauen. Eigentlich wollte er so rasch wie möglich weg. »Frank Angeli«, sagte er dann. »Und Lieutenant McGreavy.«

Moodys Gesichtsausdruck änderte sich fast unmerklich. »Wer könnte ein Motiv haben, Sie zu ermorden?«

»Keine Ahnung. Soweit ich weiß, habe ich keine Feinde.«

»Quatsch – jeder Mensch hat ein paar Feinde. Die Feinde sind das Salz in der Suppe unseres Lebens, sag ich immer.«

Judd zuckte innerlich zusammen.

»Verheiratet?«

»Nein«, antwortete Judd.

»Sind Sie schwul?«

Judd seufzte. »Hören Sie, das alles hat mich die Polizei schon zigmal gefragt...«

»Klar. Nur mit dem Unterschied, daß Sie mich dafür bezahlt haben, daß ich Ihnen helfe«, sagte Moody ungerührt. »Schulden Sie jemand Geld?«

»Nein.«

»Was ist mit Ihren Patienten?«

»Was soll damit sein?«

»Nun, wenn du Muscheln suchen willst, mußt du an den Strand gehen, sag ich immer. Ihre Patienten sind lauter Verrückte. Richtig?«

»Nein«, erwiderte Judd knapp. »Es sind Menschen, die ihre Probleme haben.«

»Seelische Probleme, mit denen sie allein nicht fertig werden. Könnte es sein, daß einer von Ihren Patienten was gegen Sie hat? Nicht aus sachlich berechtigten Gründen, meine ich. Vielleicht, weil er sich was einredet.«

»Es wäre möglich. Dagegen spricht allerdings, daß die meisten Patienten ein Jahr oder noch länger bei mir in Behandlung sind. In dieser Zeit habe ich sie so gut kennengelernt, wie man einen anderen Menschen überhaupt kennenlernen kann.«

»Sind sie nie wütend auf Sie?« fragte Moody

»Manchmal schon. Aber wir suchen ja nicht nach jemand, der nur wütend auf mich ist. Es geht hier um einen besessenen Mörder.« Nach kurzem Überlegen fuhr er fort: »Wenn ich das bei einem meiner Patienten nicht bemerken würde, wäre ich der unfähigste Psychoanalytiker auf Gottes Erdboden.«

Moody sah ihn unverwandt an. »Immer hübsch der Reihe nach, sag ich immer. Zunächst wollen wir mal wissen, ob Sie wirklich jemand kaltmachen will oder ob Sie durchgedreht haben, Doc. Ja?« Er grinste friedlich über das ganze Gesicht und nahm damit seinen Worten die Schärfe.

»Und wie denken Sie sich das?«

»Ganz einfach. Ihnen geht's doch im Moment wie dem Mann, der im stockdusteren Zimmer boxen soll, dauernd zu einem Schwinger ausholt und nicht weiß, wo der Gegner überhaupt steht. Zunächst werden wir rauskriegen, was hier eigentlich gespielt wird. Danach werden wir rausknobeln, wer mitmischt. Haben Sie ein Auto?«

»Ja.«

Judd dachte längst nicht mehr daran, sich einen anderen Privatdetektiv zu suchen. Er hatte durchschaut, daß sich hinter Moodys Unschuldsmiene und seinen selbstgestrickten Lebensweisheiten hellwache Intelligenz und lautlose Tüchtigkeit verbargen.

»Sie sind mit den Nerven am Ende«, sagte Moody. »Ich finde, Sie sollten einen kleinen Urlaub machen.«

»Wann?«

»Morgen früh.«

Judd protestierte: »Ausgeschlossen. Ich erwarte Patienten...«

Moody wischte den Einwand beiseite. »Bestellen Sie sie ab.«

»Aber was versprechen Sie sich...«

»Rede ich Ihnen in Ihren Job hinein?« fragte Moody. »Ich will, daß Sie von hier aus sofort zu einem Reisebüro gehen. Lassen Sie sich ein Zimmer reservieren... bei« – er überlegte einen Moment –, »bei *Grossinger's*. Dann haben Sie eine hübsche Fahrt durch die Catskills... Gibt es in Ihrem Apartmenthaus eine Tankstelle?«

»Ja.«

»Okay. Lassen Sie den Wagen vor der Reise inspizieren. Sie wollen ja unterwegs keine Pannen haben.«

»Reicht das nicht auch noch nächste Woche? Für morgen ist mein Terminkalender so voll, daß...«

»Sobald Sie im Reisebüro alles erledigt haben, fahren Sie zurück in die Praxis und rufen Ihre Patienten an. Sagen Sie ihnen, Sie wären dringend verhindert und nächste Woche wieder zu sprechen.«

»Es geht nicht«, sagte Judd. »Das ist unmög...«

»Geben Sie Angeli Bescheid«, fuhr Moody fort. »Ich will nicht, daß Sie von der Polizei gesucht werden.«

»Warum soll ich das alles machen?« fragte Judd.

»Damit sich die 50 Dollar lohnen. Dabei fällt mir ein: Ich bekomme 200 Dollar Pauschale. Plus 50 Dollar pro Tag und dann Spesenerstattung.«

Moody hievte seine Massen aus dem großen Schaukelstuhl. »Ich lege Wert darauf, daß Sie sehr früh aufbrechen«, sagte er, »damit Sie vor Einbruch der Dunkelheit da sind. Abfahrt gegen sieben morgen früh – schaffen Sie das?«

»Ich... ich denke schon. Und was erhoffen Sie sich von dem Manöver?«

»Mit ein bißchen Glück die Antwort auf die Preisfrage, wer was für ein Spiel spielt.«

Fünf Minuten später bestieg Judd nachdenklich seinen

Wagen. Ob er recht daran getan hatte, so völlig auf diesen Falstaff zu vertrauen? Im Weggehen fiel sein Blick auf das Schild in Moodys Fenster:

GARANTIERT ZUFRIEDENSTELLENDE
BEDIENUNG

Das will ich stark hoffen, dachte er mit zusammengebissenen Zähnen.

Judd fuhr zurück in die Praxis. Unterwegs hielt er an einem Reisebüro auf der Madison Avenue, bekam die Reservierung für ein Zimmer bei *Grossinger's,* eine gute Straßenkarte und einen Haufen Prospekte über die Catskills. Er rief den Telefonauftragsdienst an und bat, seine Patienten zu benachrichtigen und alle Termine bis auf Widerruf abzusagen. Anschließend rief er im 19. Revier an und verlangte nach Detective Angeli.

»Angeli ist krank«, sagte eine unpersönliche Stimme. »Wollen Sie seine Privatnummer haben?«

»Ja.«

Wenige Minuten später sprach er mit Angeli. Der Stimme nach mußte er eine schwere Erkältung haben.

»Ich muß ein paar Tage ausspannen«, sagte Judd. »Ich fahre morgen früh. Ich wollte Ihnen nur Bescheid sagen.«

Nach kurzem Nachdenken meinte Angeli: »Gar keine schlechte Idee. Wo wollen Sie hin?«

»In die Catskills zu *Grossinger's.*«

»Gut. Machen Sie sich keine Sorgen. Ich werde es McGreavy erklären.« Kurze Pause. »Ich habe gehört, was gestern abend bei Ihnen los war.«

»Das heißt: Sie kennen McGreavys Version.«

»Haben Sie die Leute gesehen, die Sie umbringen wollten?«

Wenigstens Angeli glaubte ihm. »Nein.«

»Haben Sie gar nichts gesehen, was uns helfen könnte? Hautfarbe? Alter? Größe?«

»Tut mir leid – nichts. Es war stockdunkel.«

Angeli schniefte. »Okay. Ich halte die Augen auf. Vielleicht habe ich ein paar gute Nachrichten für Sie, wenn Sie wiederkommen. Seien Sie vorsichtig, Doktor.«

»Ja«, sagte Judd dankbar. Er legte auf.

Danach rief er Harrison Burkes Vorgesetzten an. Er umriß mit knappen Worten den Zustand von Burke und wies darauf hin, daß er schnellstens in eine Anstalt gebracht werden müsse. Anschließend setzte er sich mit Peter in Verbindung. Er bat ihn, die erforderlichen Schritte wegen Burke für ihn zu unternehmen. Peter versprach es.

Nun konnte er getrost wegfahren.

Was ihn sehr bedrückte, war der Gedanke, daß er Anne am Freitag nicht sehen würde. Vermutlich würde er sie nun niemals wiedersehen.

Während Judd nach Hause fuhr, dachte er über Norman Z. Moody nach. Er ahnte, was Moody vorhatte: Alle Patienten sollten wissen, daß Judd verreisen wollte. Wenn einer von ihnen der Mörder war, mußte er in diese Falle gehen.

Moody hatte ihm Anweisung gegeben, beim Auftragsdienst sowie beim Portier die Urlaubsadresse zu hinterlassen. Er wollte sichergehen, daß jeder erfahren konnte, wohin Judd gefahren war.

Mike stand vor dem Haus und grüßte ihn.

»Ich will morgen früh für ein paar Tage verreisen, Mike«, sagte Judd. »Würden Sie bitte meinen Wagen warten und tanken lassen?«

»Wird erledigt, Dr. Stevens. Wann brauchen Sie den Wagen morgen früh?«

»Ich will um sieben fahren.« Er spürte, daß Mike ihm nachschaute, als er ins Haus ging.

Oben in der Wohnung angekommen, schloß er die Tür hinter sich ab und prüfte sämtliche Fensterriegel. Alles schien in Ordnung zu sein.

Er schluckte zwei Kodeintabletten, zog sich aus und nahm ein heißes Bad. Sein schmerzender Körper entkrampfte sich, er fühlte, wie sich die Spannung in Rücken und Nacken löste. Seine Gedanken kreisten um Moody. Warum hatte er ihn vor einer möglichen Wagenpanne gewarnt? Weil eine einsame Landstraße irgendwo in den Catskills ein idealer Ort für einen Überfall wäre? Was konnte Moody machen, wenn er unterwegs angegriffen würde? Moody hatte sich geweigert, ihm zu sagen, was für Pläne er hatte – sofern er überhaupt welche hatte. Je länger Judd darüber nachdachte, desto überzeugter war er, daß er in eine Falle gehen würde. Angeblich sollten Judds Verfolger in diese Falle gehen. Aber wie er sich drehte und wendete – die Falle schien dazu gemacht, ihn selbst, Judd, hereinzulegen. Aber warum? Welches Interesse konnte Moody daran haben, daß sein Klient draufging? *Mein Gott,* dachte er entsetzt, *da habe ich wahllos einen Namen aus dem Telefonbuch gegriffen, und schon glaube ich, daß dieser Mann mich umbringen lassen will. Bin ich wirklich krank?*

Die Tabletten und das heiße Bad hatten ihre Wirkung getan. Er merkte, wie ihm die Augen zufielen. Müde stieg er aus der Wanne, tupfte seinen geschundenen Körper vorsichtig mit einem Frotteetuch ab und zog einen frischen Schlafanzug an. Er legte sich ins Bett und stellte den Wecker auf sechs Uhr. Die Catskills – ein sinniger Name! Erschöpft schlief er ein.

Als der Wecker schrillte, war er sofort hellwach. Sein erster Gedanke war: *Ich glaube nicht an eine Serie von Zufällen, und ich glaube nicht, daß einer meiner Patienten ein Massenmörder ist. Also bin ich entweder ein Paranoiker oder auf dem Wege, es zu werden.* Er mußte unverzüglich einen Kollegen konsultieren. Am besten Dr. Robbie. Er wußte, daß es das Ende seiner beruflichen Karriere wäre, aber das ließ sich nicht umgehen. Wenn er in der Tat krank war, gehörte er in eine Klinik. Ob Moody ihm deshalb zu einem Urlaub geraten hatte? Weil er nicht glaubte, daß sein Leben bedroht war, sondern weil er die Anzeichen eines Nervenzusammenbruchs beobachtet hatte? Vielleicht war es wirklich klüger, auf Moody zu hören und ein paar Tage in die Catskills zu fahren. Befreit von dem entsetzlichen Druck, unter dem er hier stand, würde er dort in der Abgeschiedenheit versuchen können, sich in den Griff zu bekommen, zu ergründen, seit wann er diese fixe Idee hatte, seit wann sein Blick getrübt war. Nach seiner Rückkehr würde er einen Termin mit Dr. Robbie vereinbaren und sich bei ihm in Behandlung begeben.

Die Entscheidung war ihm nicht leichtgefallen, aber nachdem er sich dazu durchgerungen hatte, fühlte er sich besser. Er zog sich an, packte einen kleinen Koffer und trug ihn zum Fahrstuhl.

Eddie hatte noch keinen Dienst. Der Fahrstuhl war auf Selbstbedienung gestellt. Judd fuhr hinunter in die Tiefgarage. Er schaute sich überall um, aber Wilt, der Tankwart, war noch nicht da. Die Garage war menschenleer.

Er ging zu seinem Wagen, warf den Koffer auf den Rücksitz, öffnete die Fahrertür und setzte sich hinters Steuer. Als er nach dem Startschlüssel greifen wollte, tauchte plötzlich aus dem Nichts ein Mann neben ihm auf. Judd erschrak zu Tode.

»Sind Sie aber pünktlich.« Es war Moody.

»Ich ahnte nicht, daß Sie sich von mir verabschieden wollten«, sagte Judd.

Moody strahlte ihn an, ein breites, fröhliches Lächeln auf dem pausbackigen Engelsgesicht. »Ich hatte nichts Besseres vor, und ich konnte nicht schlafen.«

Judd war Moody dankbar für sein Taktgefühl. Keine Andeutung, daß er ihn für seelisch angeschlagen hielt, nichts als der freundliche Rat, aufs Land zu fahren und auszuspannen. Schön, er konnte mitspielen, auch so tun, als sei alles ganz normal.

»Ich habe eingesehen, daß Sie recht haben. Ich fahre aufs Land. Mal sehen, ob wir bei der Gelegenheit erfahren, wer es auf mich abgesehen hat.«

»Ach, wissen Sie, deshalb brauchen Sie nicht mehr zu fahren«, sagte Moody. »Das hat sich schon erledigt.«

Judd stutzte. »Ich verstehe Sie nicht.«

»Ist doch ganz einfach. Wenn du einer Sache auf den Grund gehen willst, mußt du erst mal graben, sag ich immer.«

»Mr. Moody...«

Moody lehnte sich an die Wagentür. »Wissen Sie, an Ihrer Geschichte ist mir eines komisch aufgestoßen, Doc. Alle paar Stunden hat einer versucht, Sie umzubringen... anscheinend. Und dieses ›anscheinend‹ – das hat mich irritiert. Wir hatten nichts in der Hand, bevor wir nicht wußten, ob Sie spinnen oder ob Sie da wirklich einer ins Jenseits befördern will.«

Judd sah ihn fragend an. »Aber die Catskill...«

»Oje, da wären Sie nie angekommen, Doc.« Er machte die Wagentür auf. »Steigen Sie doch mal aus.«

Verwirrt stieg Judd aus dem Wagen.

»Sehen Sie, das war nur so was wie eine Werbetrommel. Wenn du einen Hai fangen willst, mußt du erst mal das Wasser blutig machen, sag ich immer.«

Judd ließ Moody nicht aus den Augen.

»Sie wären leider nie bis in die Catskills gekommen«, sagte Moody sanft. Er ging nach vorne an den Wagen, fummelte am Schloß und klappte die Kühlerhaube hoch. Judd trat neben ihn. An den Verteilerkopf waren drei Dynamitstäbe gebunden. Von der Zündung baumelten zwei dünne Drähte lose herab.

»Eine Sprengladung«, sagte Moody.

Judd sah ihn fassungslos an. »Woher wußten Sie...«

Moody grinste. »Ich sagte Ihnen ja schon, daß ich nicht gut schlafen kann. Ich war gegen Mitternacht hier. Ich habe den Nachtwächter bestochen, daß er nach Hause geht. Dann habe ich hier im Dunkeln gewartet. Übrigens, der Nachtwächter kostet Sie weitere 20 Dollar. Ich wollte nicht, daß er Sie für geizig hält.«

Der kleine, dicke Mann war Judd auf einmal ungeheuer sympathisch. »Haben Sie gesehen, wer es war?«

»Nee. Das war schon passiert, bevor ich herkam. Als mir heute morgen um sechs klarwurde, daß niemand mehr kommen würde, habe ich mir den Wagen näher angesehen.« Er wies auf die beiden losen Drähte. »Ihre Freunde sind verdammt clever. Sie haben eine Sprengladung angebracht, die hochgegangen wäre, wenn Sie die Kühlerhaube ganz hochgeklappt hätten. Die andere wäre explodiert, wenn Sie den Startschlüssel gedreht hätten. Das Dynamit in Ihrem Auto hätte gereicht, um die halbe Garage in die Luft zu sprengen.«

Judd fühlte sich nicht wohl im Magen. Moody sah ihn mitfühlend an. »Kopf hoch«, sagte er. »Wir sind doch ein schönes Stück weitergekommen. Zwei Dinge wissen wir jetzt schon. Erstens, daß Sie nicht verrückt sind. Und zweitens wissen wir, daß da einer aber schon verdammt wild darauf ist, Sie umzubringen, Dr. Stevens.«

10

Sie saßen in Judds Wohnzimmer. Moodys Massen fanden selbst auf der breiten Couch kaum Platz. Bevor sie nach oben gegangen waren, hatte Moody die Einzelteile der entschärften Bombe in den Kofferraum seines eigenen Wagens gelegt.

»Hätten Sie das alles nicht für die polizeiliche Untersuchung so lassen sollen, wie es war?« fragte Judd.

»Zu viel Information schafft nur Verwirrung, sag ich immer.«

»Aber ich hätte Lieutenant McGreavy beweisen können, daß ich die Wahrheit gesagt hatte.«

»Meinen Sie?«

Judd verstand sofort. McGreavy hätte unterstellt, daß Judd seinen Wagen selbst mit Dynamit gespickt hatte. Dennoch fand er es seltsam, daß ein Privatdetektiv der Polizei ein wichtiges Beweisstück vorenthielt. Moody war wie ein riesiger Eisberg. Da schien sich eine erstaunliche Menge unter der Oberfläche zu verbergen, hinter dieser Fassade des harmlosen, geschwätzigen Westentaschenphilosophen.

Während Moody sprach, schweiften Judds Gedanken immer wieder ab und zu dem einen Punkt, der ihn stark beschäftigte: dem Beweis, daß sein Geist nicht verwirrt, daß er bei klaren Sinnen war! Es gab tatsächlich einen Attentäter, der ihn unbedingt aus der Welt schaffen wollte. Wie leicht ein Mensch doch seine innere Balance verlieren kann, dachte Judd. Vor wenigen Minuten war er noch willens gewesen, sich für paranoid zu halten! Er war Moody unbeschreiblich dankbar.

». . . Sie sind der Seelenpfadfinder«, sagte Moody. »Ich bin bloß ein schlichter Detektiv. Wenn du Honig willst, mußt du zum Imker gehen, sag ich immer.«

Judd hatte sich allmählich an Moodys alberne Bemerkungen gewöhnt. »Mit anderen Worten: Sie wollen von mir wissen, was für ein Typ – oder was für Typen – das sein könnten.«

»Genau.« Moody nickte zufrieden. »Haben wir's mit einem mordsüchtigen Irren zu tun, der aus der Klappsmühle ausgebrochen ist, oder steckt mehr dahinter?«

»Viel mehr«, erwiderte Judd spontan.

»Wie kommen Sie darauf, Doc?«

»Zunächst einmal, weil gestern abend *zwei* Männer in meine Praxis eingestiegen sind. Ich wäre noch bereit, die Theorie von einem seelisch gestörten Einzelgänger zu schlucken. Aber zwei Irre, die gemeinsam operieren – das ist mir zuviel.«

Moody nickte zustimmend. »Kapiert. Weiter.«

»Zweitens: Ein geistig verwirrter Mensch kann von einer fixen Idee besessen sein, aber dann handelt er auch nach einem fixierten Muster. Ich weiß nicht, warum John Hanson und Carol Roberts ermordet worden sind, aber wenn mich nicht alles täuscht, bin ich als drittes und letztes Opfer vorgesehen.«

»Wieso als letztes Opfer?« Moody sah ihn neugierig an.

»Wenn noch ein paar andere Leute vorgesehen wären, hätten sie den nächsten anvisieren können, der auf der Liste steht, nachdem der erste Anschlag auf mich mißlungen war. Aber das ist nicht passiert. Im Gegenteil: Sie haben sich ganz darauf konzentriert, mich zu erwischen.«

»Wissen Sie was – Sie haben Talent zum Detektiv«, meinte Moody anerkennend.

Judd runzelte die Stirn. »Einiges ist mir unklar.«

»Zum Beispiel?«

»Zunächst das Motiv. Ich kenne niemand, der ...«

»Darauf kommen wir später zurück. Was sonst noch?«

»Sie scheinen doch ganz versessen darauf zu sein, mich zu töten. Nun denken Sie mal an den Autounfall zurück: Warum hat der Fahrer, als ich am Boden lag, nicht einfach zurückgesetzt und mich überrollt? Ich war bewußtlos.«

»Oh – das kann Ihnen Mr. Benson erklären.«

Judd verstand kein Wort. »Wer bitte?«

»Mr. Benson ist der Unfallzeuge. Ich habe seinen Namen aus dem Polizeibericht. Nachdem Sie gestern gegangen waren, habe ich ihn besucht. Das macht übrigens 3 Dollar 50 für Taxifahrten. Okay?«

Judd nickte wortlos.

»Mr. Benson – ach übrigens, er ist Kürschner. Gute Ware. Wenn Sie mal was für Ihre Freundin brauchen, kann ich Ihnen einen Rabatt beschaffen. Nun ja, am Dienstag, als Sie den Unfall hatten, kam er gerade aus einem Bürohaus, wo seine Schwägerin arbeitet. Er hatte ihr ein paar Tabletten gebracht, weil sein Bruder Matthew – er ist Bibelverkäufer – die Grippe hatte, und der sollte die Medizin kriegen.«

Judd hörte geduldig zu. Und wenn Norman Z. Moody sämtliche Artikel der Verfassung herunterbeten sollte – er würde ihm zuhören!

»Also, Mr. Benson hat ihr die Tabletten gebracht und kam gerade aus dem Haus, als er den Wagen direkt auf Sie zufahren sah. Natürlich wußte er da noch nicht, daß Sie es sind.

Judd nickte.

»Der Wagen rutschte mit der Breitseite auf Sie zu. Aus Bensons Blickwinkel schien es, als wäre der Wagen ins

Schleudern gekommen. Als er sah, daß Ihnen was passiert war, lief er rüber, um Ihnen zu helfen. In dem Moment setzte der Wagen zurück, um Sie zu überrollen. Da muß der Fahrer Mr. Benson bemerkt haben. Er hat Gas gegeben und ist ab wie die Feuerwehr.«

Judd schluckte. »Wenn also Mr. Benson nicht zufällig...«

»Richtig, dann wären wir beide uns nie begegnet«, sagte Moody honigmild. »Die Jungs machen keinen Spaß. Die wollen Sie killen, Doc.«

»Aber als sie in meiner Praxis waren... warum haben sie die Tür nicht aufgebrochen?«

Moody schwieg einen Moment und dachte nach. »Das ist mir auch ein Rätsel. Sie hätten die Tür eintreten und nicht nur Sie umbringen können, sondern auch den, der bei Ihnen war, und dann lautlos verduften, ohne daß irgend jemand sie gesehen hätte. Aber als sie dachten, Sie wären nicht allein, sind sie abgehauen. Irgendwie stimmt da was nicht.« Er kaute an der Unterlippe. »Es sei denn...« Er brach ab.

»Was?«

Moody machte ein Gesicht wie ein witternder Hund. »Ich frage mich...«, sagte er tonlos.

»Was?«

»Ach, lassen wir das im Moment. Ich hab da so 'ne Idee, aber die hängt in der Luft, solange wir kein Motiv haben.«

Judd zuckte hilflos die Achseln. »Ich kenne niemand, der ein Motiv haben könnte.«

Moody überlegte. »Doc, gibt es vielleicht ein Geheimnis, in das Sie nur John Hanson und Carol Roberts eingeweiht hatten? Irgendwas, was nur Sie drei wissen konnten?«

Judd schüttelte den Kopf. »Die einzigen Geheimnisse, die ich habe, sind Berufsgeheimnisse, die meine Patienten betreffen. Und in deren Krankengeschichten gibt es wiederum nicht das geringste, das einen Mord wert wäre. Keiner meiner Patienten ist Geheimagent oder Spion oder entsprungener Sträfling. Es sind durchschnittliche Leute – Hausfrauen, Geschäftsmänner, Bankangestellte, die persönliche Probleme haben, mit denen sie allein nicht fertig werden.«

Moody sah ihn harmlos an. »Sie sind ganz sicher, daß keins von Ihren Schäfchen ein böser Wolf ist?«

»Absolut sicher«, antwortete Judd mit Überzeugung. »Gestern hätte ich das vielleicht nicht beschworen. Um ehrlich zu sein, ich war drauf und dran, mich selbst für einen Paranoiker zu halten, und ich hatte befürchtet, daß Sie dasselbe denken.«

Moody lächelte: »Die Idee war mir natürlich gekommen. Nachdem Sie mich angerufen und einen Termin ausgemacht hatten, habe ich ein paar gute Ärzte in meinem Bekanntenkreis angerufen und mich über Sie erkundigt. Sie haben einen fabelhaften Ruf.«

Und ich habe mich von seinem »Mr. Stevenson« täuschen lassen. Der Kerl ist mit allen Wassern gewaschen, dachte Judd. Laut sagte er: »Wenn wir der Polizei all das vorlegen, was wir jetzt wissen, können wir McGreavy zumindest umstimmen.«

Moody sah ihn leicht erstaunt an. »Meinen Sie? Ich finde nicht, daß wir ihm viel Überzeugendes bieten können. Trotzdem – kein Grund zum Pessimismus. Wir machen ja Fortschritte. Ich glaube, wir haben die Sache schon ganz hübsch eingekreist.«

»Ja, gewiß«, sagte Judd gereizt. »Es kann praktisch jeder Bürger der Vereinigten Staaten sein.«

Moody blickte versonnen an die Zimmerdecke. Schließlich schüttelte er den Kopf. »Familien«, seufzte er.

»Familien?«

»Doc – ich will Ihnen gerne glauben, daß Sie Ihre Patienten kennen wie Ihre Westentasche. Wenn Sie meinen, ein Mord wäre da nicht drin, sollen Sie meinetwegen recht haben. Es ist Ihr Bienenstock, und Sie sind der Imker.« Er beugte sich vor. »Sagen Sie mal: Wenn Sie einen Patienten übernehmen, interviewen Sie dann auch seine Familie?«

»Nein. Manchmal ahnt die Familie nicht einmal, daß der Patient in psychiatrischer Behandlung ist.«

Zufrieden lehnte Moody sich zurück. »Aha, da haben wir's.«

Judd sah erstaunt auf. »Sie meinen, es könnte ein Familienangehöriger eines Patienten sein?«

»Könnte sein.«

»Sie hätten so wenig ein Motiv wie meine Patienten selbst. Wahrscheinlich noch weniger.«

Moody wuchtete sich mühsam von der Couch hoch. »Man kann nie wissen, Doc. Hören Sie, Sie müssen mir eine Liste aller Patienten geben, die Sie in den letzten vier Wochen gesehen haben. Geht das?«

Judd zögerte. »Nein«, sagte er dann.

»Von wegen ärztlicher Schweigepflicht und so? Ich finde, das müssen Sie jetzt ein bißchen großzügiger auslegen. Ihr Leben steht auf dem Spiel.«

»Ich glaube, Sie sind auf der falschen Fährte. Was hier passiert ist, hat weder mit meinen Patienten noch mit deren Angehörigen zu tun. Wenn es Fälle von Geisteskrankheit in einer der Familien gegeben hätte, wäre es im Laufe der psychoanalytischen Behandlung zur Sprache gekommen.« Er schüttelte den Kopf. »Tut mir leid, Mr. Moody. Ich muß meine Patienten schützen.«

»Sie sagen doch, die Akten enthalten nichts Wichtiges?«

»Nichts, was für uns von Bedeutung ist.« Aber was stand alles darin: John Hanson hatte Matrosen in einschlägigen Kneipen aufgelesen. Teri Washburn hatte mit einer ganzen Band geschlafen. Dann die vierzehnjährige Evelyn Warshak, noch auf der Schule und schon eine ausgekochte Nutte... »Tut mir leid«, wiederholte er. »Ich kann Ihnen keinerlei Auskünfte geben.«

Moody hob die Schultern. »Na schön«, sagte er. »Okay. Dann müssen Sie eben einen Teil meiner Arbeit selbst machen.«

»Was soll ich tun?«

»Nehmen Sie sich die Bänder aller Patienten vor, die in

den letzten vier Wochen bei Ihnen waren. Hören Sie ganz genau hin! Nicht als Arzt, sondern als Detektiv. Achten Sie auf alles, was nur im geringsten auffällig ist.«

»Das mache ich ohnehin. Das ist mein Beruf.«

»Tun Sie es noch mal. Und passen Sie höllisch auf. Ich möchte Sie ungern verlieren, ehe wir den Fall gelöst haben.« Er nahm seinen Mantel von einem Stuhl und quälte sich hinein. Er sah aus wie ein tanzender Elefant. Dicke Männer gelten angeblich als graziös. Von Mr. Moody konnte man das nicht behaupten. »Wissen Sie, was ich an dem ganzen Schauerstück so ungewöhnlich finde?« fragte Moody nachdenklich.

»Was?«

»Sie haben mich darauf gebracht, als Sie sagten, es wären zwei Männer gewesen. Man kann noch begreifen, wenn *ein* Mann Sie um jeden Preis umlegen will ... aber wieso *zwei* ...« Er starrte Judd an. »Verdammt!« sagte er plötzlich.

»Was ist los?«

»Ich habe eine Idee. Wenn sie stimmt, dann sind *mehr als nur zwei* hinter Ihnen her, um Sie zu killen.«

Judd sah ihn ungläubig an. »Sie meinen, eine Bande? Eine ganze Gruppe von Verrückten? Ach, das ist doch Blödsinn.«

Moody war wie eine gespannte Feder. »Doc, ich ahne, wer der Regisseur in diesem Spiel ist.« Seine Augen funkelten. »Ich weiß noch nicht, weshalb und wie – aber mir scheint, ich weiß *wer!*«

»Und? Wer ist es?«

Moody schüttelte abwehrend den Kopf. »Sie würden mich in die Klappsmühle bringen lassen, wenn ich es Ihnen sagen würde. Wenn du das Maul aufmachen willst, darfst du's nicht zu voll nehmen, sag ich immer! Lassen Sie mich erst mal ein bißchen rumhorchen. Wenn ich auf der richtigen Spur bin, erzähl ich's Ihnen.«

»Ich hoffe, es ist eine heiße Spur«, sagte Judd inbrünstig.

Moody sah ihn mitleidig an. »Besser nicht, Doc. Wenn

Sie einen Pfifferling um Ihr Leben geben, dann beten Sie, daß ich unrecht habe.«

Damit ging er.

Judd nahm ein Taxi und fuhr zu seiner Praxis.

Es war Freitag nachmittag. Nur noch drei Einkaufstage bis Weihnachten. Auf den Straßen drängten sich die Menschen, warm eingepackt gegen den scharfen Wind, der vom Hudson herauffegte. Die Schaufenster waren festlich dekoriert, überall standen brennende Weihnachtsbäume und geschnitzte Krippenfiguren. Friede auf Erden. Weihnachten. Wieder dachte er an Elizabeth und das ungeborene Kind. Eines Tages – sofern er überlebte! – würde er selbst seinen Frieden suchen, die Vergangenheit abschütteln müssen. Mit Anne wäre es sicher möglich ... Er zwang sich, nicht daran zu denken. Was hatte es für einen Sinn, von einer verheirateten Frau zu träumen, die mit ihrem Mann, den sie liebte, nach Europa gehen würde.

Das Taxi hielt vor dem Haus. Judd stieg aus und sah sich beklommen um. Er mußte sich vorsehen – aber wovor? Er hatte keine Ahnung, wie die Mordwaffe aussah, noch wer sie auf ihn richten würde.

Als er oben in der Praxis war, schloß er sich ein. Er ging in sein Sprechzimmer und holte die Tonbänder aus dem Geheimfach. Sie waren unter dem jeweiligen Namen des Patienten chronologisch geordnet. Er suchte die jüngsten aus und stapelte sie neben dem Abhörgerät. Da alle Termine abgesagt waren, konnte er sich den ganzen Tag damit beschäftigen und versuchen, einen Hinweis auf Freunde oder Angehörige seiner Patienten zu entdecken. Zwar hielt er Moodys Vorschlag für unsinnig, aber er hatte zu viel Respekt vor ihm, um seinen Rat zu ignorieren.

Während er das erste Band einlegte, mußte er daran denken, wie er das Gerät zum letztenmal benutzt hatte. War das wirklich erst gestern abend gewesen? Noch die Erinnerung daran war ein Alptraum. Sie hatten ihn umbringen wollen – in diesem Zimmer, in dem auch Carol gestorben war!

Plötzlich fiel ihm ein, daß er bisher nie an die Patienten in der Klinik gedacht hatte, in der er einen Vormittag wöchentlich arbeitete. Es kam wohl daher, weil die Morde sich hier oder in der Nähe der Praxis ereignet hatten und nicht im Klinikbereich. Trotzdem ... Er ging das Fach mit der Aufschrift *KLINIK* durch und wählte ein halbes Dutzend Bänder aus. Er fädelte das erste Band ein.

Rose Graham.

»... ein Unfall, Doktor. Nancy schreit so viel. Sie war immer ein quängeliges Baby. Wenn ich sie schlage, will ich nur ihre Bestes, verstehen Sie, Doktor?«

»Haben Sie schon mal versucht, dahinterzukommen, warum Nancy so viel schreit?« fragte Judds Stimme.

»Weil sie verwöhnt ist. Ihr Papa hat sie restlos verwöhnt, und dann ist er abgehauen und hat uns sitzengelassen. Nancy hat immer gemeint, sie wäre Papas Liebling. Aber wenn Harry sie wirklich liebgehabt hätte, wäre er doch nicht so einfach abgehauen – oder?«

»Sie waren nicht verheiratet mit Harry?«

»Hm ... nein. Nicht richtig. Wir wollten heiraten.«

»Wie lange haben Sie zusammen gelebt?«

»Vier Jahre.«

»Und wann haben Sie Nancy den Arm gebrochen? Ich meine wie viele Tage oder Wochen nach Harrys Verschwinden?«

»Ungefähr 'ne Woche danach. Aber es war ja keine Absicht. Das kam doch bloß, weil sie gebrüllt und gebrüllt hat, und da hab ich eben die Gardinenstange gepackt und hab sie gedroschen.«

»Meinen Sie, daß Harry das Kind mehr geliebt hat als Sie?«

»Nein. Harry war verrückt nach mir.«

»Warum hat er Sie verlassen?«

»Weil er ein Mann ist. Soll ich Ihnen sagen, was ihr Männer seid? Tiere! Alle! Man sollte euch abschlachten wie die Schweine!« Schluchzen.

Judd stellte das Band ab und dachte über Rose Graham nach. Psychotische Misanthropie. Zweimal schon hatte sie ihr sechsjähriges Kind fast zu Tode geprügelt. Aber die Art, in der die beiden Morde begangen worden waren, paßte nicht in das Verhaltensbild von Rose Graham. Er griff zum nächsten Tonband. Alexander Fallon. Klinikpatient.

»Die Polizei behauptet, Sie hätten Mr. Champion mit einem Messer angegriffen, Mr. Fallon.«

»Ich habe nur getan, was mir aufgetragen war.«

»Hat Ihnen jemand gesagt, Sie sollten Mr. Champion töten?«

»Er hat es mir befohlen.«

»Er?«

»Der Herr.«

»Warum hat Gott Ihnen befohlen, ihn zu töten!«

»Weil Champion ein schlechter Mensch ist. Er ist Schauspieler. Ich habe ihn auf der Bühne gesehen. Er hat diese Frau geküßt. Diese Schauspielerin. Vor dem gesamten Publikum. Er hat sie geküßt und . . .«

Schweigen.

»Ja, weiter.«

»Er hat . . . er hat ihre . . . Brust berührt.«

»Das hat Sie gestört?«

»Natürlich! Es hat mich empört. Verstehen Sie denn nicht, was das bedeutet? Er hatte fleischliche Gelüste! Als ich aus dem Theater kam, hatte ich das Gefühl, direkt aus Sodom und Gomorrha zu kommen. Sie mußten bestraft werden.«

»Darum haben Sie beschlossen, ihn zu töten?«

»Ich habe es nicht beschlossen. Der Herr hat es beschlossen. Ich habe nur seinen Befehl ausgeführt.«

»Spricht Gott oft zu Ihnen?«

»Nur wenn Sein Werk getan werden muß. Er hat mich zu Seinem Werkzeug erkoren, weil ich rein bin. Wissen Sie, was mich rein macht? Wissen Sie, was einen Menschen reiner macht als alles andere auf der Welt? Wenn er die Bösen vernichtet.«

Alexander Fallon, 35 Jahre alt, Bäckergeselle. Er war schon einmal sechs Monate in einer Heilanstalt gewesen und dann entlassen worden. Ob der Herr ihm befohlen hatte, Hanson, den Homosexuellen, zu töten und Carol, eine ehemalige Prostituierte, und Judd, ihren Wohltäter? Nein, das war unwahrscheinlich. Fallons Denkprozesse erfolgten in kurzen, krampfartigen Anstößen. Die Morde dagegen waren von einem brillanten Kopf inszeniert.

Er hörte noch in paar weitere Bänder aus der Klinik ab, aber keines paßte in das Muster, nach dem er suchte. Nein. Ein Patient aus der Klinik kam nicht in Frage.

Also nahm er sich erneut die Bänder der Privatpatienten vor. Ein Name sprang ihm ins Auge.

Skeet Gibson.

Er fädelte das Band ein und ließ es ablaufen.

»Morgen, Doc. Na, ist das nicht ein Traumtag, den ich Ihnen da vom Himmel gezaubert habe?«

»Ihnen geht es wohl gut heute?«

»Ich bin so beschwingt, daß Sie mich am besten anbinden, damit ich nicht wegfliege. Haben Sie meine Show gestern abend gesehen?«

»Nein, leider nicht. Ich konnte nicht.«

»Ich war der Hit des Abends. Jack Gould hat mich den ›liebenswertesten Komödianten der Welt‹ genannt. Wer wollte einem Genie wie Jack Gould widersprechen? Sie hätten das Publikum hören sollen! Die Leute haben wie wahnsinnig geklatscht. Wissen Sie, was das beweist?«

»Daß sie die Schilder mit dem Wort ›Applaus bitte‹ lesen konnten.«

»Sie Scherzbold! Aber ich finde sie echt gut! 'nen Seelenklempner mit Sinn für Humor hatte ich noch nie. Mein letzter Psychiater war 'ne Pflaume. Mit einem dichten schwarzen Schnurrbart, der mich wahnsinnig irritiert hat..«

»Wieso?«

»Weil's 'ne Frau war!« Röhrendes Lachen. »Ha – diesmal sind Sie mir auf den Leim gegangen, was? Aber im Ernst, mein Bester, ich will Ihnen verraten, weshalb es mir heute so prächtig geht: Weil ich beschlossen habe, eine Million Dollar – in Worten: eine Million – für die Kinder in Biafra zu stiften.«

»Kein Wunder, daß Sie sich gut fühlen.«

»Das walte Gott, sagte der Teufel. Die Story hat in der ganzen Welt Schlagzeilen gemacht. Tolle Presse für mich.«

»Ist das so wichtig?«

»Wie meinen Sie das? ›Ist das so wichtig?‹ Wie viele Leute gibt es, die so eine Summe versprechen können? Und trommeln gehört schließlich zum Handwerk. Ich bin froh, daß ich es mir leisten kann, so ein Versprechen zu geben.«

»Sie sagen immer wieder ›versprechen‹. Meinen Sie damit ›geben‹?«

»Stiften – versprechen – geben? Was macht das für einen Unterschied? Man verspricht ihnen 'ne Million, und wenn man dann ein paar Tausender rausrückt, küssen sie einem immer noch die Füße ... Habe ich Ihnen schon gesagt, daß heute mein Hochzeitstag ist?«

»Nein. Herzlichen Glückwunsch.«

»Danke. Fünfzehn herrliche Jahre. Sie kennen Sally nicht. Sie ist das süßeste Geschöpf, das je auf Gottes Erdboden gewandelt ist. Ich habe wirklich Dusel gehabt mit meiner Ehe. Sie wissen ja, angeheiratete Verwandtschaft ist meistens eine verdammte Landplage. Nicht bei mir. Sally hat zwei Brüder, Ben und Charly. Ich habe Ihnen schon von ihnen erzählt. Ben schreibt die Drehbücher für meine TV-Show, und Charly ist mein Produzent. Genies, alle beide. Sieben Jahre läuft meine Show jetzt. Und immer waren wir unter den zehn beliebtesten Sendungen. War clever von mir, in so eine Familie zu heiraten, was? Die meisten Weiber werden fett und schlampig, sobald sie sich einen Mann geangelt haben. Meine Sally ist heute schlanker als damals, als wir heirateten. Eine tolle Person ... Haben Sie eine Zigarette für mich?«

»Hier. Ich dachte, Sie hätten das Rauchen aufgegeben?«

»Ich wollte mir beweisen, daß ich noch die Willenskraft dazu habe. Nur deshalb habe ich aufgehört. Jetzt rauche ich, weil ich es will ... Ich habe gestern mit dem Sender einen neuen Vertrag gemacht. Ich habe ihnen die Daumenschrauben angelegt. Ist meine Zeit schon um?«

»Nein. Sind Sie nervös, Skeet?«

»Offen gestanden, mein Bester, ich bin in solcher Klasseform, daß ich nicht weiß, warum ich überhaupt noch zu Ihnen komme.«

»Keine Probleme mehr?«

»Ich? Was kostet die Welt? Ich kaufe sie! Bar. Das muß man Ihnen lassen – Sie haben mir wirklich geholfen. Sie sind große Klasse. Wenn man bedenkt, was für ein Heidengeld Sie verdienen müssen, sollte man ernstlich überlegen, auch so einen Laden aufzumachen ... Das erinnert mich an die Geschichte von dem Mann, der zum Seelenklempner geht, aber so nervös ist, daß er bloß auf der Couch liegt und kein Wort rauskriegt. Nach einer Stunde sagt der Psychiater: ›Das macht 50 Dollar.‹ So geht das zwei Jahre lange, ohne daß der Kerl auch nur ein einziges Mal den Mund aufmacht. Aber dann eines Tages gibt er sich einen Ruck und sagt: ›Doktor – darf ich Sie was fragen?‹ – ›Aber sicher‹, antwortete der Doktor. Und der kleine Mann sagt: ›Könnten Sie einen Partner in Ihrem Geschäft brauchen?‹« Brüllendes Gelächter. »Haben Sie eine Tablette für mich?«

»Ja. Haben Sie wieder diese starken Kopfschmerzen?«

»Halb so wild, alter Freund. Läßt sich aushalten ... Danke. Das wird gleich helfen.«

»Woher kommen Ihrer Meinung nach diese Kopfschmerzen?«

»Die übliche Überanstrengung im Show-Business ... Wir haben heute nachmittag erste Leseprobe.«

»Macht Sie das nervös?«

»Mich? Du lieber Himmel – nein! Weshalb sollte ich nervös werden? Wenn die Witze mies sind, zieh ich eine Grimasse, blinzle ins Publikum, und dann fressen sie mir alles aus der Hand. Egal, wie schlecht die Show ist, der alte Skeet kommt immer ganz groß an!«

»Wieso haben Sie dann jede Woche diese Kopfschmerzen?«

»Woher soll ich das wissen, verdammt noch mal? Sie sind Arzt. Sagen Sie mir das doch! Ich bezahle Sie nicht dafür, daß Sie eine Stunde auf Ihrem Arsch hocken und nur dämliche Fragen stellen. Mein Gott, wenn Sie nicht mal simple Kopfschmerzen heilen können, wieso läßt man Sie dann auf die Menschheit los? Wo haben Sie denn Ihr Doktorexamen gemacht? Auf einer Veterinärschule? Ihnen würde ich nicht mal meine verdammten Katzen anvertrauen, Sie Kurpfuscher! Ich bin nur zu Ihnen gekommen, weil Sally mir bis zum Erbrechen damit in den Ohren gelegen hat. Sonst hätte sie ja keine Ruhe gegeben! Soll ich Ihnen sagen, was die Hölle ist? Wenn man fünfzehn Jahre mit einer häßlichen dürren Meckerziege verheiratet ist. Wenn Sie noch ein paar Schwachköpfe suchen, die Sie neppen können, dann knöpfen Sie doch ihre beiden behämmerten Brüder vor, Ben und Charly. Ben ist so bekloppt, daß er nicht weiß, mit welchem Ende vom Bleistift er schreiben muß, und sein Bruder ist noch dämlicher. Ich wollte, der Schlag würde sie rühren – alle zusammen. Sie machen mich kaputt. Glauben Sie ja nicht, Sie wären mir sympathisch, Sie Stinker. Sie mit Ihrem aalglatten Gesicht und Ihrer Überheblichkeit! Sie haben keine Probleme, was? Und warum? Weil Sie eine taube Nuß sind. Jenseits von Gut und Böse. Sie sitzen doch bloß den ganzen Tag auf Ihrem fetten Arsch und ziehen kranken Leuten das Geld aus der Tasche. Aber ich mache Sie noch fertig, Sie Scheißkerl. Ich werde Sie anzeigen beim Ärzteverband ...«

Schluchzen.

»Wenn ich doch nur nicht in die Scheißprobe müßte ...«

Schweigen.

»Na ja – halten Sie ihn steif. Bis nächste Woche, alter Junge!«

Judd schaltete das Gerät ab. Skeet Gibson, Amerikas beliebtester Komiker, hätte schon vor zehn Jahren in eine

Anstalt gehört. Seine Freizeitbeschäftigung bestand darin, junge blonde Showgirls zu schlagen und sich in Bars rumzuprügeln. Skeet war klein, aber er hatte als Preisboxer angefangen. Und er wußte, wohin er zielen mußte, damit es weh tat. Es war sein größtes Vergnügen, in eine Schwulenbar zu gehen, arglose Homosexuelle auf die Toilette zu locken und sie dort bewußtlos zu schlagen. Er war schon mehrmals von der Polizei dabei erwischt worden, aber man hatte die Geschichten immer vertuschen können. Schließlich war er Amerikas beliebtester Komiker. Skeet war ein echter Paranoiker und durchaus imstande, in einem Wutanfall jemanden umzubringen. Aber Judd hielt ihn nicht für kaltblütig genug, in einem sorgfältig geplanten Rachefeldzug zu morden. Und darin lag der Schlüssel zur Lösung, dessen war Judd sicher. Wer auch immer ihn umbringen wollte, war kein Täter aus hitziger Leidenschaft, sondern ein Mensch, der kühl und methodisch plante.

Ein Besessener, der aber nicht verrückt war.

11

Das Telefon läutete. Es war sein Auftragsdienst. Bis auf Anne Blake hatten sie alle Patienten erreicht und benachrichtigt. Judd bedankte sich und legte auf.

Also würde Anne heute doch kommen. Es bestürzte ihn, als ihm bewußt wurde, wie sehr er sich darauf freute. Er durfte nicht vergessen, daß sie nur kam, weil er sie als ihr Arzt darum gebeten hatte. Versonnen blickte er ins Leere. Er kannte sie so gut ... und wußte doch so wenig über sie.

Er hörte sich die Bandaufzeichnung von ihrer ersten Sitzung an.

»Liegen Sie bequem, Mrs. Blake?«
»Ja, vielen Dank.«
»Ganz entspannt?«

»Ja.«

»Aber Sie haben die Fäuste geballt.«

»Vielleicht bin ich ein bißchen nervös.«

»Weshalb?«

Langes Schweigen.

»Erzählen Sie mir von Ihrem häuslichen Leben. Sie sind seit sechs Monaten verheiratet.«

»Ja.«

»Erzählen Sie weiter.«

»Ich bin mit einem wunderbaren Mann verheiratet. Wir wohnen in einem schönen Haus.«

»Was für ein Haus?«

»Französischer Landhausstil... Ein wunderschönes altes Haus. Mit einer langen, gewundenen Auffahrt. Oben auf dem Dach ist so ein komischer alter Wetterhahn aus Bronze. Der Schwanz ist abgebrochen. Ich glaube, vor vielen Jahren hat ihn ein Jäger mal abgeschossen. Wir haben ungefähr fünf Morgen Land, hauptsächlich Wald. Ich mache lange Spaziergänge. Es ist richtig ländlich da draußen.«

»Leben Sie gern auf dem Land?«

»Sehr gern.«

»Und Ihr Mann?«

»Ich denke schon.«

»Ein Mann ersteht kaum fünf Morgen auf dem Land, wenn es ihm draußen nicht gefällt.«

»Er liebt mich. Er würde es auch mir zuliebe gekauft haben. Er ist sehr großzügig.«

»Sprechen wir von ihm.«

Schweigen.

»Sieht er gut aus?«

»Anthony ist ein schöner Mann.«

Judd empfand den ersten Stich einer leichten Eifersucht, die er sich in seinem Beruf eigentlich nicht erlauben durfte.

»Harmonieren Sie körperlich?« Es war, als ob er mit der Zunge einen entzündeten Zahn abtastete.

»Ja.«

Sie muß eine hinreißende Geliebte sein: sehr feminin und aufregend... Laß das, dachte er, *das geht dich überhaupt nichts an.*

»Wollen Sie Kinder haben?«

»Ja.«

»Und Ihr Mann?«

»Er auch, natürlich.«

Lange Stille. Man hörte nur das leise Surren des Bandes. Dann: »Mrs. Blake, Sie sind zu mir gekommen, weil Sie, wie Sie selbst sagten – ein äußerst schwerwiegendes Problem bedrückt. Es betrifft Ihren Mann, nicht wahr?«

Schweigen.

»Nun, ich unterstelle, daß es so ist. Nach Ihrer eigenen Aussage lieben Sie sich; Sie sind sich treu, Sie wollen beide Kinder, Sie wohnen in einem wunderschönen Haus, Ihr Mann ist erfolgreich, sieht gut aus und verwöhnt Sie. Und Sie sind erst seit sechs Monaten verheiratet. Wissen Sie, das klingt alles wie in dem abgedroschenen Witz: ›Herr Doktor, was für ein Problem habe ich eigentlich?‹«

Wieder langes Schweigen. Nach einer Weile sagte sie: »Es ist schwer für mich, darüber zu reden. Ich dachte, ich könnte es mit einem Fremden besprechen, aber...« Er erinnerte sich lebhaft, wie sie sich auf der Couch umgedreht hatte, um ihn mit ihren großen dunklen Augen anzuschauen. »Aber es ist noch schwerer. Schauen Sie...« Sie sprach jetzt hastig, deutlich bemüht, eine innere Sperre zu überwinden. »Ich habe neulich zufällig etwas gehört und ich... habe vielleicht falsche Schlüsse daraus gezogen.«

»Hat es mit dem Privatleben Ihres Mannes zu tun? Mit einer anderen Frau?«

»Nein.«

»Mit seinem Geschäft?«

»Ja...«

»Befürchten Sie, daß er in einer bestimmten Sache nicht ganz korrekt war? Daß er jemand bei einem Geschäft betrogen hat?«

»So etwa.«

Judd hatte den ersten Anhaltspunkt. »Das hat Ihr Vertrauen zu ihm erschüttert. Es hat Ihnen eine Seite offenbart, die Sie an ihm noch nicht gekannt hatten.«

»Ich ... kann nicht darüber sprechen. Es ist unfair von mir – ich meine ihm gegenüber –, daß ich überhaupt hier bin. Bitte, stellen Sie mir heute keine Fragen mehr, Dr. Stevens.«

Das war alles. Judd schaltete das Gerät ab.

Annes Mann hatte sich offenbar eine windige Sache geleistet. Vielleicht Steuern hinterzogen oder jemand zum Bankrott getrieben. Anne war sehr feinfühlig. Sie war über diese Geschichte beunruhigt. Sie zweifelte an der Lauterkeit ihres Mannes.

Er überlegte, ob Annes Mann als Verdächtiger in Frage kam. Er war Bauunternehmer. Judd kannte ihn nicht, aber selbst bei Aufbietung aller Phantasie konnte er sich nicht vorstellen, wo es für diesen Mann in seinen geschäftlichen Transaktionen eine Verbindung zu John Hanson, Carol Roberts oder ihm selbst geben sollte.

Und Anne? Könnte sie eine Psychopathin sein? Von Mordgelüsten getrieben? Judd lehnte sich in seinem Sessel zurück und bemühte sich, sie objektiv zu beurteilen.

Er wußte nicht mehr über sie als das, was sie ihm selbst gesagt hatte. Selbstverständlich konnte das alles frei erfunden sein, aber was hätte sie davon? Wenn das alles eine kunstvolle Charade gewesen war, um einen Mord zu vertuschen, mußte es wenigstens eine Motivation dafür geben. Er sah ihr Gesicht vor sich, hörte im Geist ihre Stimme und wußte, daß sie nichts mit alldem zu tun haben konnte. Er war bereit, sein Leben dafür zu verwetten. Er mußte grinsen, als er sich der Doppelbedeutigkeit dieser Gedanken bewußt wurde.

Er griff nach den Bändern von Teri Washburn. Vielleicht gab es hier etwas, das er überhört hatte.

Teri war in letzter Zeit auf eigenen Wunsch öfter als nur einmal wöchentlich gekommen. Ob sie ein neues, sie belastendes Problem hatte, von dem sie ihm bisher nichts gesagt hatte? Da sie unablässig mit Sex beschäftigt war, fiel es Judd sehr schwer, eventuelle Schwankungen ihrer Stimmung zu diagnostizieren. Dennoch – warum hatte sie ihn plötzlich so dringend um weitere Termine gebeten?

Er nahm wahllos eines der Bänder und spielte es ab.

»Reden wir über Ihre Ehen, Teri. Sie waren fünfmal verheiratet.«

»Sechsmal, aber was soll's schon?«

»Waren Sie Ihren Männern treu?«

Lachen. »Sie Witzbold. Den Mann gibt es nicht, der mich völlig befriedigen kann. Das ist angeboren.«

»Was meinen Sie damit?«

»Daß ich eben so veranlagt bin. Ich hab nun mal ein heißes Loch, und das will gestopft sein.«

»Das glauben Sie im Ernst?«

»Daß es gestopft sein will?«

»Nein, daß Sie anderes veranlagt sind als alle anderen Frauen.«

»Aber sicher. Der Studioarzt hat es mir gesagt. Es hat mit meinen Drüsen zu tun.« Pause. »Er war ein miserabler Liebhaber.«

»Ich kenne Ihre medizinischen Untersuchungsergebnisse. Physiologisch betrachtet ist Ihr Körper in jeder Hinsicht normal.«

»Ich scheiß auf alle Untersuchungen. Warum prüfen Sie es nicht selbst nach?«

»Haben Sie jemals geliebt, Teri?«

»Vielleicht liebe ich Sie.«

Schweigen.

»Machen Sie nicht so ein Gesicht. Ich kann nichts dafür. Ich bin nun mal so. Immer heißhungrig.«

»Das glaube ich Ihnen. Aber nicht Ihr Körper hat diesen Hunger. Es ist Ihre Seele.«

»Meine Seele ist nie gevögelt worden. Wollen Sie es mal probieren?«

»Nein.«

»Was wollen Sie denn?«

»Ihnen helfen!«

»Warum setzen Sie sich nicht zu mir auf die Couch?«

»Das ist genug für heute.«

Judd schaltete das Gerät ab. Er erinnerte sich an ein Gespräch mit Teri über ihre Karriere als großer Star. Er hatte sie danach gefragt, weshalb sie Hollywood verlassen hatte.

»Ich habe auf einer Party einen besoffenen Widerling geohrfeigt«, hatte sie geantwortet. »Hinterher habe ich erfahren, daß es Big Boss persönlich war. Ich hab daraufhin so einen Tritt in meinen polnischen Arsch gekriegt, daß ich im D-Zugtempo aus Hollywood rausgeflogen bin.«

Judd hatte nicht nachgehakt, weil er sich damals mehr für ihre häuslichen Verhältnisse in der Kindheit interessierte. Die Geschichte war dann nie mehr zu Sprache gekommen. Jetzt tat es ihm leid. Er hätte diesen Faden verfolgen sollen. Er hatte sich nie sonderlich für Hollywood interessiert – allenfalls so, wie sich Louis Leakey oder Margret Mead für die Ureinwohner von Patagonien interessieren. Wer könnte ihm wohl etwas über Teri Washburn, den Glamour-Star, erzählen?

Norah Hadley war kinoverrückt. Judd hatte eine ganze Sammlung von Filmzeitschriften bei ihr entdeckt und Peter deshalb auf die Schippe genommen, worauf Norah einen Abend lang mit Feuereifer das Hohelied von Hollywood gesungen hatte.

Er beschloß, Norah anzurufen.

»Hallo, Norah«, sagte er.

»Judd!« Ihre Stimme klang warm und herzlich. »Wann kommst du endlich mal zu uns zum Essen?«

»Bald.«

»Das hoffe ich stark«, sagte sie. »Ich habe es Ingrid versprochen. Sie ist eine Schönheit.«

Judd war überzeugt davon. Aber sie war sicher nicht so schön wie Anne.

»Wenn du noch mal kneifst, wenn sie bei uns eingeladen ist, kriegen wir Krieg mit Schweden.«

»Ich werde es nicht wieder tun.«

»Alles wieder in Ordnung nach deinem Unfall?«

»Ja, längst.«

»Das war eine scheußliche Geschichte.« Sie zögerte hörbar und sagte dann: »Du, Judd ... Hm ... wegen Weihnachten. Peter und ich würden uns irrsinnig freuen, wenn du zu uns kämst. Bitte!«

Es war jedes Jahr dasselbe. Peter und Norah waren seine engsten Freunde, und es bedrückte sie, daß er Weihnachten immer allein verbrachte, stundenlang durch nächtliche Straßen wanderte, bis er zu erschöpft war, um zu denken. Es war, als feiere er eine schauerliche Schwarze Messe für die Toten, ein Ritual, über das er keine Kontrolle hatte. *Du übertreibst,* dachte er müde. *Nicht so melodramatisch!*

»Judd ...«

Er räusperte sich. »Tut mir leid, Norah.« Er wußte, daß sie es gut meinte. »Vielleicht im nächsten Jahr.«

Sie bemühte sich, ihn ihre Enttäuschung nicht merken zu lassen. »Gut, ich werde es Peter sagen.«

»Danke.« Plötzlich fiel ihm ein, warum er sie angerufen hatte. »Norah – kennst du Teri Washburn?«

»Teri Washburn? Den Star? Wieso fragst du?«

»Ich habe sie heute morgen auf der Madison Avenue gesehen.«

»Wirklich? Ist das wahr?« Sie war aufgeregt wie ein Kind. »Wie sah sie aus? Alt? Jung? Dick? Dünn?«

»Sie sah gut aus. Sie war doch mal recht bekannt, nicht wahr?«

»Recht bekannt! Teri Washburn war das Größte in jeder Beziehung, wenn du verstehst, was ich meine.«

»Warum hat sie Hollywood verlassen?«

»Sie ist nicht freiwillig gegangen. Sie ist gegangen worden.«

Teri hatte also die Wahrheit gesagt.

»Ihr Ärzte kriegt doch nie mit, wenn was los ist. Teri Washburn war in den größten Skandal verwickelt, den es je in Hollywood gegeben hat.«

»So? Ach. Was war denn los?«
»Sie hat ihren Liebhaber ermordet.«

12

Es hatte wieder angefangen zu schneien. Fünfzehn Stockwerke tiefer brauste der Verkehr der Madison Avenue. Der ferne Lärm wurde gedämpft durch die weißen Watteflöckchen, die im arktischen Wind tanzten. In einem hellerleuchteten Büro auf der gegenüberliegenden Straßenseite sah er durch die beschlagene Fensterscheibe das verschwommene Gesicht einer Sekretärin.

»Norah – weißt du das genau?«

»Wenn es um Hollywood geht, bin ich ein wandelndes Lexikon, mein Schatz. Teri lebte mit dem Boss von Continental Studios zusammen, aber nebenbei hat sie ein Verhältnis mit einem Regieassistenten gehabt. Sie hat den Knaben eines Nachts in flagranti erwischt, und da hat sie ihn erstochen. Der Studioboss hat alle Hebel in Bewegung gesetzt und ein Vermögen dafür ausgegeben, daß die Sache vertuscht wurde. Offiziell war es ein Unfall. Als Gegenleistung mußte Teri Hollywood auf der Stelle verlassen und durfte nie wieder zurück. Und sie ist auch nicht mehr wiedergekommen.«

Judd war wie vor den Kopf geschlagen.

»Judd ... bist du noch da?«

»Ja, ja.«

»Was hast du? Du klingst so komisch?«

»Wo hast du das alles gehört?«

»Gehört? Es hat in allen Zeitungen und Magazinen gestanden. Jeder hat es gewußt.«

Außer mir. »Danke Norah«, sagte er. »Schöne Grüße an Peter.« Er legt auf.

Das also war der »Zwischenfall auf der Party« gewesen. Teri Washburn hatte einen Mann ermordet und es ihm gegenüber nie erwähnt. Und wenn sie bereits einmal gemordet hatte ...

Nachdenklich nahm er einen Block und schrieb »Teri Washburn«.

Das Telefon klingelte. Er nahm den Hörer auf. »Dr. Stevens...«

»Ich wollte nur hören, ob alles in Ordnung ist.« Es war Detective Angeli. Er war immer noch sehr erkältet.

Judd war gerührt. Wenigstens einer, der auf seiner Seite war.

»Gibt's was Neues?«

Judd sah keinen Grund, warum er Angeli etwas verschweigen sollte. »Sie haben es wieder versucht.« Er berichtete ihm von Moody und der Bombe, die man in seinen Wagen montiert hatte. »Das müßte McGreavy eigentlich überzeugen«, schloß er.

»Wo ist die Bombe?« Angeli war hörbar erregt.

Judd zögerte. »Sie ist auseinandergenommen.«

»Was?« rief Angeli ungläubig. »Wer hat das gemacht?«

»Moody. Er glaubte, das wäre nicht wichtig.«

»Das darf doch nicht wahr sein! Was glaubt der Mann eigentlich, wozu die Polizei da ist? Wir hätten möglicherweise einen Hinweis auf den Täter gehabt, wenn wir das Ding nur angeschaut hätten. Schließlich haben wir die M. O.-Kartei.«

»M. O.? Was heißt das?«

»*Modus operandi.* Die meisten Leute haben bestimmte Gewohnheiten, nach denen sie vorgehen. Wenn einer etwas zum erstenmal nach einer bestimmten Methode gemacht hat, besteht die Wahrscheinlichkeit, daß er es immer wieder so macht... Aber das brauche ich *Ihnen* nicht zu erklären.«

»Nein«, antwortete Judd nachdenklich. Moody mußte das auch wissen. Hatte er Gründe, weshalb er McGreavy die Bombe nicht zeigen wollte?

»Dr. Stevens – wie sind Sie an diesen Moody geraten?«

»Ich habe ihn im Branchenverzeichnis gefunden.« Jetzt kam es ihm selbst lächerlich vor.

Er hörte, wie Angeli schluckte. »Ach so. Dann kennen Sie ihn also gar nicht.«

»Ich habe Vertrauen zu ihm. Warum fragen Sie!«

»Meiner Ansicht nach sollten Sie gegenwärtig keinem Menschen trauen«, sagte Angeli.

»Aber Moody kann unmöglich dahinterstecken. Ich bitte Sie! Ein Mann, den ich wahllos aus dem Telefonbuch rausgegriffen habe.«

»Wie Sie an ihn gekommen sind, interessiert mich wenig. Irgendwas ist da faul! Moody sagt, er will den Leuten, die hinter Ihnen her sind, eine Falle stellen, aber er läßt die Falle erst zuschnappen, nachdem der Köder raus ist. Also können wir nichts mehr machen. Dann zeigt er Ihnen eine Bombe, die er bequem selbst in Ihren Wagen gelegt haben könnte. Und damit gewinnt er Ihr Vertrauen. Stimmt es?«

»Natürlich kann man es auch so sehen«, meinte Judd. »Aber...«

»Mag sein, daß Ihr Freund Moody in Ordnung ist. Kann aber auch sein, daß er Ihnen ein Bein stellt. Ich rate Ihnen dringend, sehr vorsichtig zu sein, bis wir Genaueres wissen.«

Moody *gegen* ihn? Es war kaum zu denken. Und doch... Er erinnerte sich an sein ursprüngliches Mißtrauen. Hatte er nicht befürchtet, Moody wolle ihn auf der geplanten Reise in einen Hinterhalt locken?

»Was soll ich jetzt tun?« erkundigte er sich.

»Was halten Sie davon, die Stadt zu verlassen? Ich meine, *wirklich* wegzufahren?«

»Ich kann meine Patienten nicht im Stich lassen.«

»Dr. Stevens...«

»Außerdem ist das auch keine Lösung«, fuhr Judd fort. »Ich weiß ja nicht mal, wovor ich weglaufe. Und sobald ich zurückkomme, fängt alles wieder von vorn an.«

Einen Moment war Stille in der Leitung. »Da haben Sie auch wieder recht.« Angeli seufzte und mußte fürchterlich nießen. »Wann sollen Sie wieder von Moody hören?«

»Ich weiß nicht. Er glaubt eine Ahnung zu haben, wer der Drahtzieher ist.«

»Haben Sie schon mal daran gedacht, daß der große

Unbekannte diesem Moody weit mehr zahlen könnte als Sie?« In beschwörendem Ton fuhr Angeli fort: »Wenn er sich das nächste Mal mit Ihnen treffen will, rufen Sie mich an! Ich muß wohl noch ein, zwei Tage im Bett bleiben. Ich bitte Sie in Ihrem eigenen Interesse, Doktor: Treffen Sie sich nicht allein mit ihm!«

»Sie übertreiben Ihre Vorsicht«, entgegnete Judd. »Nur weil er die Bombe aus meinem Wagen entfernt hat...«

»Das ist es nicht allein«, sagte Angeli. »Ich hab das ungute Gefühl, Sie haben den Falschen rausgepickt.«

»Ich rufe Sie an, wenn er sich meldet«, versprach Judd und legte verunsichert auf. War Angeli nicht zu mißtrauisch? Es stimmte, Moody konnte die Sache mit der Bombe fingiert haben, um sein Vertrauen zu gewinnen. Der nächste Schritt wäre dann, Judd anzurufen und ihn – unter dem Vorwand, ihm ein Beweisstück zu zeigen – an einen verlassenen Platz locken... Judd schauderte. Hatte er sich so in Moody getäuscht? Er erinnerte sich an seinen ersten Eindruck an Moody: Er hatte ihn für untüchtig und nicht sehr intelligent gehalten. Erst auf den zweiten Blick war ihm aufgegangen, daß sich hinter der Fassade des Biedermanns ein heller, reaktionsschneller Kopf verbarg. Und doch... Er hörte draußen ein Geräusch und warf einen Blick auf die Uhr. *Anne!* Hastig packte er die Bänder weg, verschloß den Schrank und machte die Tür auf, die vom Sprechzimmer direkt auf den Flur führte.

Anne stand wartend vor der Vorzimmertür. Sie trug ein elegantes blaues Kostüm und einen kleinen Hut, der ihr Gesicht einrahmte. Sie war in Gedanken verloren und merkte nicht, daß Judd aus seinem Zimmer gekommen war und sie beobachtete. Er sah sie kritisch an, suchte nach Fehlern, nach Unvollkommenheiten, nach Anzeichen dafür, daß sie nicht zu ihm passen würde. *Der Fuchs und die Trauben*, dachte er. *Nicht Freud ist der Vater der Psychiatrie. Aisop!*

»Hallo«, sagte er.

Erschrocken blickte sie auf, dann lächelte sie. »Hallo.«

»Kommen Sie rein, Mrs. Blake.«

Sie ging an ihm vorbei und sah ihn mit ihren unglaublich dunkelblauen Augen an. »Hat man den Fahrer des Wagens inzwischen gefunden?« erkundigte sie sich als erstes. Aus ihrem Ton sprach wirkliches Interesse, nicht bloße Höflichkeit.

Er hatte wieder das dringliche Verlangen, ihr alles zu erzählen. Aber er durfte es nicht tun. Es wäre ein gar zu billiger Trick, ihre Sympathie zu gewinnen. Und was noch schlimmer war: Er würde sie möglicherweise dadurch gefährden.

»Bis jetzt noch nicht.« Er bot ihr einen Platz an.

Anne schaute ihn besorgt an. »Sie sehen müde aus. Ich finde es auch nicht richtig, daß Sie schon wieder arbeiten.«

Mitgefühl konnte er im Augenblick kaum ertragen. Und schon gar nicht von ihr. »Es geht mir gut. Außerdem hatte ich alle Termine für heute abgesagt. Nur Sie waren nicht zu erreichen.«

Sie wirkte verstört. Wahrscheinlich befürchtete sie, ihm ungelegen zu kommen. »Das tut mir leid. Wenn Sie lieber möchten, daß ich wieder gehe...«

»Nein, bitte nicht«, sagte er rasch. »Ich bin froh, daß man Sie nicht erreicht hat.« Es war das letzte Mal, daß er sie sehen durfte. »Wie geht es Ihnen?«

Sie zögerte, schien etwas sagen zu wollen und überlegte es sich anders. »Ach, ein bißchen durcheinander.«

Sie sah ihn mit einem eigenartigen Blick an, und er reagierte mit einer Intensität, die er seit Jahren nicht gekannt hatte. Es war ihm, als dränge sie ihm mit allen Fasern entgegen, und plötzlich merkte er, was er tat: Er unterstellte ihr seine eigenen Gefühle. Er hatte sich verwirren lassen wie ein Anfänger.

»Wann werden Sie nach Europa fahren?« fragte er.

»Am Weihnachtsmorgen.«

»Nur Sie und Ihr Mann?« Er kam sich vor wie ein verliebter Pennäler, der sich in seiner Verlegenheit in Banalitäten rettet. »Und wohin gehen Sie?«

»Nach Stockholm – Paris – London – Rom.«

Was gäbe ich darum, wenn ich dir Rom zeigen könnte, dachte Judd. Er hatte ein Jahr am amerikanischen Krankenhaus in Rom gearbeitet. Es gab ein bezauberndes altes Restaurant in der Nähe der Tivoli-Gärten, hoch auf dem Berg neben einem antiken Tempel. Dort könnte man in der Sonne sitzen und den Wildenten zuschauen, die zu Hunderten in den Aufwinden am Hang schwebten.

Aber Anne fuhr mit ihrem Mann nach Rom.

»Es soll eine zweite Hochzeitsreise werden«, sagte sie.

Es klang eine Spur gepreßt – so unmerklich, daß ein weniger geschultes Ohr es überhört hätte.

Judd sah sie noch aufmerksamer an. Äußerlich wirkte sie gelassen, ruhig wie immer, doch er spürte, daß sie innerlich wie eine Feder gespannt war. Die Vorfreude einer verliebten jungen Frau auf die »zweite Hochzeitsreise« nach Europa? Nein, im Gegenteil. Da stimmte etwas nicht. Da war keine Spur von freudiger Erwartung. Oder sie war überschattet von einem anderen, stärkeren Gefühl. Trauer? Bedauern? Kummer?

Als ihm bewußt wurde, daß er sie anstarrte, stammelte er: »Wie ... wie lange bleiben Sie ... weg?«

Ein kleines Lächeln huschte über ihr Gesicht, als habe sie ihn durchschaut. »Ich weiß es noch nicht«, antwortete sie. »Anthony hat noch keine festen Pläne.«

»Ach so.« Er sah betreten zu Boden. Ihm war ganz elend zumute. So konnte er sie nicht gehen lassen. Sie sollte ihn nicht für einen hilflosen Tropf halten. »Mrs. Blake ...«, begann er.

»Ja?«

Er zwang sich, ruhig und gelassen zu sprechen. »Ich habe Sie unter einem Vorwand hergebeten. Es bestand kein Grund für Sie, noch mal zu kommen. Ich wollte mich nur ... von Ihnen verabschieden.«

Es war seltsam, wie sich ihr Gesicht bei seinem Geständnis entspannte. »Ich weiß«, sagte sie leise. »Auch ich wollte mich gerne verabschieden.«

Sie erhob sich. »Judd ...« Sie blickte ihn lange unverwandt an. Er sah in ihren Augen, was sie in seinen sehen mußte. Wie Magnete wurden sie voneinander angezogen. Er wollte einen Schritt vorwärts machen, auf sie zugehen; in letzter Sekunde verharrte er. Er durfte sie nicht in die Gefahr hineinziehen, in der er sich befand.

Erst als er seine Stimme wieder unter Kontrolle hatte, sagte er: »Schreiben Sie mir eine Karte aus Rom.«

Sie sah ihm fest in die Augen. »Bitte, passen Sie auf sich auf, Judd.« Er nickte nur. Sprechen konnte er nicht. Dann war sie fort.

Dreimal hatte das Telefon schon geklingelt, ehe er es wahrnahm.

»Doc, sind Sie's?« Es war Moody. Seine Stimme sprang förmlich aus dem Hörer, sprühend vor Erregung. »Sind Sie allein?«

»Ja.«

Warum war er so erregt? War das Angst? Vorsicht? Mißtrauen?

»Doc – ich habe Ihnen doch gesagt, ich hätte eine Ahnung, wer dahinterstecken könnte. Wissen Sie noch?«

»Ja.«

»Ich hatte recht.«

Judd lief es kalt den Rücken herunter. »Sie wissen, wer Hanson und Carol ermordet hat?«

»Ja. Ich weiß, wer. Und ich weiß, warum. Sie sind der nächste, Doc.«

»Sagen Sie mir...«

»Nicht am Telefon«, entgegnete Moody. »Es ist besser, wir treffen uns irgendwo und besprechen es. Kommen Sie allein.«

Judd erstarrte. *Kommen Sie allein!*

»Hören Sie noch?« rief Moody in den Apparat.

»Ja, ja«, antwortete Judd hastig. Was hatte Angeli gesagt? Treffen Sie sich nicht allein mit ihm! »Warum können wir uns nicht hier bei mir treffen?«

»Ich glaube, ich werde beschattet. Aber ich habe sie abgeschüttelt. Ich rufe von der Five Star Meat Packing

Company an. Das ist auf der Twenty-third Street, westlich von der Tenth Avenue. In der Nähe der Docks.«

Judd konnte es immer noch nicht glauben, daß Moody ihm eine Falle stellen würde. Er entschloß sich, ihn zu testen. »Ich werde Angeli mitbringen.«

Moody reagierte scharf. »Nein, bringen Sie keinen Menschen mit. Kommen Sie ganz allein.«

Also doch.

Der fette kleine Buddha mit der Miene des wohlmeinenden Freundes knöpfte ihm also 50 Dollar pro Tag plus Spesen ab, um ihn dafür eigenhändig ans Messer zu liefern.

In beherrschtem Ton sagte Judd: »Gut. Ich bin gleich da.« Er machte noch einen Versuch, etwas zu erfahren. »Glauben Sie wirklich, Sie wüßten, wer dahintersteckt, Moody?«

»Todsicher, Doc. Haben Sie schon mal von Don Vinton gehört?« Er legte auf.

In größter Erregung wählte Judd Angelis Privatnummer.

Fünfmal läutete es, und Judd war von der panischen Angst erfüllt, Angeli könnte nicht zu Hause sein. Sollte er es riskieren, Moody allein zu treffen?

Dann hörte er Angelis heisere Stimme. »Hallo?«

»Judd Stevens. Eben hat Moody angerufen.«

»Was hat er gesagt?« fragte Angeli gespannt.

»Ich soll ihn in der Five Star Meat Packing Company treffen. Twenty-third Street, Nähe Tenth Avenue. Er hat mich ausdrücklich angewiesen, allein zu kommen.« Er hatte fast ein schlechtes Gewissen, als er das sagte. Aber er konnte sich keine Loyalität mehr erlauben, nachdem Moody ihn offenkundig in die Falle locken wollte.

Angeli lachte höhnisch. »Das kann ich mir lebhaft vorstellen. Setzen Sie keinen Fuß vor die Tür, Doktor. Ich werde Lieutenant McGreavy anrufen. Wir holen Sie gemeinsam ab.«

»In Ordnung.« Judd legte langsam den Hörer auf die Gabel. Er war traurig und enttäuscht. Norman Z. Moody.

Der komische Buddha aus dem Branchenverzeichnis. Er hatte Moody gemocht. Und ihm vertraut.

Und Moody wartete auf ihn, um ihn zu töten.

13

Zwanzig Minuten später schloß Judd die Praxistür auf und ließ Angeli und McGreavy herein. Angelis Augen waren gerötet und tränten. Seine Stimme klang heiser. Es tat Judd aufrichtig leid, daß er Angeli aus dem Bett geholt hatte. McGreavys Begrüßung bestand in einem knappen, unfreundlichen Nicken.

»Ich habe Lieutenant McGreavy von dem Anruf von Norman Moody berichtet«, sagte Angeli.

»Ja. Wollen wir mal sehen, was dabei herauskommt«, sagte McGreavy säuerlich.

Fünf Minuten darauf fuhren sie in einem nicht gekennzeichneten Polizeiwagen zur West Side. Angeli saß am Steuer. Es hatte aufgehört zu schneien. Die fahle Abendsonne kapitulierte vor den schweren Gewitterwolken, die sich am Himmel über Manhattan zusammenballten. Ein greller Blitz zuckte auf, dann knackte ein harter Donnerschlag. Regentropfen klatschten gegen die Windschutzscheibe. Sie ließen Midtown mit den Wolkenkratzern allmählich hinter sich und kamen in das Viertel der kleinen, schäbigen Häuser, die sich eng aneinanderdrängten, als suchten sie Schutz vor der beißenden Kälte. Der Wagen bog in die Twenty-third Street ein und fuhr nach Westen in Richtung Hudson River. Sie kamen an Schrottablagestellen, Garagen, Reparaturwerkstätten und Imbißbuden vorbei, dann an Höfen voller Lastwagen und großen Lagerhallen. An der Ecke der Tenth Avenue ließ McGreavy anhalten. »Wir steigen hier aus.« Er drehte sich zu Judd um. »Hat Moody gesagt, ob er jemand bei sich hat?«

»Nein.«

McGreavy knöpfte den Mantel auf, nahm seinen

Dienstrevolver aus dem Halfter und schob ihn in die Manteltasche. Angeli tat dasselbe. »Bleiben Sie hinter uns«, sagte McGreavy barsch zu Judd.

Die drei Männer setzten sich in Marsch, die Köpfe eingezogen vor dem windgepeitschten Regen. In der Mitte der Häuserblocks kamen sie an ein vergammeltes Gebäude. Über der Tür hing ein verblaßtes Schild mit der Aufschrift:

FIVE STAR MEAT PACKING COMPANY

Kein Pkw, kein Lastwagen, kein Licht weit und breit. Nicht das geringste Anzeichen von Leben.

Die beiden Detektive bauten sich rechts und links von der Tür auf. McGreavy drückte die Klinke herunter. Die Tür war verschlossen. Er sah sich um – nirgends eine Klinke. Sie lauschten. Stille. Nur das Rauschen des Regens.

»Scheint geschlossen zu sein«, sagte Angeli.

»Anzunehmen«, erwiderte McGreavy. »Freitag vor Weihnachten ... da machen die meisten Firmen mittags dicht.«

»Es muß doch eine Zufahrt für die Lastwagen geben.«

Judd folgte den beiden Detektiven, die vorsichtig zum Ende des Gebäudes gingen und dabei den Pfützen auf dem Gehweg auswichen. Sie kamen an eine Einfahrt und spähten hinein. Im Hof sahen sie eine Laderampe; davor waren ein paar Lastwagen abgestellt. Der Hof war menschenleer.

Sie gingen bis dicht an die Laderampe. »Na schön«, sagte McGreavy zu Judd. »Dann rufen Sie mal.«

Judd hatte das beklemmende Gefühl, Moody zu verraten. Er zögerte, dann schrie er laut: »Moody!« Die einzige Antwort war das Fauchen eines wütenden Katers, der sich auf der Suche nach einem trockenen Unterschlupf gestört fühlte. »Mr. Moody!«

Oben auf der Laderampe war eine große Schiebetür, aus der wahrscheinlich die Waren aus dem Lager herausgerollt wurden. Eine Treppe zur Rampe hinauf existierte nicht. McGreavy hievte sich hinauf. Für seine bullige Statur war er erstaunlich wendig. Angeli folgte, nach ihm Judd. Angeli lehnte sich gegen die Schiebetür und drückte. Sie war nicht verschlossen. Mit einem lauten, schrillen Protestschrei rollte sie auf. Der Kater antwortete hoffnungsvoll. Drinnen im Lagerhaus war es stockdunkel. »Haben Sie eine Taschenlampe dabei?« fragte McGreavy.

»Nein«, sagte Angeli.

»Scheiße!«

Vorsichtig tasteten sie sich in die Dunkelheit vor. Wieder rief Judd: »Mr. Moody! Hier ist Judd Stevens!«

Sie hörten nur das Knarren der Fußbodenbretter unter ihren Füßen. McGreavy suchte in seinen Taschen und fand eine Schachtel Streichhölzer. Er zündete eines an und hielt es hoch. Das karge, flackernde Licht warf seinen gelben Schein in eine riesige, leere Höhle. Das Streichholz erlosch. »Machen Sie, daß Sie den verdammten Lichtschalter finden«, knurrte McGreavy. »Das war mein letztes Streichholz.«

Judd hörte, wie Angeli die Wände abtastete und den Lichtschalter suchte. Schritt für Schritt ging Judd weiter. Er konnte die beiden anderen Männer nicht sehen. »Moody!« rief er.

Vom anderen Ende des Raums drang Angelis Stimme herüber. »Hier ist ein Schalter.« Es klickte, aber nichts geschah.

»Wahrscheinlich haben Sie den Hauptschalter abgestellt«, sagte McGreavy.

Judd stieß gegen eine Wand. Als er die Hand ausstreckte, um Halt zu finden, berührten seine Finger einen Türhebel. Er klappte den Riegel hoch und zog an der Tür. Sie ging auf. Sofort traf ihn ein eiskalter Luftzug. »Ich habe eine Tür gefunden«, brüllte er. Er trat über eine Schwelle und ging vorsichtig weiter. Er hörte, wie die Tür hinter ihm zufiel, und sein Herz fing an zu hämmern. Hier in diesem Raum schien es noch rabenschwärzer zu sein, obwohl es fast nicht möglich war. »Moody! Moody...«

Schwere, lähmende Stille. Moody *mußte* hier irgendwo stecken. Er wußte genau, was McGreavy denken würde, wenn sie Moody nicht fänden: Wieder mal ein Ablenkungsmanöver!

Judd machte einen Schritt vorwärts. Da schlug ein Stück kaltes Fleisch gegen sein Gesicht. Entsetzt prallte er zurück. Seine Nackenhaare sträubten sich. Es roch nach Blut. In der Dunkelheit lauerte ein tödliches Grauen. Eisige Gänsehaut überlief ihn. Sein Herz raste so wild, daß er kaum noch atmen konnte. Mit zitternden Händen suchte er in seinem Mantel nach Streichhölzern, fand sie und riß ein Holz an. In seinem kümmerlichen Lichtstrahl sah er direkt vor sich ein großes totes Auge. In seinem Schock brauchte er eine Sekunde, um zu begreifen, daß er vor einem geschlachteten Ochsen stand, der an einem Fleischerhaken baumelte. Er sah noch weitere Kadaver am Haken hängen und im Hintergrund eine Tür, dann ging das Streichholz aus. Die Tür führte wahrscheinlich in ein Büro. Vielleicht wartete Moody dort drinnen auf ihn.

Judd schlich weiter durch die Dunkelheit. Wieder stieß er an kaltes Tierfleisch, machte einen Satz zur Seite und tastete sich dann vorsichtig weiter in Richtung auf die Tür. »Moody!«

Er verstand nicht, wo Angeli und McGreavy blieben. Er suchte sich den Weg zwischen geschlachteten Tieren hindurch und kam sich vor wie in einem grausigen Horrorstück, das ein Irrer ersonnen hatte. Aber wer? Und warum?

Plötzlich stieß er wieder an einen baumelnden Kadaver. Er blieb stehen, weil er die Orientierung verloren hatte. Die Tür mußte hier in der Nähe sein. Er riß sein letztes Streichholz an. Dicht vor ihm hing Norman Z. Moody an einem Fleischerhaken. Ein gräßliches Grinsen war auf seinem Gesicht erfroren.

Das Streichholz erlosch.

14

Die Leute des Coroner hatten ihre Arbeit getan und waren gegangen. Moodys Leiche wurde abtransportiert. Judd, McGreavy und Angeli blieben allein zurück. Sie saßen im Büro des Managers, einem kleinen Raum mit ein paar atemberaubenden Aktfotos an der Wand, einem alten Schreibtisch, einem Drehstuhl und zwei Aktenschränken. Die Lampen und ein elektrischer Heizofen brannten.

Man hatte den Manager, einen gewissen Paul Moretti, ermittelt, um ihm ein paar Fragen zu stellen. Er gab an, er habe den Angestellten wegen des Festwochenendes um zwölf Uhr freigegeben. Er selbst habe um halb eins abgeschlossen, und er sei absolut sicher, daß sich zu dieser Zeit kein Mensch mehr auf dem Gelände befunden habe. Mr. Moretti war ziemlich angetrunken. Als McGreavy sah, daß der Mann ihnen nicht weiterhelfen konnte, ließ er ihn nach Hause bringen. Judd nahm kaum wahr, was um ihn herum passierte. Seine Gedanken kreisten unablässig um Moody, der so fröhlich und voller Lebensfreude gewesen war und einen so grausamen Tod gestorben war. Und natürlich machte er sich bittere Vorwürfe. Hätte er Moody nicht in diese Geschichte hineingezogen, wäre der Dicke jetzt noch am Leben.

Es ging auf Mitternacht. Judd war müde und zerschlagen. Zum zehntenmal mußte er die Geschichte von Moodys Anruf wiederholen. McGreavy hockte ihm im Mantel gegenüber, fixierte ihn und kaute an seiner Zigarre.

Schließlich fragte er: »Lesen Sie Kriminalromane?«

Judd sah ihn erstaunt an: »Nein. Warum?«

»Das will ich Ihnen sagen. Weil alles, was Sie mir auftischen, zu schön ist, um wahr zu sein, Dr. Stevens. Ich habe von Anfang an das Gefühl gehabt, daß Sie bis zur Halskrause in dieser Sache drinstecken. Das habe ich Ihnen auch gesagt. Und was passiert? Plötzlich verwandeln Sie sich in das arme Opfer. Erst wollen Sie überfahren worden sein ...«

»Er ist wirklich angefahren worden«, warf Angeli ein.

»Das durchschaut doch ein Anfänger«, knurrte Mc Greavy. »Das kann er leicht mit einem Komplizen arrangiert haben.« Er wandte sich wieder zu Judd. »Dann rufen Sie Detective Angeli an und erzählen ihm ein haarsträubendes Märchen von zwei Männern, die bei Ihnen einbrechen und Sie umbringen wollen.«

»Sie sind bei mir eingebrochen!« protestierte Judd.

»Nein, das ist nicht wahr«, fauchte McGreavy. »Sie haben den passenden Schlüssel benutzt.« Seine Stimme wurde eiskalt. »Sie haben selbst gesagt, daß nur Sie und Carol Roberts einen Schlüssel besessen haben.«

»Richtig. Sie müssen Carols Schlüssel kopiert haben.«

»Ich habe einen Paraffintest machen lassen. Von Carols Schlüssel ist kein Abdruck gemacht worden, Doktor.« Er ließ Judd Zeit, darüber nachzudenken. »Und da ich Carols Schlüssel verwahre, gibt es nur noch Ihren, nicht wahr?«

Judd sah ihn sprachlos an.

»Als ich Ihnen Ihre hübsche Theorie vom amoklaufenden Irren nicht abkaufte, suchten Sie sich einen Privatdetektiv aus dem Telefonbuch raus, und der entdeckt flugs die Bombe in Ihrem Auto, die ich allerdings nicht zu sehen kriege. Danach halten Sie es für opportun, mir die nächste Leiche zu servieren. Sie ziehen vor Angeli eine Schau ab, erzählen ihm, Moody wolle sich mit Ihnen treffen, weil er den geheimnisvollen Spinner kennt, der Sie umbringen will. Und als wir herkommen, was sehen wir da? April, April! Da baumelt er schon am Fleischerhaken.«

Judd fuhr erregt hoch:

»Ich habe damit nichts zu tun!«

McGreavy sah ihn lange an. »Soll ich Ihnen sagen, warum Sie noch nicht verhaftet sind? Weil ich Ihr Motiv noch nicht kenne. Aber ich werde es finden, Doktor. Verlassen Sie sich darauf.« Er stand auf.

Plötzlich fiel Judd etwas ein. »Halt, warten Sie!« sagte er. »Was ist mit Don Vinton?«

»Wie bitte?«

»Moody hat gesagt, Don Vinton wäre der Mann, der dahintersteckt.«

»Kennen Sie einen Don Vinton?«

»Nein, ich nicht. Ich ... ich dachte, er wäre der Polizei ein Begriff.«

»Nie von ihm gehört.« McGreavy sah Angeli an. Angeli schüttelte den Kopf.

»Okay. Lassen Sie einen Fahndungsbefehl nach Don Vinton rausgehen. An FBI. Interpol. Polizeichefs in allen größeren Städten in Amerika.« Er drehte sich zu Judd um. »Zufrieden?«

Judd nickte. Ein Mensch, der all dies inszeniert hatte, konnte kein unbeschriebenes Blatt sein. Es dürfte nicht schwierig sein, ihn zu identifizieren.

Er mußte wieder an Moody denken, an seine Kalauer, seine Redensarten, seine quicke Reaktion. Er war beschattet worden, und man war ihm hierher gefolgt. Es war ausgeschlossen, daß er irgend jemand von diesem Treffen etwas gesagt hatte. Hatte er selbst nicht ihn, Judd, zur größten Vorsicht und Diskretion ermahnt? Zumindest wußten sie aber jetzt den Namen des Mannes, den sie suchten.

Praemonitus, praemunitas.

Gewarnt, gewappnet.

Am anderen Morgen brachten alle Boulevardblätter den Mord an Norman Z. Moody auf der Titelseite. Auf dem Weg in die Praxis kaufte Judd sich eine Zeitung. Er wurde nur kurz erwähnt als ein Zeuge, der die Leiche zusammen mit der Polizei entdeckt hatte. McGreavy war es gelungen, den wahren Zusammenhang zu verheimlichen. Er ließ sich nicht in die Karten gucken. Judd fragte sich, was Anne wohl denken würde.

Es war Samstag, der Tag, an dem Judd morgens in der Klinik zu arbeiten pflegte. Er hatte einen Kollegen gebeten, ihn heute zu vertreten. Er fuhr in die Praxis, benutzte den Fahrstuhl allein und vergewisserte sich, daß niemand im Korridor auf ihn lauerte. Er fragte sich, wie lange ein Mensch so leben konnte – sekündlich in der Erwartung eines tödlichen Überfalls.

Im Laufe des Vormittags war er mehrmals versucht, Angeli wegen Don Vinton anzurufen. Doch er bezwang seine Ungeduld. Angeli würde sich bestimmt melden, wenn er etwas erfahren hatte. Judd zerbrach sich den Kopf darüber, wer Don Vinton sein mochte. Ein früherer Patient, der sich von ihm schlecht behandelt gefühlt hatte? Aber er konnte sich nicht an einen Patienten dieses Namens erinnern.

Gegen Mittag hörte er, wie die Tür zum Vorzimmer aufgeschlossen wurde. Es war Angeli. Er sah noch elender aus als gestern. Seine Nase war rot. Schniefend kam er herein und ließ sich müde in einen Sessel fallen.

»Haben Sie schon Auskunft über Don Vinton bekommen?« fragte Judd gespannt. Angeli nickte. »Wir haben Fernschreiben vom FBI, von Interpol und den Polizeichefs aller größeren Städte in Amerika.« Judd wartete atemlos. »Ein Don Vinton ist nirgends bekannt.«

Judd blickte Angeli verständnislos an. Vor Enttäuschung war ihm ganz flau geworden. »Aber das ist doch unmöglich! Ich meine – irgendwer muß ihn doch kennen. Ein Mann, der das alles fertigbringt, der taucht doch nicht plötzlich aus dem Nichts auf!«

»Genau das hat auch McGreavy gesagt«, erwiderte Angeli müde. »Doktor, ich habe mit meinen Leuten die ganze Nacht gearbeitet. Wir haben jeden Don Vinton in Manhattan und allen anderen Stadtteilen überprüft.« Er zog ein zusammengerolltes Blatt aus der Tasche und zeigte es Judd. »Wir haben elf Don Vintons im Telefonbuch gefunden, die sich mit t-o-n am Ende schreiben. Außerdem vier, die sich Vinten schreiben und zwei mit i – Vintin. Wir haben auch daran gedacht, daß es ein zusammengeschriebenes Wort sein könnte. Von der ganzen Liste sind nur fünf als mögliche Täter übriggeblieben. Einer ist gelähmt. Einer ist Priester. Einer der Vizepräsident einer Bank. Einer ist Feuerwehrmann und hatte

Dienst, als zwei der Morde passierten. Ich komme gerade vom letzten. Er hat eine Tierhandlung und muß an die achtzig sein.«

Judd war die Kehle trocken geworden. Jetzt erst wurde ihm bewußt, wie viele Hoffnung er darauf gesetzt hatte. Moody hätte den Namen bestimmt nicht genannt, wenn er seiner Sache nicht sicher gewesen wäre. Er hatte nicht etwa behauptet, dieser Don Vinton sei ein Komplice. Er hatte ihn als den Drahtzieher bezeichnet. Es war unbegreiflich, daß ein solcher Mann der Polizei unbekannt war. Moody war ermordet worden, weil er die Wahrheit entdeckt hatte. Ohne ihn stand Judd ganz allein da. Das Netz hatte sich noch fester um ihn geschlossen.

»Tut mir leid«, sagte Angeli.

Judd sah, wie müde Angeli war. Der Mann hatte die ganze Nacht gearbeitet. »Vielen Dank für Ihre Mühe«, sagte er dankbar.

Angeli beugte sich vor. »Sind Sie sicher, daß Sie Moody richtig verstanden haben?«

»Ja. Bestimmt.« Judd schloß die Augen und konzentrierte sich. Er hatte Moody gefragt, ob er mit Sicherheit wisse, wer dahintersteckt, und er erinnerte sich genau an die Antwort. *Todsicher, Doc. Haben Sie schon mal von Don Vinton gehört?* Er öffnete die Augen. »Ja«, wiederholte er mit Nachdruck.

Angeli seufzte. »Dann weiß ich auch nicht mehr weiter.« Er mußte niesen.

»Sie sollten ins Bett gehen.«

Angeli stand auf. »Ja. Sollte ich wohl.«

Judd wollte noch etwas wissen. »Wie lange sind Sie eigentlich schon McGreavys Partner?«

»Das ist unser erster gemeinsamer Fall. Warum?«

»Trauen Sie ihm zu, daß er mir die Morde anhängen möchte?«

Wieder mußte Angeli niesen. »Ich glaube, Sie haben recht, Doktor. Ich gehöre doch ins Bett.« Er ging zur Tür.

»Ich habe vielleicht noch einen Anhaltspunkt«, sagte Judd. Angeli drehte sich um. »Ja?«

Judd erzählte ihm von Teri. Er fügte hinzu, er werde sich ein paar von John Hansons früheren Freunden näher anschauen.

»Klingt nicht sehr vielversprechend«, erwiderte Angeli offen. »Aber immerhin – es ist besser als nichts.«

»Ich bin es satt, Zielscheibe zu sein. Ich werde zum Angriff übergehen und selbst jagen.«

Angeli zog die Brauen hoch. »Wen?«

»Wenn Zeugen bei der Polizei einen Verdächtigen beschreiben, dann laßt ihr doch nach diesen Beschreibungen ein Bild zeichnen. Stimmt das?«

Angeli nickte. »Ein Identi-kit.«

Judd begann rastlos im Zimmer auf und ab zu gehen. »Ich werde Ihnen ein Identi-kit der Persönlichkeit des Menschen geben, der sich hinter dem allen verbirgt.«

»Wie wollen Sie das machen? Sie haben ihn nie gesehen. Es kann jeder x-beliebige sein.«

»Nein, durchaus nicht«, verbesserte ihn Judd. »Wir suchen einen ganz bestimmten, ungewöhnlichen Menschen.«

»Einen Geisteskranken.«

»Das ist so eine Allgemeinbezeichnung, die medizinisch nichts besagt. Geistig gesund oder ›normal‹ zu sein – das bedeutet nur, daß wir mit den Realitäten fertig werden und uns ihnen anzupassen verstehen. Wenn wir das nicht können, flüchten wir entweder vor den Realitäten oder wir setzen uns auf ein Podest, wo wir Supermenschen sind, die den allgemeinen Regeln nicht gehorchen müssen.«

»Unser Mann hält sich für diesen Supermenschen?«

»Genau. In einer gefährlichen Situation haben wir drei Möglichkeiten zur Wahl: Flucht, konstruktiver Kompromiß oder Angriff. Unser Mann gehört zu denen, die angreifen.«

»Also doch ein Irrer.«

»Nein, Geistesgestörte töten nur selten. Ihre Konzentrationsspanne ist extrem kurz. Wir haben es mit einer schwierigen Persönlichkeit zu tun. Er kann hypophrenisch sein, schizoid, cycloid – oder eine Kombination von allem. Es kann sich ebenso um eine Fugue handeln – um eine temporäre Amnesie. Das Entscheidende ist dabei jedoch, daß sein Auftreten, sein Verhalten, die gesamte äußere Erscheinung vollkommen normal wirken.«

»Dann gibt es keine konkreten Anhaltspunkte.«

»Da irren Sie. Wir haben eine ganze Menge Anhaltspunkte. Ich kann Ihnen sogar eine physische Beschreibung geben«, sagte Judd. Er zog die Brauen zusammen und dachte konzentriert nach. »Don Vinton ist überdurchschnittlich groß, gut proportioniert, athletisch gebaut, ist gepflegt gekleidet und penibel ordentlich in allem, was er tut. Er hat keine musische Begabung. Er malt nicht, schreibt nicht, spielt nicht Klavier.«

Angeli starrte ihn gebannt an, den Mund leicht geöffnet.

Judd geriet in Fahrt, er sprach immer schneller. »Er schließt sich keinem gesellschaftlichen Club, keiner Organisation an. Es sei denn, er selbst ist der Boss. Er ist ein Mann, der immer befehlen muß. Er ist skrupellos und ungeduldig. Er denkt in großen Zusammenhängen. Er würde sich beispielsweise nie in kleine Eigentumsdelikte verwickeln lassen. Wenn er vorbestraft ist, dann wegen Banküberfall, Kidnapping oder Mord.« Judd wurde immer erregter. Das Bild dieses Mannes stand deutlich vor ihm. »Wenn Sie ihn haben, werden Sie mit größter Wahrscheinlichkeit erfahren, daß er sich als Kind von einem Elternteil zurückgestoßen fühlte.«

Angeli fiel ihm ins Wort: »Doktor, ich will Ihre hübsche Seifenblase nicht platzen lassen, aber es könnte genausogut ein ausgeflippter, kaputter Typ . . .«

»Nein. Unser Mann nimmt kein Rauschgift.« Judd sagte es mit Entschiedenheit. »Ich kann Ihnen noch mehr über ihn sagen. Er hat in der Schule Mannschaftssport getrieben. Football oder Hockey. Schach, Kreuzworträtsel oder Puzzle liegen ihm nicht.« Angeli machte ein skeptisches Gesicht. »Sie haben aber doch selbst gesagt, daß es mehr als nur einer war«, gab er zu bedenken.

»Ich gebe Ihnen eine Beschreibung von Don Vinton«, erwiderte Judd. »Er ist der Drahtzieher, der Planer. Und ich kann Ihnen noch was sagen: Er ist Romane.«

»Wie kommen Sie darauf?«

»Durch die Mordmethoden und Mittel Messer... Säure... Bombe. Er ist Südamerikaner oder Italiener oder Spanier.« Er atmete tief durch. »Hier haben Sie Ihr Identi-kit. Das ist der Mann, der drei Morde begangen hat und mich töten will.«

Angeli schluckte. »Woher wissen Sie das alles?«

Judd setzte sich. »Das ist mein Beruf.«

»Richtig, soweit es um die geistige, die charakterliche Seite geht. Aber wie können Sie einen Mann, den Sie nie gesehen haben, auch äußerlich beschreiben?«

»Nach dem Gesetz der Wahrscheinlichkeit. Ein Arzt namens Kretschmer hat nachgewiesen, daß 85 Prozent aller Menschen, die an Verfolgungswahn – an Paranoia – leiden, kräftig gebaute, athletische Typen sind. Unser Mann ist offensichtlich ein Paranoiker. Er ist größenwahnsinnig. Er glaubt, daß Gesetze nicht für ihn gelten.«

»Warum ist er dann nicht schon längst eingesperrt?«

»Weil er eine Maske trägt.«

»Eine was?«

»Wir alle tragen Masken, Angeli. Von Kindheit an werden wir dazu erzogen, unsere wahren Gefühle zu verbergen, unsere Ängste und Abneigungen zu verschleiern.« Judd sprach ruhig und bestimmt. »Aber in einer Streß-Situation, in einem seelischen Ausnahmezustand, wird Don Vinton seine Maske fallen lassen und sein nacktes Gesicht zeigen.«

»Ich verstehe.«

»Sein wunder Punkt ist sein Ego. Wenn es bedroht ist – ernstlich bedroht –, dreht er durch. Es steht jetzt auf des Messers Schneide. Ein winziger Anstoß genügt, und er kippt um.« Judd dachte einen Moment nach und sagte halblaut vor sich hin: »Er ist ein Mann mit – *mana*.«

»Mit was?«

»*Mana*. Das ist ein Ausdruck, den die Primitiven für

einen Mann benützen, dem die Dämonen Macht über andere Menschen verleihen. Ein Mensch mit einer überwältigend starken Persönlichkeit.«

»Sie haben vorhin gesagt, daß er nicht malt und nicht Klavier spielt und nicht schreibt. Woher wissen Sie das?«

»Die Welt ist voll von Künstlern, die schizoid sind. Die meisten gehen durchs Leben, ohne gewalttätig zu werden, weil ihre Arbeit eine Art Ventil darstellt. Unser Mann hat kein solches Ventil. Er ist wie ein Vulkan. Er kann den inneren Druck nur durch eine Eruption loswerden: Hanson – Carol – Moody.«

»Sie glauben, es waren sinnlose Verbrechen, die er beging, um . . .«

»Nein, für ihn waren sie nicht sinnlos. Im Gegenteil . . .« Seine Gedanken überstürzten sich. Während er sprach, waren ihm verschiedene Dinge selbst erst klargeworden. Er begriff nicht, wieso er bisher zu blind oder zu verstört gewesen war, um es zu sehen. »Ich bin der einzige, auf den es Don Vinton je abgesehen hatte – sein ursprüngliches Opfer. John Hanson, weil er mit mir verwechselt wurde. Als der Mörder seinen Irrtum erkannte, kam er in die Praxis, um mich zu töten. Ich war schon fort. Er traf nur noch Carol an.« Seine Stimme zitterte vor Schmerz und Wut.

»Er hat sie umgebracht, damit sie ihn nicht identifizieren konnte, meinen Sie?«

»Nein. Er hat Carol gefoltert, weil er etwas haben wollte. Zum Beispiel eine Information oder ein ihn belastendes Beweisstück. Und sie wollte oder konnte es ihm nicht geben.«

»Was für ein Beweisstück?«

»Das weiß ich nicht«, sagte Judd. »Aber hier liegt der Schlüssel. Moody hatte die Antwort gefunden. Darum haben sie ihn umgebracht.«

»Eines paßt nicht in Ihre Theorie. Wenn Sie statt Hanson auf der Straße erstochen worden wären, hätte man dieses Beweisstück ja auch nicht bekommen«, sagte Angeli eigensinnig.

»Trotzdem könnte es so sein. Nehmen wir mal an, das Beweisstück ist eines meiner Tonbänder. Für sich allein betrachtet vielleicht völlig harmlos. Doch wenn ich es mit anderen Fakten in Zusammenhang brächte, könnte es hochbrisant und gefährlich werden. Also gibt es zwei Möglichkeiten: Entweder man nimmt es mir weg oder man macht mich mundtot, so daß ich niemand mehr auf die Zusammenhänge hinweisen kann. Zuerst haben sie versucht, mich aus dem Weg zu räumen. Dabei passierte der Fehler. Hanson wurde getötet. Also blieb nur noch die zweite Alternative. Sie haben versucht, es von Carol zu bekommen. Als auch das mißlang, konzentrierten sie sich ganz auf mich. Daher der Autounfall. Dann ist man mir wahrscheinlich gefolgt, als ich zu Moody ging, und Moody selbst wurde auch wieder beschattet. Als er auf die Wahrheit gestoßen war, haben sie ihn ermordet.«

Angeli sah Judd stirnrunzelnd an. Er überlegte etwas.

Judd fuhr ruhig fort: »Deshalb wird der Mörder nicht aufgeben, ehe ich tot bin. Es ist ein tödliches Spiel, und der Mann, den ich Ihnen eben beschrieben habe, kann es nicht ertragen, zu verlieren.«

Angeli sah ihn lange abwägend an. »Wenn Sie recht haben«, sagte er schließlich, »dann brauchen Sie Schutz.« Er zog seinen Dienstrevolver aus dem Halfter, kippte die Trommel heraus und sah nach, ob er geladen war.

»Vielen Dank, Angeli, aber ich brauche keinen Revolver. Ich werde mit meinen eigenen Waffen kämpfen.«

Sie hörten ein Klicken. Die Eingangstür war geöffnet worden. »Erwarten Sie jemand?«

Judd schüttelte den Kopf. »Nein. Ich habe heute nachmittag keine Patienten.«

Mit dem Revolver in der Hand machte Angeli einen Satz zur Tür, die zum Vorzimmer führte. Er drückte sich an die Wand und riß die Tür auf. Draußen stand Peter Hadley und machte in ziemlich verstörtes Gesicht.

Angeli fuhr ihn an: »Wer sind Sie?«

Judd kam näher. »Schon gut«, sagte er beruhigend. »Das ist ein Freund von mir.«

»He – was ist denn hier los?« fragte Peter.

»Entschuldigen Sie«, sagte Angeli höflich und steckte den Revolver wieder ein.

»Das ist Dr. Peter Hadley – Detective Angeli.«

»Sag mal, was für ein Irrenhaus ist deine Praxis seit neuestem?« fragte Peter.

»Reine Vorsichtsmaßnahmen«, erklärte Angeli. »In der Praxis von Dr. Stevens ist ... hm ... eingebrochen worden, und wir hatten befürchtet, der oder die Täter könnten noch einmal aufkreuzen.«

Judd griff das Stichwort auf. »Ja. Sie haben nicht gefunden, was sie gesucht haben.«

»Hat es mit dem Mord an Carol zu tun?«

Ehe Judd antworten konnte, sagte Angeli: »Das ist noch ungeklärt, Dr. Hadley. Dr. Stevens hat deshalb Anweisung, im Augenblick nicht über den Fall zu sprechen.«

»Ach so. Natürlich«, sagte Peter. Er schaute Judd fragend an: »Wir waren zum Mittagessen verabredet. Es bleibt doch dabei?«

Judd hatte es total vergessen. »Natürlich«, sagte er rasch. Er wandte sich an Angeli. »Ich glaube, wir hatten das Wesentliche besprochen, nicht wahr?«

»Ja, das denke ich auch«, meinte Angeli. »Sie wollen also wirklich nicht ...« Er wies auf seinen Revolver.

Judd schüttelte den Kopf. »Nein, danke.«

»Okay. Aber seien Sie vorsichtig.«

»Bestimmt«, versprach Judd. »Ich passe auf.«

Während des Mittagessens war Judd zerstreut. Peter stellte keine neugierigen Fragen. Sie sprachen über gemeinsame Freunde und Patienten. Peter berichtete Judd, daß er mit Harrison Burkes Chef gesprochen und eine amtsärztliche Untersuchung beantragt hatte. Er würde in eine Privatklinik geschickt werden.

Als sie ihren Kaffee tranken, sagte Peter: »Ich habe keine Ahnung, was los ist, Judd, aber wenn ich dir irgendwie helfen kann ...«

Judd schüttelte den Kopf. »Vielen Dank, Peter. Das kann ich nur selbst erledigen. Ich werde dir alles erklären, wenn es vorbei ist.«

»Ich hoffe, das ist bald«, sagte Peter leichthin. Er zögerte. »Judd – bist du in Gefahr?«

»Unsinn, natürlich nicht«, erwiderte Judd.

Es sei denn, man fühlte sich bedroht durch einen Besessenen, der bereits drei Morde begangen hatte und zum vierten Mord entschlossen war.

15

Nach dem Essen ging Judd zurück in die Praxis, sorgsam darauf bedacht, sich nicht unnötig zu exponieren und möglichst keine Zielscheibe abzugeben. Der Himmel mochte wissen, ob es Zweck hatte!

Wieder ging er seine Bänder durch, achtete auf alles, was irgendeinen Hinweis geben mochte. Bei jedem neuen Band erlebte er, wie sich Schleusen und Ventile öffneten. Da ergossen sich wahre Sturzbäche von Haß, Perversionen, Ängsten, Selbstbemitleidung, Größenwahn, Einsamkeit, Leere, Schmerz...

Nach vollen drei Stunden hatte er nur einen neuen Namen für seine Liste gefunden: Bruce Boyd. Der Mann, mit dem Hanson zuletzt zusammengelebt hatte. Er legte Hansons Band noch einmal auf.

»... Ich habe mich bei der ersten Begegnung in Bruce verliebt. Er war der schönste Mann, den ich je gesehen hatte.«

»War er der passive oder der dominierende Partner?«

»Dominierend. Das ist einer der Gründe, weshalb ich von ihm fasziniert war. Er ist sehr stark. Übrigens war das ein Punkt, über den wir später, als wir befreundet waren, häufig stritten.«

»Warum?«

»Weil Bruce sich nicht darüber im klaren war, wie kräftig er war. Zum Beispiel schlich er sich gern von hinten an mich ran und stieß mich in den Rücken. Es war zärtlich gemeint, aber einmal hat er mir fast das Rückgrat gebrochen. Ich hätte ihn umbringen können. Wenn er Leuten die Hand gab, zerquetschte er ihnen fast die Finger. Er tat zwar immer so, als wenn es ihm leid täte, aber in Wirklichkeit will er weh tun. Er braucht keine Peitsche. Er hat unglaubliche Kräfte ...«

Judd schaltete das Band ab und dachte nach. Er hatte inzwischen eine feste Vorstellung vom Mörder. Die homosexuelle Verhaltensweise paßte in dieses Konzept eigentlich nicht. Andererseits war Bruce Boyd mit Hanson liiert gewesen, und er war ein Sadist und ein Egoist.

Zwei Namen standen auf seiner Liste: Teri Washburn, die einen Mann getötet und es nie erwähnt hatte – und Bruce Boyd, Hansons letzter Liebhaber. Ob einer von beiden der Mörder war?

Teri Washburn wohnte in einem Penthouse am Sutton Place. Das ganze Apartment war bonbonrosa: die Wände, die kostbaren Möbel, die Vorhänge. Die Wände waren bedeckt mit französischen Impressionisten. Er erkannte zwei Manets, zwei Degas, einen Monet und einen Renoir, während er auf Teri wartete. Er hatte sie angerufen und gefragt, ob er auf einen Sprung hereinschauen könne. Sie hatte sich auf seinen Besuch vorbereitet und kam ihm in einem hauchzarten Negligé entgegen. Darunter trug sie nichts.

»Sie sind also wirklich gekommen«, rief sie entzückt.

»Ich muß mit Ihnen sprechen.«

»Gern. Einen Drink?«

»Nein, danke.«

»Aber ich! Das muß gefeiert werden«, sagte sie und ging an die korallenrote Bar in der Ecke des großen Wohnraums. Judd beobachtete sie aufmerksam. Sie kam mit ihrem Drink wieder und setzte sich dicht neben ihn auf die bonbonrosa Couch. »Na, Schätzchen, juckt's dich endlich doch mal?« sagte sie. »Ich hab's ja gewußt, daß du mich nicht am ausgestreckten Arm verhungern läßt. Ich bin verrückt nach dir, Judd. Ich mach alles, was du willst. Du brauchst es nur zu sagen. Im Vergleich zu dir sind alle Männer, die ich in meinem Leben vernascht habe, nur armselige Popel.« Sie stellte das Glas ab und legte die Hand auf seine Hose.

Judd nahm ihre Hand und hielt sie fest. »Teri«, sagte er, »Sie müssen mir helfen.«

Teri kannte nur ein einziges Thema. »Ich weiß, Baby. Und ich werde dich vögeln, wie du noch nie im Leben gevögelt worden bist.«

»Teri – hören Sie mir zu! Jemand versucht mich umzubringen!«

Ihre Augen weiteten sich. War die Überraschung gespielt oder echt? Er erinnerte sich, daß er sie einmal in einer Show gesehen hatte. Sie war eine recht gute Schauspielerin, aber so gut nun auch wieder nicht.

»Um Himmels willen! Wer? Wer soll ausgerechnet dich umbringen wollen?«

»Vielleicht jemand, der mit einem meiner Patienten in Verbindung steht.«

»Aber – ich versteh nicht -- warum?«

»Das will ich ja gerade rauskriegen, Teri. Hat einer von Ihren Freunden mal von Mord gesprochen? Vielleicht in einer Laune ... als Partyspiel ... nur so aus Jux?«

Teri schüttelte den Kopf. »Nein.«

»Kennen Sie einen Don Vinton?« Er sah sie gespannt an.

»Don Vinton? Nein. Müßte ich ihn kennen?«

»Teri ... wie denken Sie selbst über Mord?«

Ein unmerkliches Zittern überlief sie. Er hielt ihr Handgelenk fest und konnte ihren Puls fühlen. Er fing an zu rasen.

»Erregt Mord Sie?«

»Weiß ich nicht.«

»Denken Sie bitte darüber nach«, bat Judd eindringlich. »Erregt Sie der Gedanke an Mord?«

Ihr Puls ging unregelmäßig. »Nein. Natürlich nicht.«

»Warum haben Sie mir nie gesagt, daß Sie damals in Hollywood einen Mann getötet haben?«

Ohne jede Vorwarnung sprang sie ihn an und zerkratzte ihm das Gesicht mit ihren langen Fingernägeln. Er packte ihre Handgelenke.

»Du verdammter Scheißkerl! Das ist zwanzig Jahre her! Deshalb bist du also bloß gekommen. Mach, daß du rauskommst. Raus! Verschwinde!« Hysterisch schluchzend und schreiend brach sie zusammen.

Judd sah sie aufmerksam an. Teri war der Typ, der zu allem fähig war. Ihre innere Unsicherheit, ihr völliger Mangel an Selbstvertrauen machten sie zu einem idealen Werkzeug für einen skrupellosen Mörder. Sie war wie weiches Wachs. Wer sie in die Hand bekam, konnte sie zu einer wunderschönen Statue formen oder auch zu einer tödlichen Waffe. Die Frage war: Wer hatte sie zuletzt aufgegriffen? Don Vinton?

Judd erhob sich. »Entschuldigen Sie mich, Teri«, sagte er und verließ das bonbonrosa Apartment.

Bruce Boyd wohnte in einer der umgebauten verspielten Kutscherhäuschen in der Nähe des Parks in Greenwich Village. Ein philippinischer Butler in weißer Jacke öffnete die Haustür. Judd nannte seinen Namen. Der Butler ließ ihn in der Diele warten und verschwand. Zehn Minuten vergingen. Eine Viertelstunde. Judd wurde langsam gereizt. Vielleicht hätte er Angeli Bescheid geben sollen, daß er hierher gehen wollte? Wenn Judd mit seiner Vermutung richtig lag, war der nächste Angriff nicht mehr fern. Und diesmal würde der Angreifer alles daransetzen, sein Ziel zu erreichen.

Endlich kam der Butler wieder. »Mr. Boyd läßt bitten.«

Er führte Judd eine Treppe hoch in ein geschmackvoll eingerichtetes Arbeitszimmer und zog sich diskret zurück.

Boyd saß am Schreibtisch und schrieb. Er war ein glänzend aussehender Mann: gutgeschnittenes Gesicht, Adlernase, voller, sinnlicher Mund. Die blonden Locken kräuselten sich zu feinen Löckchen. Als Judd hereinkam, erhob er sich. Er war etwa einsneunzig groß, breitschultrig und gebaut wie ein Football-Spieler. Judd mußte an sein Identi-kit des Mörders denken. Es paßte genau auf Boyd. Jetzt bedauerte er erst recht, daß er Angeli nicht informiert hatte.

Boyd hatte eine weiche, kultivierte Stimme. »Entschuldigen Sie, daß ich Sie warten ließ, Dr. Stevens«, sagte er liebenswürdig. »Ich bin Bruce Boyd.« Er streckte ihm die Hand entgegen.

Judd wollte die Hand ergreifen. Im gleichen Moment schlug Boyd ihm die geballte Faust ins Gesicht. Der Schlag kam vollkommen unerwartet. Judd fiel rückwärts gegen eine Stehlampe und stieß sie um, als er selbst zu Boden sackte.

»Tut mir leid, Doktor«, sagte Boyd und schaute zu ihm hinunter. »Das hatten Sie verdient, nicht wahr? Stehen Sie auf, ich mache Ihnen einen Drink.«

Judd schüttelte benommen den Kopf und wollte aufstehen.

Als er halb aufgerichtet war, trat Boyd ihm mit der Schuhspitze in die Leisten. Schmerzgekrümmt sackte Judd wieder zu Boden.

»Auf Ihren Besuch hatte ich schon lange gewartet«, sagte Boyd.

Halb geblendet vor Schmerz sah Judd den hünenhaften Mann vor sich. Er wollte sprechen, aber die Stimme versagte ihm.

»Versuchen Sie's nicht«, sagte Boyd. »Es muß sehr weh tun. Ich weiß, weshalb Sie hier sind. Sie wollen mit mir über John sprechen.«

Judd nickte, und Boyd trat ihm gegen den Kopf. Durch rote Schleier hörte er die Stimme von Boyd wie aus der Ferne durch einen Wattefilter dringen. »Wir haben uns geliebt, bis er zu Ihnen gegangen ist. Sie haben ihn dazu gebracht, daß er sich vor sich selbst ekelte. Sie haben ihm eingeredet, daß unsere Liebe dreckig ist. Wissen Sie, wer sie erst beschmutzt hat, Dr. Stevens? Sie!«

Judd fühlte, wie ihm etwas Hartes in die Rippen knallte, und sein Körper wurde von rasendem Schmerz überschwemmt. Vor seinen Augen tanzten schillernde Regenbogenfarben.

»Woher nehmen Sie das Recht, anderen Leuten zu sagen, wie sie lieben dürfen, Doktor? Da sitzen Sie in Ihrer Praxis wie ein erhabener Gott und verdammen jeden, der nicht so denkt wie Sie.«

Das ist nicht wahr, dachte Judd. *Hanson hat vorher nie eine freie Wahl gehabt. Ich habe ihm die Wahl erst ermöglicht. Und er hat sich nicht für dich entschieden.*

»Und jetzt ist Johnny tot«, sagte der blonde Hüne. »Sie haben meinen Johnny getötet. Und jetzt werde ich Sie töten.«

Er bekam einen Tritt hinter das Ohr und verlor fast das Bewußtsein. Er hatte das Gefühl, sich zu beobachten, wie er starb. Ein letzter Rest seines Hirns schien noch zu arbeiten und brachte Gedankenfetzen zustande. Er machte sich Vorwürfe, daß er der Wahrheit nicht näher gekommen war. Er hatte den Mörder für einen dunklen, südländischen Typ gehalten – aber er war blond. Er war sicher gewesen, daß es kein Homosexueller war, und er hatte sich auch hier geirrt. Er hatte den Mörder endlich gefunden, aber nun mußte er sterben.

Er verlor das Bewußtsein.

16

Ein ferner, entrückter Teil seines Bewußtseins versuchte, ihm etwas zu signalisieren, ihm etwas sehr Wichtiges mitzuteilen, doch das Hämmern in seinem Schädel war so zermürbend, daß er außerstande war, sich auf etwas anderes zu konzentrieren. Irgendwo, ganz in der Nähe, hörte er ein helles, klagendes Winseln wie von einem verwundeten Tier. Mühsam und unter Schmerzen öffnete er die Augen. Er lag in einem fremden Raum in einem Bett. In der Ecke des Zimmers saß Bruce Boyd und weinte hemmungslos.

Judd wollte sich aufrichten. Der rasende Schmerz brachte ihm in Erinnerung, was mit ihm geschehen war, und plötzlich packte ihn eine wilde, ohnmächtige Wut.

Boyd hörte, wie Judd sich bewegte. Er kam herüber und trat neben das Bett. »Das ist alles nur Ihre Schuld«, wimmerte er. »Wenn Sie nicht wären, dann hätte ich Johnny noch bei mir.«

Ohne es bewußt zu wollen, nur getrieben von atavistischen Rachegefühlen, packte Judd Boyds Kehle. Seine Finger schlossen sich um die Luftröhre und drückten mit aller Kraft zu. Boyd wehrte sich nicht. Regungslos ließ er sich würgen, während die Tränen über sein Gesicht rannen. Judd schaute ihm in die Augen, und er sah die Höllenqualen, die dieser Mann durchlitt. Langsam ließ er die Hände sinken. *Mein Gott,* dachte er, *ich bin Arzt. Ein Kranker greift mich an, und ich will ihn umbringen.* Bruce Boyd war wie ein verwirrtes, verstörtes Kind.

Und plötzlich verstand er, was sein Unterbewußtsein ihm zu signalisieren versucht hatte: Bruce Boyd war nicht Don Vinton. Sonst wäre er jetzt nicht mehr am Leben. Boyd war nicht zu einem Mord fähig.

»Wenn Sie nicht gewesen wären, dann würde Johnny noch leben«, schluchzte Boyd. »Er wäre bei mir geblieben und ich hätte ihn beschützt.«

»Ich habe John Hanson nicht aufgefordert, Sie zu verlassen«, sagte Judd kraftlos. »Es war sein eigener Entschluß.«

»Sie lügen!«

»Zwischen Ihnen und John war schon längst nicht mehr alles in Ordnung, als er zu mir kam.«

Lange Stille. Dann nickte Boyd. »Ja. Wir ... wir haben uns dauernd gestritten.«

»Er wollte sich selbst finden, mit sich ins reine kommen. Sein Instinkt trieb ihn zu seiner Frau und den Kindern zurück. Im tiefsten Innern wollte John heterosexuell sein.«

»Das stimmt.« Boyd sprach mit fast tonloser Stimme. »Wir haben ständig darüber diskutiert, und ich glaubte immer, er würde es nur sagen, um mich zu quälen.« Er schaute auf. »Aber eines Tages hat er mich verlassen. Er ist einfach ausgezogen. Er hat mich nicht mehr geliebt.« Es klang tief verzweifelt.

»Er hat nicht aufgehört, Sie zu lieben«, sagte Judd. »Nicht als Freund.«

Boyd schaute ihn flehend an. Sein Blick sog sich an Judds Gesicht fest. »Wollen Sie mir helfen?« Dann ein Aufschrei nackter Angst: »Helfen Sie mir! Sie müssen mir helfen!«

Judd sah ihn lange prüfend an. »Ja. Ich werde Ihnen helfen.«

»Kann ich normal werden?«

»Was heißt hier normal? Jeder Mensch hat seine eigene Vorstellung von dem ›Normalen‹, jeder Mensch ist anders. Es gibt nicht zwei Menschen, die gleich sind.«

»Kann ich noch heterosexuell werden?«

»Das hängt davon ab, ob Sie es wirklich wollen. Wir können eine psychoanalytische Behandlung versuchen.«

»Und wenn sie nicht nützt?«

»Wenn sich herausstellt, daß Sie zur Homosexualität veranlagt sind, wird die Behandlung zumindest bewirken, daß Sie mit Ihrer Situation besser fertig werden.«

»Wann können wir anfangen?« fragte Boyd.

Judd war mit einem Schlag in die Realität zurückgerufen. Was für ein Wahnsinn, einem Mann eine Behandlung zuzusagen, wenn man selbst in den nächsten 24 Stunden tot sein könnte! Und er hatte immer noch keine Ahnung, wer Don Vinton war. Teri und Boyd, die letzten Verdächtigen auf seiner Liste, waren ausgeschieden. Wenn seine Analyse des Mörders richtig war, hatte er sich inzwischen in eine unkontrollierte Mordwut hineingesteigert. Der nächste Schlag konnte ihn jede Minute treffen.

»Rufen Sie mich am Montag an«, sagte er.

Während er im Taxi zu seiner Wohnung zurückfuhr, rechnete er sich seine Überlebenschancen aus. Sie waren gering. Was um alles in der Welt wollte dieser Don Vinton von ihm? Was war für ihn so ungeheuer wichtig? Und wer war Don Vinton? Wieso war er der Polizei bisher noch nicht bekannt? Benutzte er einen anderen Namen? Nein. Moody hatte klar und deutlich gesagt »Don Vinton«.

Es fiel ihm schwer, sich zu konzentrieren. Jede Bewegung, jede Erschütterung des Wagens jagte Wellen des Schmerzens durch seinen geschundenen Körper. Er dachte an die verschiedenen Morde und Mordversuche, die bisher geschehen waren, und suchte nach einem Muster. Tod durch Erstechen, eine Folterung, ein Unfall mit Fahrerflucht, eine Bombe im Wagen, ein Mord durch Erhängen. Da war beim besten Willen kein einheitliches Muster auszumachen. Nur die skrupellose Gewalt des Triebtäters. Er hatte keinerlei Anhaltspunkte dafür, wie der nächste Angriff aussehen könnte. Oder wer ihn ausführen würde. In der Praxis und in der Wohnung war er zweifellos am meisten gefährdet. Er erinnerte sich an Angelis Warnung. Er brauchte stärkere Schlösser an den Türen. Er würde Mike, den Portier, und den Liftboy Eddie bitten, die Augen offenzuhalten. Den beiden konnte er vertrauen.

Das Taxi hielt vor dem Haus. Der Portier machte die Wagentür auf.

Es war ein wildfremder Mann.

17

Es war ein großer Mann mit tiefliegenden Augen. Die olivfarbene Haut war von Pockennarben gezeichnet. Quer über den Hals zog sich eine alte Narbe. Er trug Mikes Uniformmantel, der zu eng für ihn war.

Das Taxi fuhr ab. Judd war mit dem Mann allein. Eine

neue Schmerzwelle beutelte ihn. *Mein Gott, nicht jetzt!* Er biß die Zähne zusammen. »Wo ist Mike?« fragte er.

»In Urlaub, Doktor.«

Doktor! Der Mann wußte also, wer er war. Und Mike in Urlaub? Im Dezember?

Ein zufriedenes Grinsen huschte über das Gesicht des Mannes. Judd spähte suchend die Straße hinunter, aber sie war menschenleer. Weglaufen war sinnlos. In seiner gegenwärtigen Verfassung hatte er keine Chance. Sein ganzer Körper war zerschlagen und wund, jeder Atemzug tat weh.

»Sie haben wohl einen Unfall gehabt?« fragte der Mann fast mitfühlend.

Judd drehte sich wortlos um und ging ins Haus. Eddie würde ihm helfen, auf ihn war Verlaß.

Der Portier folgte ihm. Eddie stand mit dem Rücken zu ihm im Fahrstuhl.

Judd durchquerte die Halle, jeder Schritt war eine Qual. Aber er durfte jetzt nicht schlappmachen. Der Mann konnte keinen Zeugen gebrauchen, also durfte er sich nicht von ihm allein erwischen lassen. »Eddie!« rief Judd, so laut er konnte.

Der Mann im Fahrstuhl drehte sich um.

Judd hatte ihn noch nie gesehen. Er war die kleinere Ausgabe des neuen Portiers, nur hatte er keine Narbe. Kein Zweifel, die beiden waren Brüder.

Judd blieb wie angewurzelt stehen, gefangen zwischen den beiden Männern. Sonst war kein Mensch in der Halle.

»Aufwärts«, sagte der Mann im Fahrstuhl. Er lächelte genauso hämisch zufrieden wie sein Bruder.

Das waren sie also, die Gesichter des Todes. Judd war ganz sicher, daß keiner von diesen beiden Kerlen der Drahtzieher war. Das waren gekaufte Berufskiller. Würden sie ihn hier in der Halle umbringen oder oben in seiner Wohnung? Nein, eher in der Wohnung. Dann hatten sie mehr Zeit, sich zu verdrücken, ehe seine Leiche entdeckt wurde.

Judd drehte sich um und ging auf die Wohnung des Managers zu. »Ich muß noch zu Mr. Katz und ihn . . .«

Der größere der beiden Männer stellte sich ihm in den Weg. »Mr. Katz ist beschäftigt, Doc«, sagte er ruhig.

Der andere Mann rief vom Fahrstuhl herüber: »Ich fahre Sie nach oben.«

»Nein«, sagte Judd, »ich . . .«

»Tu, was er sagt.« Die Stimme war ohne jedes Gefühl.

Plötzlich wehte ein eisiger Zugwind durch die Halle. Die Tür war aufgestoßen worden. Zwei Männer und zwei Frauen kamen laut lachend herein, die Mantelkragen hochgeschlagen.

»Das ist ja schlimmer als in Sibirien«, sagte eine der Frauen.

Der Mann, der sich bei ihr untergehakt hatte, war klein und dick und sprach mit dem Akzent des mittleren Westens. »Bei so 'nem Wetter jagt man keinen Hund vor die Tür.« Die Gruppe ging zum Lift hinüber. Der Portier und der Fahrstuhlführer sahen sich wortlos an.

Die zweite Frau, eine zierliche platinblonde Person mit starkem Südstaatenakzent, sagte: »Es war ein wahnsinnig netter Abend. Ich danke Ihnen beiden sehr!« Sie wollte die Männer loswerden.

Der zweite Mann protestierte energisch. »Hören Sie mal, Sie wollen uns doch wohl nicht so wegschicken – ohne einen kleinen Abschiedsschnaps?«

»Es ist wahnsinnig spät, George«, flehte die erste Frau.

»Aber es ist saukalt draußen. Einen kleinen Frostschutz werden Sie uns auf den Weg geben müssen.«

Der andere Mann hängte sich an: »Nur einen kleinen Drink, dann gehen wir auch bestimmt.«

»Ich weiß nicht . . .«

Judd hielt den Atem an. Bitte!

Die Platinblonde gab nach. »Na schön. Aber nur einen, ist das klar?«

Lachend stieg die kleine Gruppe in den Fahrstuhl. Judd schlüpfte rasch mit hinein. Der Portier blieb einen Augenblick unsicher zurück und sah seinen Bruder an.

Der Fahrstuhlführer hob die Schultern, schloß die Tür und drückte auf den Startknopf. Judds Wohnung lag im fünften Stock. Wenn die Gruppe vor ihm ausstieg, war er erledigt. Wenn sie weiter nach oben wollte, hatte er eine geringe Chance, in seine Wohnung zu laufen, sich zu verbarrikadieren und telefonisch um Hilfe zu rufen.

»Welcher Stock?«

Die kleine Blonde kicherte. »Ich weiß nicht, was mein Mann dazu sagen würde, daß ich zwei fremde Männer mit in die Wohnung nehme.« Sie drehte sich zum Fahrstuhlführer um. »Zehnter.«

Judd atmete tief durch. Jetzt erst merkte er, daß er die Luft angehalten hatte. Hastig sagte er: »Fünfter!«

Der Fahrstuhlführer warf ihm einen Blick zu, öffnete im fünften Stock die Tür und ließ Judd aussteigen. Die Fahrstuhltür schloß sich hinter ihm.

Hinkend vor Schmerzen lief Judd über den Gang, zog den Schlüssel aus der Tasche, öffnete die Tür und stürzte mit rasendem Herzklopfen in seine Wohnung. Er hatte günstigstenfalls fünf Minuten, bevor sie kommen würden, um ihn zu töten. Er schloß die Tür und wollte die Kette vorlegen. Da sah er, daß sie durchtrennt war. Er schmiß sie auf den Boden und machte einen Satz zum Telefon. Alles drehte sich vor seinen Augen. Er blieb aufrecht stehen und kämpfte mit geschlossenen Augen gegen den Schmerz und die nahende Ohnmacht, während kostbare Zeit verstrich. Mit äußerster Anstrengung griff er nach dem Telefon. Der einzige Mensch, den er anrufen konnte, war Angeli. Aber Angeli lag zu Hause krank im Bett. Außerdem – was sollte er ihm sagen? Wir haben einen neuen Portier und einen anderen Fahrstuhlführer, und ich glaube, sie wollen mich umbringen? Er merkte, daß er den Hörer in der Hand hielt und regungslos dastand, ohne etwas zu tun. Gehirnerschütterung, dachte er. Boyd hat mich möglicherweise doch auf dem Gewissen. Sie werden hereinkommen und mich in diesem Zustand finden – hilflos, wehrlos. Er erinnerte sich an den Gesichtsausdruck des Portiers. Er mußte die beiden Kerle irgendwie überlisten. Aber wie? Guter Gott – wie?

Er schaltete den kleinen Fernsehmonitor ein, auf dem man die Halle überschauen konnte. Sie war leer. Wieder überrollte ihn der Schmerz in betäubenden Wellen und ließ ihn fast ohnmächtig werden. Er zwang sich mit letzter Kraft, klar zu denken. Er war in größter Not... Ja... Notruf... Das war es... Wieder verschwamm ihm alles vor den Augen. Er hatte Mühe, das Telefon noch zu erkennen. Notruf... Er beugte sich über die Wählscheibe, um die Zahlen sehen zu können. Langsam, unter heftigen Schmerzen, begann er zu wählen. Nach dem fünften Klingeln antwortete eine Stimme. Judd sprach, doch seine Zunge gehorchte ihm nicht, die Worte kamen lallend und unklar. Er sah eine Bewegung auf dem Fernsehmonitor. Zwei Männer in Straßenkleidung kamen quer durch die Halle und gingen auf den Fahrstuhl zu.

Seine Zeit war abgelaufen.

Die beiden Männer gingen lautlos über den Flur zu Judds Wohnung und bauten sich rechts und links von der Tür auf. Rocky, der größere, versuchte die Tür zu öffnen. Sie war abgeschlossen. Er nahm eine Zelluloidkarte aus der Tasche und schob sie vorsichtig über das Schloß. Er nickte seinem Bruder zu; beide Männer nahmen Revolver mit Schalldämpfern aus dem Hosenbund. Rocky schob die Zelluloidkarte gegen den Schnapper und drückte die Tür langsam auf. Mit vorgehaltener Waffe betraten sie das Wohnzimmer. Sie sahen die geschlossenen Türen. Keine Spur von Judd. Nick, der kleinere Bruder, versuchte die erste Tür zu öffnen. Sie war verschlossen. Er lächelte seinem Bruder zu, legte den Lauf seines Revolvers gegen das Schloß und drückte ab. Lautlos schwang die Tür zum Gästezimmer auf. Die beiden Männer gingen hinein und deckten mit ihren Revolvern den Raum ab.

Auch dieses Zimmer war leer. Nick untersuchte den Einbauschrank, während Rocky ins Wohnzimmer zurückging. Sie hatten keine Eile. Sie wußten, daß Judd sich irgendwo in der Wohnung versteckte und ihnen ausgeliefert war. Genüßlich langsam bewegten sie sich durch den Raum, als wollten sie die Sekunden auskosten, bevor sie ihn töteten.

Nick versuchte es mit der nächsten Tür. Auch sie war verschlossen. Er schoß den Riegel weg und stieß die Tür auf. Es war das Arbeitszimmer. Leer. Sie grinsten sich zu und gingen zur letzten noch verschlossenen Tür. Als sie am Monitor vorbeikamen, hielt Rocky seinen Bruder plötzlich am Arm fest. Auf dem Bildschirm sahen sie, wie drei Männer durch die Halle rannten. Zwei trugen weiße Kittel und schoben eine Bahre mit Rädern durch die Halle, der dritte hatte den typischen Arztkoffer in der Hand.

»Verdammter Mist!«

»Reg dich ab, Rock. Da wird einer im Haus krank sein. Na und? Hier gibt es bestimmt hundert Wohnungen.«

Fasziniert starrten sie auf den Monitor und sahen zu, wie die beiden Weißbekittelten die Bahre in den Fahrstuhl rollten. Der dritte Mann stieg mit ein, die Fahrstuhltür schloß sich. »Laß ihnen ein paar Minuten«, sagte Nick. »Könnte auch ein Unfall oder so was sein. Dann ist die Polente im Haus.«

»Mann, so 'ne Scheiße!«

»Immer ruhig. Stevens läuft uns nicht weg.«

Die Wohnungstür wurde aufgestoßen. Der Arzt und die beiden Sanitäter rollten die Bahre ins Zimmer. Blitzschnell schoben die beiden Killer ihre Revolver in die Manteltaschen.

Der Arzt stürmte auf die Brüder zu. »Ist er tot?«

»Wer?«

»Der Selbstmörder. Ist er tot oder lebt er noch?«

Die beiden Killer sahen sich verstört an. »Sie sind wohl in der falschen Wohnung gelandet.«

Der Arzt drängte sich an den beiden Männern vorbei und rüttelte an der Schlafzimmertür. »Abgeschlossen. Los, aufbrechen!«

Hilflos mußten die Brüder zusehen, wie der Arzt und seine Helfer die Tür mit den Schultern eindrückten. Der Arzt rannte ins Schlafzimmer. »Die Bahre!« Er stürzte an das Bett, auf dem Judd lag. »Können Sie mich hören?«

Judd machte die Augen auf, aber er konnte kaum sehen. »Krankenhaus«, murmelte er.

»Wir sind schon unterwegs.«

Während die Killer frustriert zuschauten, rollten die Sanitäter die Bahre ins Schlafzimmer, hoben Judd vorsichtig darauf und hüllten ihn in Decken ein.

»Wir verduften besser«, sagte Rocky.

Der Doktor sah, wie die beiden verschwanden. Dann drehte er sich wieder zu Judd um, der blaß, mit eingefallenem Gesicht, auf der Bahre lag. »Alles in Ordnung, Judd?« Man hörte seinem Ton an, wie betroffen und besorgt er war.

Judd versuchte zu lächeln, aber es gelang ihm nicht. »Großartig«, er konnte seine eigene Stimme kaum verstehen. »Danke, Peter.«

Peter sah seinen Freund an, dann nickte er den beiden zu. »Na, dann mal los in die Klinik.«

18

Es war ein anderes Krankenzimmer, aber dieselbe Schwester. Ein finster blickendes Bündel Mißbilligung, saß sie neben seinem Bett, als Judd zum erstenmal die Augen aufmachte.

»Ach, wir sind wach«, sagte sie spröde. »Dr. Harris möchte Sie sehen. Ich werde ihm sagen, daß wir wach sind.« Steifbeinig marschierte sie aus dem Zimmer.

Vorsichtig richtete Judd sich auf. Arm- und Beinreflexe ein bißchen verzögert, aber funktionierend. Er fixierte den Stuhl erst mit dem einen, dann mit dem anderen Auge. Sehvermögen noch etwas unscharf.

»Kann ich helfen?«

Judd blickte auf. Dr. Harris war hereingekommen. »Sie entwickeln sich zu meinem besten Kunden«, witzelte er. »Soll ich Ihnen verraten, wie hoch allein die Rechnung fürs Zusammenflicken sein wird? Wir müssen Ihnen allmählich Mengenrabatt einräumen... Wie haben Sie geschlafen?«

Er setzte sich aufs Bett.

»Wie ein Stein. Was habt ihr mir gegeben?«

»Eine Ladung Sodium Luminal.«

»Wie spät ist es?«

»Mittag.«

»Du lieber Himmel! Ich muß sofort nach Hause!«

Dr. Harris schaute in Judds Krankenblatt. »Worüber wollen wir uns zuerst unterhalten? Über die Gehirnerschütterung? Die Fleischwunden? Oder die schweren Quetschungen?«

»Mir geht's ganz prima.«

Der Arzt legte die Akte beiseite. Sein Ton wurde ernst. »Judd, Sie haben eine Menge eingesteckt. Mehr als Sie denken. Wenn Sie klug sind, bleiben Sie ein paar Tage im Bett und ruhen sich aus. Und dann fahren Sie einen Monat in Urlaub!«

»Vielen Dank, Seymour«, sagte Judd.

»Sie meinen: Danke, nein?«

»Erst muß ich was in Ordnung bringen.«

Dr. Harris seufzte. »Ärzte sind eben doch die schlechtesten Patienten. Übrigens: Peter Hadley war die ganze Nacht hier. Und heute morgen hat er jede Stunde angerufen. Er ist überzeugt, daß man Sie heute nacht ermorden wollte.«

»Peter hat eine blühende Phantasie!«

Harris hob die Schultern und knurrte: »Sie sollen ja von Berufs wegen Menschenkenntnis haben. Ich bin bloß ein Feld-, Wald- und Wiesendoktor. Ich hoffe, Sie wissen, was Sie tun. Aber ich würde gegenwärtig auf Sie keinen müden Dollar setzen. Judd, hören Sie, wollen Sie nicht doch lieber ein paar Tage hier bleiben?«

»Unmöglich. Ich kann nicht.«

»Na schön. Dann lasse ich Sie morgen raus.«

Judd wollte widersprechen, aber Dr. Harris fiel ihm ins Wort. »Keine Diskussion. Heute ist Sonntag. Die Kerle, die Sie zusammengeschlagen haben, brauchen auch einen Ruhetag.«

»Seymour...«

»Noch was. Ich will mich nicht in Ihr Privatleben einmischen – aber haben Sie letzthin mal was gegessen?«

»Nicht viel«, gestand Judd.

»Okay. Ich gebe Ihrer Karbolmieze vierundzwanzig Stunden, um Sie hochzupäppeln. Und noch eins, Judd...«

»Ja?«

»Seien Sie vorsichtig. Ich verliere nicht gern einen guten Kunden.« Damit ging er.

Judd schloß die Augen. Er wollte nur einen Moment ausruhen. Dann hörte er Tellergeklapper. Eine bildhübsche Krankenschwester schob einen Wagen mit seinem Essen herein.

Sie lächelte. »Ach, sind Sie wach, Dr. Stevens?«

»Wie spät ist es denn?«

»Sechs Uhr.«

Er hatte den ganzen Nachmittag geschlafen.

Sie stellte das Essen auf sein Tablett. »Sie bekommen was Besonderes heute abend. Puter. Morgen ist Weihnachten.«

»Ich weiß.« Er hatte keinen Appetit. Doch als er den ersten Bissen probiert hatte, merkte er, daß er einen Bärenhunger hatte. Dr. Harris hatte ihn völlig abgeschirmt und keine Telefongespräche durchgelassen. So hatte er ungestört ausruhen und neue Kräfte sammeln können. Morgen würde er sie brauchen.

Am anderen Morgen um zehn Uhr kam Dr. Seymour Harris zur Visite. »Wie geht es meinem Lieblingspatienten?« Er strahlte. »Na, Sie sehen ja fast wieder wie ein normaler Mensch aus.«

»So fühle ich mich auch.« Judd lächelte.

»Fein. Sie kriegen gleich Besuch. Es wäre mir peinlich gewesen, wenn er vor Schreck einen Herzschlag gekriegt hätte!« Dr. Harris fuhr fort: »Ein Lieutenant McGreavy.«

Judd erschrak.

»Er will Sie unbedingt sprechen. Er ist schon unterwegs.«

Um mich zu verhaften. Während Angeli krank zu Hause lag, hatte er freie Hand gehabt, Beweismaterial zu manipulieren. Wenn McGreavy ihn erst einmal hatte, gab es keine Hoffnung mehr. Er mußte verschwinden.

»Würden Sie die Schwester bitten, einen Friseur für mich zu holen?« fragte Judd. »Ich möchte mich gern rasieren lassen.« Seine Stimme mußte seltsam geklungen haben, denn Dr. Harris sah ihn prüfend an. Oder hatte McGreavy was gesagt?

»Gern, Judd.« Dr. Harris ging hinaus.

Kaum hatte er die Tür hinter sich zugemacht, sprang Judd aus dem Bett. Zwei Nächte Schlaf hatten Wunder gewirkt. Er war noch etwas wackelig auf den Beinen, aber das würde sich geben. Jetzt mußte er sich beeilen. In drei Minuten war er angezogen.

Er machte die Tür einen Spalt weit auf, sah nach, ob die Luft rein war, und rannte los. Als er die Treppe erreicht hatte, sah er McGreavy, einen Polizisten und zwei Detektive aus dem Fahrstuhl steigen und zu seinem Zimmer gehen. Er lief die Treppe hinunter zum Ausgang und winkte sich ein Taxi heran.

McGreavy warf einen Blick auf das leere Bett und die offene Kleiderschranktür und rief: »Hinterher! Vielleicht erwischen wir ihn noch.« Er griff zum Telefon und ließ sich mit der Polizei verbinden. »Hier McGreavy. Schicken Sie sofort eine dringende Suchmeldung an alle Dienststellen raus. Gesucht wird Dr. Judd Stevens. Männlich. Weiß. Alter ...«

Das Taxi hielt vor Judds Praxis. Er wußte, wie gefährlich es für ihn war, hierherzukommen, aber dies eine Mal mußte es noch sein. Er brauchte eine Telefonnummer.

Er entlohnte den Fahrer und betrat die Halle. Jeder Muskel im Körper tat ihm weh. Trotzdem beeilte er sich. Er hatte nicht viel Zeit. Die Frage war jetzt nur, wer ihn zuerst erwischen würde: Die Polizei oder seine Mörder.

Oben in der Praxis schloß er die Tür hinter sich ab. Die Räume wirkten fremd und feindselig. Hier würde er nie mehr Patienten behandeln können. Kalte Wut packte ihn bei der Erkenntnis, was dieser Don Vinton aus seinem Leben gemacht hatte. Er überlegte, welche Szene sich abgespielt haben mußte, als die beiden Ganoven unverrichteterdinge zurückgekommen waren. Wenn er Don Vinton richtig einschätzte, war er jetzt in einem Zustand nicht mehr kontrollierbarer Mordwut. Der nächste Angriff war jeden Augenblick fällig.

Judd brauchte Annes Telefonnummer. Im Krankenhaus war ihm plötzlich eingefallen, daß sie einige Male direkt vor John Hanson bei ihm gewesen war. Außerdem hatte sie sich manchmal mit Carol unterhalten. Carol konnte irgend etwas gesagt haben, was für Anne eine tödliche Information darstellte, ohne daß sie es wußte. Wenn es so war, befand sie sich in höchster Gefahr.

Er suchte ihre Nummer aus seinem Buch und wählte. Es läutete dreimal, dann meldete sich der Operator. »Welche Nummer haben Sie gewählt?«

Judd nannte die Nummer. Gleich darauf war der Operator wieder in der Leitung. »Kein Anschluß unter dieser Nummer.«

»Danke.« Judd legte auf. Ihm fiel ein, was sein Auftragsdienst ihm vor einigen Tagen gesagt hatte: Man hatte alle Patienten erreichen können – außer Anne. Vielleicht hatte Carol einen Fehler gemacht, als sie die Nummer seinerzeit in sein Buch eintrug? Er sah im Telefonbuch nach, aber weder unter ihrem Namen noch unter dem ihres Mannes fand er eine Eintragung. Er hatte plötzlich das Gefühl, daß es von allergrößter Wichtigkeit war, Anne zu sprechen. Er schrieb ihre Adresse auf: 617 Woodside Avenue, Bayonne, New Jersey.

In einer Viertelstunde war er bei Avis und mietete einen Wagen. Ein paar Minuten später verließ er die Garage. Er fuhr einmal um den Block, vergewisserte sich, daß er nicht verfolgt wurde, und fuhr über die George Washington Bridge in Richtung New Jersey.

In Bayonne hielt er an einer Tankstelle und erkundigte sich nach dem Weg. »An der nächsten Ecke biegen Sie links ab, dann ist es die dritte Straße.«

»Danke.«

Bei dem Gedanken, daß er Anne wiedersehen würde, schlug sein Herz schneller. Was sollte er ihr aber sagen, ohne sie zu beunruhigen? Und ob ihr Mann wohl da sein würde?

Er bog nach links ab in die Woodside Avenue. Er sah auf die Hausnummern. Neunhunderter Nummern. An beiden Seiten der Straße standen alte, verwitterte Häuschen. Er fuhr weiter. Siebenhunderter Nummern. Die Häuser wurden immer schäbiger und älter.

Anne hatte von einem herrlichen Waldgrundstück gesprochen. Hier war kein Wald. Es gab fast keine Bäume. Als er die angegebene Adresse erreicht hatte, überraschte ihn nicht mehr, was er zu sehen bekam.

617 war ein Stück unkrautüberwuchertes Brachland.

19

Er saß im Wagen und grübelte. Eine falsche Telefonnummer konnte ein Versehen gewesen sein. Auch eine falsche Adresse. Aber nicht beides zugleich. Anne hatte ihn bewußt belogen. Wenn aber die Angaben zur Person nicht stimmten – was war dann noch gelogen? Was wußte er denn über sie? So gut wie nichts. Sie war ohne Überweisung unangemeldet gekommen, hatte auf einer Behandlung bestanden, vier Wochen lang vermieden, ihr Problem auch nur anzudeuten, um ihm dann aus heiterem Himmel zu erklären, alles sei in Ordnung und sie werde verreisen. Sie hatte immer gleich bar bezahlt. Es gab keine Möglichkeit, sie über ihre Bank zu finden. Aber welchen Grund hatte sie gehabt, als Patientin aufzutreten und dann wieder zu verschwinden? Es gab nur eine Erklärung dafür. Bei dieser Einsicht wurde ihm übel.

Wenn jemand seinen Alltagsablauf erfahren, die Praxisräume besichtigen, Mittel und Wege für einen Mord auskundschaften wollte – was war dann naheliegender, als Patient bei ihm zu werden? Darum war sie gekommen. Don Vinton hatte sie geschickt. Als er alles erfahren hatte, was er wissen wollte, war sie spurlos verschwunden. Es war alles nur eine gerissene Täuschung gewesen. Und er hatte sich nur zu willig ködern lassen. Wie mußte sie gelacht haben, wenn sie Don Vinton von diesem verliebten Idioten erzählte, der sich Psychologe schimpfte und Menschenkenntnis zu haben glaubte... Der sich Hals über Kopf in eine Frau verliebt hatte, die nichts anderes wollte, als ihn in die Falle seiner Mörder zu locken. Wie machte sich das für einen Psychiater? War das nicht ein fabelhafter Stoff für einen Bericht an die American Psychiatric Association?

Aber mußte es so gewesen sein? Vielleicht hatte sie wirklich ein Problem gehabt und nur anonym bleiben wollen, um einen Angehörigen nicht in Verlegenheit zu bringen? Nein, diese Antwort war zu simpel. Da war eine Unbekannte in der Gleichung. Er war sicher, daß von dieser Unbekannten die Antwort auf alle Fragen abhing. Vielleicht hatte Anne gegen ihre Überzeugung gehandelt? Unter Zwang? Noch während er es dachte, wußte er, wie kindisch er sich benahm. Er wollte sie in Gedanken zu einem hilflosen Opfer machen, damit er der Retter in der Not sein durfte.

Hatte sie den Mördern Schützenhilfe geleistet? Er mußte es herausfinden.

Eine ältere Frau in schlampigem Aufzug kam aus dem gegenüberliegenden Haus und glotzte ihn an. Er wendete und fuhr nach New York zurück.

Unterwegs fuhren viele Wagen hinter ihm her. In

einem davon konnten seine Verfolger sitzen. Aber wozu ihn beschatten? Sie wußten doch, wo sie ihn finden konnten. Er durfte nicht länger tatenlos auf den nächsten Überfall warten. Er mußte selbst angreifen, sie überrumpeln, Don Vinton verwirren, damit er einen Fehler machte und er ihn schachmatt setzen konnte. Und er mußte es tun, bevor McGreavy ihn verhaften konnte.

Er war kurz vor Manhattan. Der einzig denkbare Schlüssel war Anne. Und sie war spurlos verschwunden. Übermorgen würde sie Amerika verlassen.

Es war Heiligabend. Das Büro der PanAm war überfüllt von Reisenden und von Leuten, die auf der Warteliste standen und auf einen frei werdenden Platz hofften.

Judd drängte sich zu einem Schalter durch und verlangte den Manager. Die Stewardeß bedachte ihn mit ihrem professionellen Lächeln und bat ihn zu warten. Der Manager telefoniere.

Judd stand da und hörte dem Stimmengewirr zu.

»Ich möchte am fünfzehnten von Indien abreisen.«

»Ist es kalt in Paris?«

»Ich brauche am Flughafen in Lissabon einen Wagen.«

Am liebsten hätte er einen Platz in der nächstbesten Maschine gebucht, um zu fliehen. Er war physisch und psychisch erschöpft. Don Vinton hatte anscheinend eine Armee zur Verfügung, während er allein war. Welche Chance hatte er denn?

»Kann ich Ihnen helfen?«

Ein großer, hagerer Mann stand hinter dem Schalter. »Mein Name ist Friendly«, sagte er. »Was kann ich für Sie tun?«

»Ich bin Dr. Stevens. Ich versuche eine meiner Patientinnen zu finden. Sie fliegt morgen nach Europa.«

»Der Name?«

»Blake, Anne Blake.« Er überlegte. »Möglicherweise ist der Flug für Mr. und Mrs. Anthony Blake gebucht worden.«

»Wohin fliegen die Herrschaften?«

»Das weiß ich leider nicht.«

»Sind sie für einen Vormittagsflug oder für einen unserer Nachmittagsflüge gebucht?«

»Ich weiß nicht einmal, ob sie mit PamAm fliegen.«

Mr. Friendlys Lächeln erfror. »Dann kann ich Ihnen leider nicht helfen.«

Judd wurde nervös. »Es ist wirklich außerordentlich dringend. Ich muß sie finden, bevor sie abfliegt.«

»Sir, PanAm startet täglich ein- oder mehrmals nach Amsterdam, Barcelona, Brüssel, Dublin, Düsseldorf, Frankfurt, Hamburg, Kopenhagen, Lissabon, London, München, Paris, Rom, Shannon und Wien. Das gleiche gilt für die meisten anderen Gesellschaften. Sie müssen sich an jede Fluglinie wenden. Und ich bezweifle, daß man Ihnen weiterhelfen kann, wenn Sie Abflugzeit und Bestimmungsort nicht angeben können.« Mr. Friendly wurde ungeduldig. »Wenn Sie mich jetzt bitte entschuldigen wollen.« Er drehte sich weg und wollte gehen.

»Warten Sie, bitte!« bat Judd. Wie sollte er diesem Mann erklären, daß es um Leben und Tod für ihn ging?

Mr. Friendly zeigte offen, wie lästig Judd ihm war. »Ja?«

Judd zwang sich zu einem Lächeln. »Haben Sie denn nicht so ein zentrales Computersystem, durch das Sie die Namen der Passagiere ermitteln . . .«

»Das geht nur, wenn man die Flugnummer weiß.« Mr. Friendly ließ Judd stehen und ging.

Judd lehnte sich gegen den Schalter und kämpfte gegen die Übelkeit an. Schach und schachmatt. Er war geschlagen.

Eine Gruppe italienischer Priester in wehenden schwarzen Soutanen und großen schwarzen Hüten kam herein. Sie sahen aus wie Überbleibsel aus dem Mittelalter. Sie waren beladen mit Pappkoffern, Schachteln und Kartons. Sie unterhielten sich lautstark und zogen mit sichtlichem Vergnügen das jüngste Mitglied ihrer Gruppe auf, einen jungen Mann, kaum älter als neunzehn. Wahrscheinlich fliegen sie nach einer Studienreise wieder nach Rom zurück. Rom... Anne wollte nach Rom fahren... Immer wieder Anne.

Die Priester gingen an den Schalter.

»*È molto bene di ritornare a casa.*«

»*Si, d'accordo.*«

»*Signore, per piacere, guardatemi.*«

»*Tutto va bene?*«

»*Si, ma...*«

»*Dio mio, dove sono i miei biglietti?*«

»*Cretino, hai perduto i biglietti.*«

»*Ah, eccoli.*«

Die Priester drückten dem Jüngsten die Tickets in die Hand, und er marschierte tapfer auf das junge Mädchen am Schalter zu. Judd sah zum Eingang. Ein großer Mann im grauen Mantel lehnte lässig an der Tür.

Der junge Mann sprach mit der Stewardeß. »*Dieci. Dieci.*«

Das Mädchen sah ihn verständnislos an. Der Priester klaubte seine Englisch-Kenntnisse zusammen und sagte bedächtig: »*Ten. Billets. Teekets.*« Er drückte ihr die Flugscheine in die Hand.

Das Mädchen lächelte und begann die Scheine durchzusehen. Die Italiener waren beeindruckt von den Sprachkünsten des jungen Kollegen und klopften ihm anerkennend auf die Schulter.

Es hatte keinen Sinn, länger hier herumzustehen. Früher oder später mußte er sich ja doch dem Unausweichlichen stellen. Judd drehte sich langsam um und wollte gehen.

»*Guardate che ha fatto il Don Vinton.*«

Judd blieb wie angewurzelt stehen. Alles Blut schoß ihm in den Kopf. Er packte den untersetzten Italiener, der gerade gesprochen hatte, am Arm. »Entschuldigen Sie«, sagte er heiser, »haben Sie eben Don Vinton gesagt?«

Der Mann sah ihn ausdruckslos an, dann tätschelte er ihm den Arm und wollte sich abwenden.

Judd hielt ihn fest. »Warten Sie!« flehte er.

Der Priester wurde nervös.

Judd bemühte sich, ganz ruhig zu sprechen. »Don Vinton. Wer ist es? Zeigen Sie ihn mir.«

Alle Italiener schauten Judd jetzt an. Der kleine Mann sah sich hilfesuchend nach seinen Kollegen um.

»*È un americano matto.*«

Die Gruppe redete aufgeregt durcheinander. Aus den Augenwinkeln sah Judd, wie Mr. Friendly hinter der Theke hervorkam. Mühsam unterdrückte Judd die aufsteigende Panik. Er ließ den Arm des Priesters los, beugte sich hinunter zu ihm und sagte langsam und deutlich: »Don Vinton.«

Der kleine Mann sah Judd einen Moment an, dann breitete sich ein Lächeln auf seinem Gesicht aus. »*Don Vinton!*«

Der Manager kam mit raschen Schritten näher. Seine ganze Haltung war unfreundlich. Judd nickte dem Priester aufmunternd zu. Der wies auf den Jungen. »*Don Vinton – Big Boss!*«

Und da war Judd plötzlich alles klar.

20

»Langsam, langsam«, sagte Angeli heiser. »Ich versteh kein Wort.«

»Entschuldigung.« Judd holte tief Luft. »Ich habe die Lösung.« Er war so erleichtert, Angelis Stimme am Telefon zu hören, daß er kaum richtig sprechen konnte. »Ich weiß jetzt, wer mich umbringen will. Ich weiß, wer Don Vinton ist.«

»Wir haben keinen Don Vinton auftreiben können.« Angelis Stimme klang äußerst skeptisch.

»Und wissen Sie, weshalb? Weil Don Vinton keine Person ist, sondern eine Bezeichnung.«

»Könnten Sie ein bißchen langsamer sprechen?«

Judds Stimme zitterte vor Aufregung. »Don Vinton ist kein Name. Es ist ein Ausdruck aus dem Italienischen. Er bedeutet ›der große Mann‹, der Boss. Das war es, was Moody nur sagen wollte. Daß der ›Große Mann‹ hinter mir her ist.«

»Ich kann Ihnen nicht folgen, Doktor.«

»In unserer Sprache ergibt es keinen Sinn«, sagte Judd, »aber wenn Sie es italienisch sagen ... klingelt es dann immer noch nicht bei Ihnen? Eine Organisation von Killern, die vom ›Großen Mann‹ gelenkt wird ...?

Langes Schweigen. Dann: »*La Cosa Nostra?*«

»Sagen sie selbst: Wer sonst wohl könnte eine Horde von Berufskillern und solche Waffen zusammentrommeln – Säure ... Bomben ...? Erinnern Sie sich, daß ich gesagt habe, unser Mann müßte Südeuropäer sein? Er ist Italiener!«

»Das ist doch Unsinn. Was sollte *La Cosa Nostra* ausgerechnet von Ihnen wollen?«

»Keine Ahnung. Aber ich habe recht. Ich weiß es. Und es paßt genau zu Moodys Überzeugung, ich würde von einer Gruppe gejagt.«

»Das ist die verrückteste Theorie, die ich je gehört habe«, sagte Angeli. »Aber zugegeben: Möglich ist natürlich alles.«

Judd war erleichtert, daß Angeli ihn wenigstens anhörte. Er hätte nicht gewußt, an wen sonst er sich wenden sollte.

»Haben Sie mit jemand darüber gesprochen?«

»Nein.«

»Dann tun Sie's auch nicht!« beschwor Angeli ihn. »Wenn Ihre Theorie stimmen sollte, hängt Ihr Leben davon ab, daß Sie den Mund halten. Und gehen Sie nicht in die Nähe Ihrer Praxis oder Ihrer Wohnung.«

»Das gewiß nicht«, sagte Judd. Dann fiel ihm noch etwas ein. »Wissen Sie, daß McGreavy einen Haftbefehl für mich hat?«

»Ja.« Angeli machte eine Pause. »Wenn er Sie erwischt, kommen Sie nicht lebend aufs Revier.«

Guter Gott! Also hatte er sich in McGreavy nicht getäuscht. Aber er konnte sich wieder nicht vorstellen, daß McGreavy der Drahtzieher war. Er mußte seine Anweisungen bekommen... Von Don Vinton. Vom Big Boss. Vom »Großen Mann«.

»Haben Sie mich verstanden?«

Judd fühlte, wie sein Mund austrocknete. »Ja.«

Ein Mann in grauem Mantel stand vor der Telefonzelle und sah Judd an. War das der Mann von vorhin? »Angeli...«

»Ja?«

»Ich weiß nicht, wer die anderen sind. Ich weiß nicht, wie sie aussehen. Wie soll ich überleben, bis man sie gefunden hat?«

Der Mann draußen vor der Zelle starrte ihn an.

»Wir gehen sofort zum FBI. Ich habe einen Freund dort, der ausgezeichnete Beziehungen hat. Er wird für Ihren Schutz sorgen, bis Sie wieder sicher sein können. Einverstanden?« Angelis Stimme klang ermutigend und sehr zuversichtlich.

»Okay«, antwortete Judd dankbar. Seine Knie waren wie Pudding.

»Wo sind Sie jetzt?«

In einer Telefonzelle in der PanAm-Schalterhalle.«

»Rühren Sie sich nicht vom Fleck! Und bleiben Sie ja unter Menschen. Ich komme sofort.« Es klickte. Angeli hatte aufgelegt.

Er saß an seinem Schreibtisch auf dem Revier. Als er den Hörer auflegte, war ihm speiübel. Im Laufe der Jahre hatte er sich an den Umgang mit Kriminellen und Pervertierten aller Schattierungen gewöhnt und trotzdem den Glauben an die Würde und den Anstand des Menschen bewahrt. Aber ein krimineller Polizist, das war das Übelste, das er sich vorstellen konnte. Das war ein Schandfleck für den gesamten Berufsstand. Das verletzte das Recht und die Ordnung, für die alle anständigen Polizisten kämpften und oft genug sterben mußten.

Im Wachraum war Hochbetrieb. Er registrierte es kaum.

Zwei Streifenbeamte führten einen betrunkenen Hünen in Handschellen herein. Der eine der beiden Beamten hatte ein blaues Auge, der anderer preßte ein blutiges Taschentuch an die Nase. Der Ärmel seiner Uniformjacke war halb abgerissen. Die Reparatur würde er selbst bezahlen müssen. Diese Männer waren bereit, Tag und Nacht ihr Leben zu riskieren. Nur: So was machte keine Schlagzeilen. Wohl aber ein korrupter, krimineller Polyp. Sein eigener Partner.

Müde stand er auf und ging den tristen Korridor hinunter zum Zimmer des Captain. Er klopfte einmal an und trat ein.

Captain Bertelli war nicht allein. Zwei FBI-Männer saßen mit ihm im Zimmer. Bertelli blickte auf: »Na?«

Der Detektiv nickte. »Es kommt genau hin. Er war am Mittwoch nachmittag im Verwahrungsdepot und hat sich Carol Roberts Schlüssel rausgeben lassen. Mittwoch nacht hat er ihn zurückgebracht. Deshalb ist der Paraffintest negativ ausgefallen. Weil er mit dem Originalschlüssel die Praxis von Dr. Stevens aufgeschlossen hat. Der diensthabende Beamte hat ihm den Schlüssel guten Glaubens ausgehändigt, weil er wußte, daß er mit diesem Fall betraut war.«

»Wissen Sie, wo er jetzt ist?« fragte einer der FBI-Männer.

»Nein. Wir hatten ihn beschatten lassen, haben die Spur aber verloren.«

»Er sucht Stevens«, sagte der andere FBI-Mann.

»Welche Überlebenschance hat Stevens?« fragte Bertelli.

»Wenn sie ihn vor uns finden? Überhaupt keine.«

Captain Bertelli reckte das Kinn vor.

»Dann müssen wir ihn eben zuerst finden.« Erbittert fügte er hinzu: »Und Angeli auch. Wie Sie ihn kriegen, ist mir scheißegal. Hauptsache, Sie fassen ihn!«

In abgehacktem Stakkato knatterte der Polizeifunk die Meldung »Code zehn... Code zehn... An alle

Wagen... Nehmen Sie die Verfolgung auf von Wagen...«

Angeli schaltete rasch den Apparat aus. »Weiß jemand, daß ich Sie abgeholt habe?«

»Kein Mensch«, versicherte ihm Judd.

»Sie haben mit niemand über *La Cosa Nostra* gesprochen?«

»Nur mit Ihnen.«

Angeli nickte zufrieden.

Sie fuhren in Richtung New Jersey. Judd fühlte sich wie verwandelt. Seit er neben Angeli im Wagen saß, war er nicht mehr das gehetzte Wild. Jetzt war er der Jäger. Und dieser Gedanke erfüllte ihn mit großer Befriedigung.

An der Ausfahrt Orangeburg verließen sie die Schnellstraße und näherten sich Old Tappan.

»Sie haben ganz schön clever geschaltet«, sagte Angeli.

Judd wehrte ab. »Ich hätte gleich richtig schalten sollen, als mir klarwurde, daß es nur eine Organisation sein konnte. Moody hat es durchschaut, als er die Bombe in meinem Wagen fand.«

Und Anne war ein Teil der Organisation. Sie hatte ihn in die Falle gelockt. Und dennoch... Er konnte sie nicht hassen. Was sie auch getan haben mochte, hassen konnte er sie nicht.

Angeli hatte die Hauptstraße verlassen und war in eine Nebenstraße eingebogen. In der Ferne tauchte ein Wald auf.

»Weiß Ihr Freund, daß wir kommen?« fragte Judd.

»Ich habe ihn angerufen. Er wartet auf Sie.«

Ein Privatweg zweigte ab. Angeli bog ein und fuhr etwa eine Meile, dann bremste er vor einem Tor, über dem eine Fernsehkamera installiert war. Man hörte ein leises Klicken, das Tor öffnete sich und schloß sich lautlos hinter ihnen. Sie fuhren eine lange, gewundene Zufahrt hoch. Durch die Bäume hindurch sah Judd das ausladende Dach eines Hauses. Hoch oben auf dem Dach blitzte ein bronzener Wetterhahn in der Sonne.

Der Wetterhahn hatte keinen Schwanz.

21

In der schalldichten, neonerleuchteten Nachrichtenzentrale des Polizeipräsidiums saß ein Dutzend Beamter in Hemdsärmeln an einem riesigen Schaltpult, je sechs an einer Seite, zwischen ihnen die Rohrpostanlage. Sobald ein Anruf einging, schrieb der Operator die Nachricht auf und jagte sie durch die Röhre hinauf zur Verteilerstelle. Die Anrufe kamen pausenlos, Tag und Nacht, ein Sturzbach von Tragödien, Schicksale der Bürger der gewaltigen Metropole. Verängstigte Männer und Frauen, Einsame, Betrunkene, Verletzte, Mörder ... Es war wie eine Szene von Hogarth, nicht mit Farben gezeichnet, sondern mit grellen, angstvollen Worten.

An diesem Montagnachmittag lag zusätzliche Spannung in der Luft. Jeder der Männer tat seinen Dienst mit äußerster Konzentration und nahm doch die vielen Detektive und FBI-Agenten wahr, die ständig aus und ein gingen, Befehle ausgaben und erhielten, routiniert und leise arbeitend, während sie ein dichtes elektronisches Netz nach Dr. Stevens und Detektive Angeli auswarfen. Die Atmosphäre war zum Zerreißen gespannt.

Captain Bertelli sprach gerade mit Allan Sullivan vom Dezernat für Kapitalverbrechen, als McGreavy hereinkam. Bertelli unterbrach die Unterhaltung und sah seinen Beamten fragend an.

»Wir kommen weiter«, berichtete McGreavy. »Wir haben einen Augenzeugen – den Nachtwächter aus dem Haus gegenüber von Dr. Stevens' Praxis. Mittwoch abend, als er gerade seinen Dienst angetreten hatte, hat er zwei Männer ins Haus gehen sehen und angenommen, sie gehörten dorthin, weil sie in aller Ruhe das Haus aufschlossen.«

»Hat er jemand identifizieren können?«
»Ja, Angeli. Er hat ihn auf einem Foto wiedererkannt.«
»Mittwoch lag er angeblich mit 'ner Grippe im Bett.«
»Genau.«
»Und wer war der zweite Mann?«

»Den hat der Nachtwächter nicht genau gesehen.«

Einer der Telefonisten steckte einen Stöpsel in einer der Buchsen unter den zahllosen rotflimmernden Lämpchen und rief Bertelli zu: »Für Sie, Captain! New Jersey Highway Patrol!«

Bertelli nahm das Gespräch an. »Bertelli!« Er lauschte. »Sind Sie sicher? . . . Gut. Alle erreichbaren Wagen hinschicken! Straßensperren einrichten! Das ganze Gebiet abriegeln! Bleiben Sie in Kontakt . . . Danke.« Er legte auf und sah die beiden Männer an. »Wir scheinen ein Stück weiter zu sein. Ein Streifenpolizist in New Jersey hat Angelis Wagen auf einer Nebenstraße in der Nähe von Orangeburg gesehen. Die Highway Patrol kämmt das Gebiet jetzt durch.«

»Dr. Stevens?«

»Saß neben Angeli im Wagen. Lebend. Keine Sorge, sie werden ihn finden.«

McGreavy nahm zwei Zigarren aus der Tasche. Er bot Sullivan eine an. Als er ablehnte, gab er sie Bertelli und steckte die andere zwischen die Zähne. »Eines steht fest: Stevens muß einen verdammt guten Schutzengel haben.« Er riß ein Streichholz an und zündete beide Zigarren an. »Ich habe eben mit seinem Freund Dr. Hadley gesprochen. Er hat mir erzählt, er hätte Stevens vor ein paar Tagen in dessen Praxis abholen wollen und Angeli vorgefunden – mit der Knarre in der Hand. Angeli hat was erzählt von Einbrechern, die er erwartet hätte, aber ich wette, Stevens würde nicht mehr leben, wenn Dr. Hadley nicht unerwartet aufgetaucht wäre. Angeli hätte ihn erschossen.«

»Wie sind Sie überhaupt mißtrauisch gegen Angeli geworden?« fragte Sullivan.

»Es fing damit an, daß wir ein paar Tips kriegten, Angeli würde Geschäftsleute erpressen«, antwortete McGreavy. »Als ich zu den Leuten ging, schwiegen sie sich aus. Sie hatten Angst. Wovor, wußte ich nicht. Von da an habe ich Angeli im Auge behalten. Nach dem Hanson-Mord kam er plötzlich an und fragte, ob er mit mir zusammen den Fall bearbeiten dürfte. Er hätte mich schon immer bewundert und mein Partner sein wollen und lauter solche Schleimscheißereien. Ich wußte, daß was faul war. Aber ich habe ihn – nach Absprache mit Captain Bertelli – genommen und ihm lange Leine gelassen. Was Wunder, daß er an den Fall ran wollte: Er steckte ja bis zum Hals mit drin. Ich habe Dr. Stevens als Köder für Angeli gebraucht, zumal ich anfangs ohnehin an seiner Unschuld Zweifel hatte. Meine Anklage gegen Stevens war mehr als wacklig, aber ich hatte darauf gesetzt, daß Angeli leichtsinnig werden und in die Falle gehen würde, sobald er sich unverdächtig wähnte.«

»Und? War es so?«

»Nein. Er hat mich maßlos überrascht, als er alle Hebel in Bewegung setzte, damit Stevens nicht verhaftet wurde.«

Sullivan konnte nicht recht folgen. »Aber wieso?«

»Weil er ihn umlegen wollte. Im Untersuchungsgefängnis wäre er nicht mehr an ihn rangekommen.«

Captain Bertelli warf ein:

»Als McGreavy den Druck auf Dr. Stevens verstärkte, kam Angeli zu mir und behauptete, McGreavy versuche krumme Touren, um Stevens aufs Kreuz zu legen.«

»Da waren wir sicher, daß wir auf der richtigen Spur waren«, fuhr McGreavy fort. »Stevens engagierte einen Privatdetektiv. Norman Moody. Ich habe Moody gecheckt. Er war schon einmal auf Angeli gestoßen, als ein Klient von ihm von Angeli wegen eines Drogendelikts verhaftet wurde. Moody behauptet, sein Klient sei von Angeli bewußt reingelegt worden. Inzwischen glaube ich, daß Moody recht hatte.«

»Moody war also durch blanken Zufall sofort über die Wahrheit gestolpert?«

»Das will ich nicht sagen. Nicht nur durch Zufall. Moody war blitzgescheit. Er hat gespürt, daß Angeli Dreck am Stecken hatte. Als er die Bombe im Wagen von Dr. Stevens fand, hat er sie nicht zu uns, sondern zum FBI gebracht und um eine Untersuchung gebeten.«

»Er hat wohl befürchtet, wenn Angeli sie in die Finger

bekäme, würde er eine korrekte Untersuchung verhindern.«

»Das nehme ich auch an. Aber dann passierte leider ein Fehler. Eine Kopie des Berichts ging an Angeli. Da wußte er, daß Moody ihm auf den Fersen war. Wir selbst hatten dann erst eine brauchbare Spur, als Moody das Stichwort ›Don Vinton‹ lieferte.«

»Der *Cosa Nostra*-Ausdruck für den obersten Chef.«

»Ja. Aus irgendwelchen Gründen wollte jemand von *La Cosa Nostra* Dr. Stevens aus dem Weg räumen.«

»Wie sind Sie darauf gekommen, Angeli mit *La Cosa Nostra* in Beziehung zu bringen?«

»Ich habe mir all die Kaufleute noch einmal vorgeknöpft, die Angeli offenbar unter Druck gesetzt hatte. Als ich *La Cosa Nostra* erwähnte, gerieten sie in Panik. Angeli hat sicher zuerst nur für eine der *Cosa Nostra*-Familien gearbeitet. Aber anscheinend hat er noch zusätzlich für eigene Rechnung gearbeitet.«

»Haben Sie eine Vermutung, was *La Cosa Nostra* gegen Dr. Stevens hat?« fragte Sullivan.

»Keine Ahnung. Wir haben nur ein paar Theorien, nicht mehr. Leider sind zwei Pannen passiert. Wir haben Angeli beschattet, aber er ist unseren Leuten durch die Lappen gegangen. Und zweitens ist Dr. Stevens aus dem Krankenhaus geflüchtet, bevor ich ihn vor Angeli warnen und ihn unter Polizeischutz stellen konnte.«

Am Schaltpunkt leuchtete eine Lampe auf. Ein Telefonist stöpselte ein. Dann rief er: »Captain Bertelli. Für Sie.«

Bertelli übernahm den Hörer. »Ja, Bertelli. Er lauschte, sagte kein Wort, legte den Hörer auf und drehte sich zu McGreavy um. »Sie haben seine Spur verloren.«

22

Anthony De Marco hatte *Mana*.

Judd spürte die starke Ausstrahlung einer kraftvollen

Persönlichkeit. Als Anne ihren Mann als gutaussehend beschrieb, hatte sie keineswegs übertrieben.

DeMarco hatte ein klassisches Römerprofil, tiefschwarze Augen und attraktive Silbersträhnen im dunklen Haar. Er war Mitte Vierzig, groß und athletisch gebaut und bewegte sich mit der rastlosen Grazie eines wilden Tieres. Seine Stimme klang tief und voll. »Möchten Sie einen Drink, Doktor?«

Judd schüttelte den Kopf. Er war fasziniert von diesem Mann. DeMarco wirkte vollkommen normal, ein charmanter Mann, ein perfekter Gastgeber, der einen geschätzten Gast willkommen heißt.

Sie waren zu fünft in der holzgetäfelten Bibliothek. Judd, DeMarco, Detective Angeli und jene beiden Männer, die versucht hatten, ihn in seiner Wohnung zu erschießen – Rocky und Nick Vaccaro. In gewisser Weise war Judd erleichtert, daß er seinem Gegner endlich Auge in Auge gegenüberstand. Jetzt wußte er wenigstens, gegen wen er kämpfte – sofern »kämpfen« der richtige Ausdruck dafür war. Er war Angeli in die Falle gelaufen. Schlimmer noch – er hatte Angeli selbst angerufen und ihn aufgefordert, ihn zu holen. Diesen Judas!

DeMarco musterte ihn sehr aufmerksam. Seine dunklen Augen ließen ihn nicht los. »Ich habe viel von Ihnen gehört«, sagte er.

Judd schwieg.

»Verzeihen Sie, daß ich Sie auf diese Weise herbringen ließ. Aber ich habe Ihnen ein paar Fragen zu stellen.« Er lächelte entschuldigend. Sein Lächeln wirkte beinahe herzlich.

Judd wußte, was kommen würde, und stellte sich darauf ein.

»Worüber haben Sie mit meiner Frau gesprochen, Doktor?«

»Mit Ihrer Frau?« Judd tat erstaunt. »Ich kenne Ihre Frau nicht.«

DeMarco schüttelte den Kopf. »Sie kommt seit drei Wochen zweimal wöchentlich in Ihre Praxis.«

Judd runzelte nachdenklich die Stirn. »Ich habe keine Patientin namens DeMarco ...«

DeMarco nickte. »Nun, vielleicht hat sie einen anderen Namen benutzt. Vielleicht ihren Mädchennamen. Blake? Anne Blake?«

Judd spielte den Überraschten. »Anne Blake?«

Die Brüder Vaccaro traten ein paar Schritte näher.

»Nein«, sagte DeMarco scharf. Als er sich wieder an Judd richtete, war seine Liebenswürdigkeit verflogen. »Doktor, wenn Sie mich an der Nase rumführen wollen, werde ich mit Ihnen Schlitten fahren, daß Ihnen Hören und Sehen vergeht.«

Judd sah ihm in die Augen und machte sich keine Illusionen. Sein Leben hing am seidenen Faden. Trotzdem gab er sich entrüstet. »Machen Sie, was Sie wollen. Ich hatte keine Ahnung, daß Anne Blake Ihre Frau ist.«

»Das könnte stimmen«, warf Angeli ein. »Er ...«

DeMarco nahm keine Notiz von Angeli. »Worüber hat meine Frau in drei Wochen mit Ihnen gesprochen?«

Dies war der Augenblick der Wahrheit. Als Judd den bronzefarbenen Hahn auf dem Dach gesehen hatte, war ihm alles klar gewesen. Anne hat ihn nicht in eine mörderische Falle gelockt. Sie war selbst ein Opfer, genau wie er. Sie hatte einen erfolgreichen Bauunternehmer geheiratet, ohne zu ahnen, wer er wirklich war. Dann mußte irgend etwas sie mißtrauisch gemacht haben. Sie begann zu vermuten, daß Ihr Mann nicht der war, der er zu sein vorgab; daß er vielleicht sogar in üble Dinge verwickelt war. Da sie mit niemandem darüber zu sprechen wagte, hatte sie sich an einen Psychiater gewandt, einen Fremden, dem sie sich anvertrauen konnte. Doch die Loyalität dem Ehemann gegenüber war stärker gewesen als ihr Mißtrauen. Deshalb hatte sie ihre Sorgen und Ängste nicht aussprechen können.

»Wir haben nichts Wesentliches besprochen«, antwortete Judd ruhig. »Ihre Frau weigerte sich, ihr Problem anzusprechen.«

DeMarco fixierte ihn unablässig, kalkulierend, abwägend. »Sie werden sich schon was Besseres einfallen lassen müssen.«

DeMarco war bestimmt außer sich gewesen, als er erfuhr, daß seine Frau heimlich zum Psychiater ging – die Frau eines Anführers von *La Cosa Nostra*! Kein Wunder, daß er nicht einmal vor Mord zurückgeschreckt war, um an ihre Unterlagen zu kommen.

»Sie hat mir nur gestanden, daß sie über etwas bedrückt war«, sagte Judd. »Über was – das hat sie nicht gesagt.«

»Dazu braucht man zehn Sekunden«, entgegnete DeMarco. »Ich weiß aber genau, wie viele Minuten sie in Ihrer Praxis zugebracht hat. Worüber hat sie in den übrigen Stunden geredet? Sie muß Ihnen von mir erzählt haben.«

»Sie hat gesagt, Sie besäßen ein großes Bauunternehmen.«

DeMarco musterte ihn kalt. Judd traten Schweißperlen auf die Stirn.

»Ich habe mich über Psychoanalyse informiert, Doktor. Der Patient redet über alles, was ihm gerade in den Sinn kommt.«

»Das ist ein Teil der Therapie«, antwortete Judd sachlich. »Und das ist der Grund, weshalb ich mit Mrs. Blake – eh – Mrs. DeMarco nicht weiterkam. Ich hatte die Absicht, die Behandlung abzubrechen.«

»Sie haben es aber nicht getan.«

»Es war nicht mehr nötig. Als sie am Freitag zu mir kam, erklärte sie mir, sie führe nach Europa.«

»Anne hat es sich anders überlegt. Sie will nicht mit mir nach Europa fahren. Wissen Sie, warum?«

Diesmal war Judd wirklich überrascht. »Nein.«

»Ihretwegen, Doktor.«

Judds Herz machte einen kleinen Satz, aber er bemühte sich, seine Gefühle nicht zu verraten. »Ich verstehe Sie nicht.«

»Sie verstehen mich genau. Anne und ich hatten gestern abend ein sehr langes Gespräch. Sie glaubt, daß unsere Ehe ein Fehler war. Sie ist nicht mehr glücklich mit mir, weil sie meint, sich in Sie verliebt zu haben.« DeMarcos Stimme senkte sich zu einem beschwörenden Flüstern. »Ich verlange, daß Sie mir genau sagen, was in Ihrer Praxis vorgefallen ist, wenn Sie beide allein waren und Anne auf Ihrer Couch lag.«

Judd war von widerstreitenden Gefühlen erfüllt. Er hatte sich nicht getäuscht: Sie mochte ihn! Aber was hatten sie beide davon? DeMarco sah ihn ungeduldig an, er wartete auf eine Antwort. »Nichts. Nichts ist passiert. Da Sie sich, wie Sie sagten, über Psychoanalyse informiert haben, werden Sie auch wissen, daß alle Patientinnen während der Behandlung zu einer emotionellen Fixierung neigen. Irgendwann glauben sie, in Ihren Arzt verliebt zu sein. Es ist ein Übergangsstadium.«

DeMarco beobachtete ihn angespannt. Seine Augen bohrten sich in Judds Blick.

»Woher wußten Sie, daß sie zu mir kam?« fragte Judd betont gleichgültig.

DeMarco sah Judd starr an. Dann trat er an seinen großen Schreibtisch und ergriff einen rasiermesserscharfen Brieföffner in Dolchform. »Einer meiner Leute hat gesehen, wie sie in Ihr Haus ging. In diesem Haus gibt es auch einige Frauenärzte. Sie dachten, Anne hätte vielleicht eine kleine Überraschung für mich. Deshalb sind sie ihr gefolgt – bis zu Ihrer Praxis. Das war dann allerdings eine Überraschung für mich. Die Frau von Anthony DeMarco tratscht auf einer Psychiatercouch über seine Geschäftsgeheimnisse!«

»Ich habe Ihnen doch gesagt, daß sie nicht...«

DeMarco sprach immer leiser. Die *commissione* hat eine Sitzung einberufen. Sie hat bestimmt, daß ich sie töten muß. So wie wir jeden Verräter töten.« Er ging rastlos im Zimmer auf und ab wie ein gefangenes Tier in seinem Käfig. »Aber ich lasse mich nicht rumkommandieren wie ein kleiner Befehlsempfänger. Ich bin Anthony DeMarco. Ein *capo*. Ich habe versprochen, daß ich – sofern sie etwas über unsere Geschäfte verraten haben sollte – den Mann umbringen werde, mit dem sie darüber gesprochen hat. Mit diesen meinen Händen!« Er hielt Judd seine Fäuste vors Gesicht, in der einen Hand den scharfen Dolch. »Und der Mann sind Sie, Doktor!«

Während er sprach, ging er um Judd herum, und jedesmal wenn er hinter seinem Rücken vorbeiging, wurde Judd starr.

»Sie machen einen Fehler«, sagte Judd.

»Nein. Aber Anne hat einen Fehler gemacht.« Er sah Judd verächtlich an. »Wie kommt sie nur darauf, daß Sie ein besserer Mann für sie sind als ich?« Es klang fassungslos.

Die Brüder Vaccaro wieherten höhnisch.

»Sie sind eine Null. Ein Schwachkopf, der jeden Tag in sein Büro geht und ein paar lausige Kröten verdient. Wieviel schon? Dreißigtausend pro Jahr? Fünfzig? Hundert? Ich verdiene mehr als das in einer einzigen Woche!«

Die Maske schwand unter dem wachsenden emotionellen Druck. Er sprach abgehackt, in kurzen, erregten Ausbrüchen. Sein Gesicht verzerrte sich und wurde abstoßend. Anne hatte ihn nur hinter seiner Fassade gesehen. Judd blickte jetzt in das nackte Gesicht eines mordbesessenen Paranoikers.

»Sie und diese kleine *putana* – ihr paßt zusammen!«

»Mrs. DeMarco war meine Patientin – nicht mehr!«

DeMarco sah ihn mit stechenden Augen an. »Sie haben keine Schwäche für sie?«

»Ich sagte es Ihnen schon. Für mich ist sie eine Patientin unter vielen.«

»Okay«, konterte DeMarco. »Sagen Sie es ihr.«

»Was soll ich ihr sagen?«

»Daß sie Ihnen egal ist. Ich lasse sie holen. Ich will, daß Sie mit ihr sprechen. Allein.«

Judds Puls fing an zu rasen. Das war die Chance, sich und Anne zu retten.

DeMarco machte eine Handbewegung. Die Männer gingen hinaus. DeMarco lächelte Judd liebenswürdig an. Er verbarg sich wieder hinter seiner Maske. »So lange

Anne nichts weiß, wird sie am Leben bleiben. Sie werden sie davon überzeugen, daß sie mit mir nach Europa fahren muß.«

Judds Mund war trocken geworden. In DeMarcos Augen lag ein triumphierendes Funkeln. Judd wußte, was das bedeutete. Er hatte seinen Gegner unterschätzt. Er war mattgesetzt. Welchen Zug er jetzt auch machte, Anne war in Gefahr. Wenn er sie mit ihrem Mann nach Europa schickte, war ihr Leben bedroht. DeMarco würde sie nicht schonen. *La Cosa Nostra* würde es nicht zulassen. DeMarco würde in Europa einen »Unfall« arrangieren. Aber wenn Judd ihr riet, hier zu bleiben, und wenn sie begriff, in welcher Lage er selbst sich befand, würde sie einzugreifen versuchen. Und das wäre der sichere Tod für sie beide. Es gab keinen Ausweg. Nur die Wahl zwischen zwei tödlichen Fallen.

Anne hatte vom Fenster ihres Schlafzimmers im zweiten Stock gesehen, wie Judd und Angeli ankamen. Einen seligen Augenblick lang hatte sie geglaubt, Judd sei gekommen, um sie aus ihrer entsetzlichen Situation zu befreien. Doch dann hatte sie gesehen, wie Angeli den Revolver gezogen und Judd ins Haus getrieben hatte.

Seit 48 Stunden wußte sie die Wahrheit über ihren Mann. Vorher war es nur ein vager, bohrender Verdacht gewesen, so unfaßlich, daß sie versucht hatte, ihn zu verdrängen. Begonnen hatte es vor ein paar Monaten, als sie nach Manhattan ins Theater gefahren und unerwartet früh nach Hause gekommen war, weil der Star betrunken war und die Vorstellung im zweiten Akt abgebrochen werden mußte. Anthony hatte ihr erzählt, er habe daheim eine geschäftliche Besprechung. Als sie verfrüht zurückkam, war die Besprechung noch nicht zu Ende. Bevor ihr überraschter Mann die Tür zur Bibliothek schließen konnte, hatte sie jemand wütend brüllen hören: »Ich bin dafür, daß wir uns den Laden heute nacht vorknöpfen und die lausigen Schweine fertigmachen!« Dieser Ausdruck, die rüden Typen im Zimmer und Anthonys sichtliches Erschrecken, als er sie sah – das alles hatte eine niederschmetternde Wirkung auf sie gehabt. Am anderen Morgen hatte sie sich von seinen Erklärungen überzeugen lassen, weil sie überzeugt werden wollte. In den sechs Monaten ihrer Ehe war er ein zärtlicher, aufmerksamer Ehemann gewesen. Sie hatte gelegentliche Jähzornausbrüche erlebt, aber er hatte sie immer rasch wieder unter Kontrolle gehabt.

Einige Wochen nach diesem Vorfall hatte sie einen Telefonhörer aufgenommen und war in ein Gespräch geraten, das Anthony von einem Nebenapparat aus führte. »Wir übernehmen heute nacht eine Ladung aus Toronto. Du sorgst dafür, daß der Nachtwächter erledigt wird. Er gehört nicht zu uns.«

Mit bebenden Händen hatte sie den Hörer aufgelegt. Es hatte furchtbar geklungen, was sie da gehört hatte. Aber es konnten harmlose Geschäftsanweisungen in einem mißverständlichen Jargon gewesen sein. Vorsichtig und betont beiläufig versuchte sie, ihren Mann über seine Geschäfte auszufragen. Es war, als richte sich eine eiserne Wand zwischen ihnen auf. Als er sie anherrschte, sie solle sich gefälligst um das Haus kümmern und ihre Nase nicht in seine Geschäfte stecken, war er ein fremder Mann für sie. Sie hatten sich bitter gestritten. Am nächsten Abend hatte er ihr ein aberwitzig kostbares Halsband geschenkt und sich zärtlich bei ihr entschuldigt.

Der dritte Vorfall hatte sich einen Monat danach ereignet. Sie war um vier Uhr nachts wach geworden, als eine Tür knallte. Im Hausmantel war sie nach unten gegangen, um nachzusehen. Aus der Bibliothek hörte sie erregte Stimmen. Sie ging näher und sah ihren Mann mit einem halben Dutzend fremder Männer diskutieren. Sie fürchtete, er würde ärgerlich werden, wenn sie jetzt störte. Deshalb ging sie leise wieder nach oben und legte sich ins Bett. Am anderen Morgen fragte sie ihn beim Frühstück, wie er geschlafen habe.

»Fabelhaft. Ich bin um zehn Uhr eingeschlafen und nicht mehr wach geworden bis heute früh.«

Da wußte Anne, daß etwas faul war. Sie wußte nicht, was es war und wie schlimm es sein mochte. Sie wußte nur, daß ihr Mann sie belog. Was für Geschäfte waren das, die er in aller Heimlichkeit betrieb, derentwegen er sich mitten in der Nacht mit finsteren Typen traf? Sie fürchtete sich, das Thema noch einmal anzuschneiden. Ihre Ängste und Beklemmungen wuchsen. Es gab keinen Menschen, mit dem sie darüber sprechen konnte.

Einige Tage später waren sie zu einer Dinnerparty eingeladen. Jemand erwähnte Judd Stevens und schwärmte von ihm. »Ein Vollblutanalytiker, wenn Sie verstehen, was ich meine. Er ist irrsinnig attraktiv, aber er weiß es nicht mal ... Er ist einer von diesen Besessenen, die nur ihren Beruf kennen.«

Anne hatte sich den Namen gemerkt. Am nächsten Tag war sie zu ihm gegangen.

Die erste Begegnung hatte ihr Leben auf den Kopf gestellt. Sie war in einen Wirbel der Gefühle geraten, der sie völlig ratlos machte. In ihrer Verwirrung war sie kaum fähig gewesen, mit ihm zu sprechen. Wie ein verlegenes kleines Mädchen hatte sie sich davongeschlichen und sich geschworen, nie wieder hinzugehen. Doch dann war sie wieder hingegangen, um sich zu beweisen, daß es nur Einbildung, Zufall, die Aufwallung eines Augenblicks gewesen war. Beim zweitenmal hatte sie noch heftiger reagiert. Sie hatte sich immer für vernünftig und realistisch gehalten. Nun benahm sie sich wie eine Sechzehnjährige, die zum erstenmal verliebt ist. Es war ihr unmöglich, mit Judd über ihren Mann zu sprechen. So hatten sie eben über alle möglichen Themen geredet, und nach jedem Besuch fühlte sie sich stärker zu ihm hingezogen.

Sie wußte, daß es hoffnungslos war. Sie würde sich nie von Anthony scheiden lassen. Sie hielt sich für charakterschwach, weil sie imstande war, sich sechs Monate nach der Hochzeit in einen anderen Mann zu verlieben. Sie beschloß, Judd nicht wiederzusehen.

Und dann war eine Reihe von entsetzlichen Dingen geschehen. Carol Roberts war ermordet worden, Judd angefahren. Aus der Zeitung erfuhr sie, daß Judd dabeigewesen war, als Moodys Leiche im Lagerhaus der Five Star Meat Packing Company gefunden wurde. Und den Namen dieser Firma hatte sie früher schon einmal gelesen: Auf dem Briefkopf auf Anthonys Schreibtisch!

Ein grauenvoller Verdacht nahm konkrete Gestalt an.

Es schien unfaßbar, daß Anthony mit diesen Verbrechen etwas zu tun haben sollte. Und doch ... Es war wie ein grausiger Alptraum, aus dem es kein Entrinnen gab. Sie konnte Judd nichts davon sagen, und sie hatte Angst, Anthony darauf anzusprechen. Sie redete sich ein, ihre Befürchtungen seien unbegründet. Anthony wußte ja nicht einmal von der Existenz eines Dr. Stevens.

Vor zwei Tagen war Anthony dann überraschend in ihr Zimmer gekommen und hatte sie über ihre Besuche bei Dr. Stevens ausgefragt. Ihre erste Reaktion war Zorn darüber, daß er ihr nachspioniert hatte. Doch der Zorn war schnell panischer Angst und blankem Entsetzen gewichen. Als sie in sein wutverzerrtes Gesicht sah, wußte sie, daß ihr Mann zu allem fähig war. Selbst zum Mord.

Während dieses Verhörs hatte sie einen fatalen Fehler gemacht. Sie hatte ihn wissen lassen, was sie für Judd empfand. Anthonys Augen waren noch dunkler geworden. Benommen hatte er den Kopf geschüttelt, als habe ihm jemand einen Tiefschlag versetzt.

Erst als sie wieder allein war, ging ihr auf, in welcher Gefahr Judd sich befand. Und daß sie ihn nicht verlassen konnte. Sie erklärte Anthony, sie werde nicht mit ihm nach Europa reisen.

Und jetzt war Judd hier, in diesem Haus, ihretwegen in höchster Gefahr.

Die Tür ging auf. Anthony kam herein. Er sah sie einen Augenblick an, dann sagte er: »Du hast Besuch.«

Sie trug einen gelben Rock und die passende gelbe Bluse. Ihr Haar fiel offen auf die Schultern. Sie war leichenblaß, aber trotzdem strahlte sie eine ruhige Gelassenheit aus. Judd war mit ihr allein im Zimmer.

»Hallo, Dr. Stevens. Mein Mann hat mir gesagt, daß Sie hier sind.« Es war Judd, als spielten sie beide eine Charade vor einem unsichtbaren, tödlichen Publikum. Intuitiv erfaßte er, daß Anne die Lage erkannt hatte und sich ihm in die Hand gab, um auf ein Stichwort hin zu reagieren. Dabei konnte er nichts anderes tun als versuchen, ihr Leben ein wenig zu verlängern. Wenn sie sich weigerte, ihren Mann auf der Reise zu begleiten, würde DeMarco sie mit Sicherheit noch hier töten.

Er überlegte und wog seine Worte sorgfältig ab. Jedes Wort konnte so brisant sein wie die Bombe in seinem Wagen. »Mrs. DeMarco, Ihr Mann ist beunruhigt darüber, daß Sie Ihre Meinung geändert haben und nicht mit ihm verreisen wollen.«

Anne wartete. Sie dachte nach. »Das tut mir leid«, sagte sie schließlich.

»Ich meine, Sie sollten doch fahren«, sagte Judd laut.

Anne versuchte in seinen Augen zu lesen. »Und wenn ich mich weigere? Wenn ich ihn verlasse?«

Judd erschrak. »Das dürfen Sie nicht tun!« Sie würde dieses Haus nicht lebend verlassen. »Mrs. DeMarco«, sagte er nachdrücklich, »Ihr Mann ist der irrigen Annahme, sie hätten sich in mich verliebt.«

Sie wollte etwas sagen, aber er fiel ihr ins Wort. »Ich habe ihm erklärt, daß dies eine durchaus normale Erscheinung während einer Analyse ist. Eine emotionelle Transferenz, die fast alle Patienten durchmachen.«

Sie nahm sein Stichwort auf. »Ich weiß. Ich fürchte, es war ein Fehler, daß ich überhaupt zu Ihnen gekommen bin. Ich hätte versuchen sollen, allein mit meinem Problem fertig zu werden.« Ihr Blick sagte ihm, wie sie es meinte: Daß sie zutiefst bedauerte, ihn in solche Gefahr gebracht zu haben. »Ich hatte mir die Sache auch schon überlegt. Vielleicht würden mir Ferien in Europa tatsächlich guttun.«

Erleichtert atmete er auf. Sie hatte begriffen.

Aber er sah keine Möglichkeit, sie vor der Gefahr zu warnen, in der sie sich befand. Oder wußte sie es schon?

Aber selbst wenn sie es wissen sollte – was konnte sie dagegen tun? Er schaute an Anne vorbei durch das Fenster auf die Bäume am Waldrand. Sie hatte ihm von ihren Spaziergängen in diesem Wald erzählt. Vielleicht kannte sie einen Fluchtweg? Wenn sie es bis zum Wald schaffen würde ... Er senkte die Stimme: »Anne ...«

»Ist die kleine Plauderei beendet?«

Judd fuhr herum. DeMarco war lautlos ins Zimmer gekommen. Hinter ihm standen Angeli und die Brüder Vaccaro.

Anne sprach ihren Mann an: »Dr. Stevens meint, ich sollte nach Europa fahren. Ich werde seinem Rat folgen.«

DeMarco lächelte. »Ich wußte, daß ich mich auf Sie verlassen kann, Doktor.« Er ließ seinen ganzen Charme spielen, mit der ungeheuren Befriedigung eines Mannes, der den totalen Sieg errungen hat.

Kein Wunder, daß Anne von ihm fasziniert gewesen war. Selbst Judd konnte in diesem Moment kaum glauben, daß dieser liebenswürdige, freundliche Adonis ein kaltblütiger, psychopathischer Mörder war.

DeMarco sah Anne an. »Wir reisen morgen in aller Frühe, Liebling. Willst du nicht raufgehen und anfangen zu packen?«

Anne zögerte. Sie wollte Judd nicht mit diesen Männern allein lassen. »Ich ...« Sie sah Judd hilfesuchend an. Er nickte unmerklich.

»Gut.« Sie hielt ihm die Hand entgegen. »Auf Wiedersehen, Dr. Stevens.«

Judd ergriff ihre Hand. »Leben Sie wohl.«

Und diesmal war es ein Lebewohl. Es gab keinen Ausweg. Er sah ihr nach, als sie hinausging.

Auch DeMarco sah ihr nach. »Ist sie nicht eine Schönheit?« Seine Miene drückte Besitzerstolz und Liebe aus und noch etwas anderes. War es Bedauern? Bedauern über das, was er tun mußte?

»Sie weiß von alldem nichts«, sagte Judd. »Warum halten Sie sie nicht raus? Lassen Sie sie gehen!«

Er sah den blitzschnellen Wandel in DeMarco. Er war

körperlich spürbar. Der Charme war weggewischt. Blanker Haß schlug ihm wie ein elektrischer Stromstoß entgegen. Ein ekstatischer, fast orgiastischer Ausdruck lag auf DeMarcos Gesicht.

»Gehen wir, Doktor!«

Judd sah sich im Zimmer um und kalkulierte seine Fluchtchancen. DeMarco würde ihn wohl kaum in diesem Haus umbringen wollen. Wenn noch eine Chance bestand, dann jetzt! Die Brüder Vaccaro sahen ihn gierig an. Sie warteten nur darauf, daß er eine falsche Bewegung machte. Angeli stand dicht am Fenster, eine Hand am Halfter.

»Versuchen Sie es lieber nicht«, sagte DeMarco leise. »Sie sind ein toter Mann. Aber Sie werden so sterben, wie ich es will.« Er stieß Judd zur Tür. Die anderen kreisten ihn ein. So gingen sie hinaus in die Halle.

Oben im Treppenhaus blieb Anne am Geländer stehen und spähte hinunter in die Halle. Als sie Judd und die anderen Männer zur Haustür gehen sah, zog sie sich rasch zurück und lief in ihr Zimmer. Vom Fenster aus sah sie, wie sie Judd in Angelis Wagen stießen.

Sie stürzte ans Telefon, riß den Hörer hoch und wählte die Nummer der Vermittlung. Es dauerte eine Ewigkeit, bis sich jemand meldete.

»Verbinden Sie mich mit der Polizei! Schnell! Das ist ein Notruf!«

Eine Männerhand schoß vor und drückte die Gabel nieder. Anne schrie auf und fuhr herum. Nick Vaccaro stand vor ihr und grinste tückisch.

23

Angeli schaltete die Scheinwerfer ein. Es war erst vier Uhr nachmittags. Doch die Sonne war hinter den dunklen Wolken verschwunden, die der eisige Wind zusammengetrieben hatte. Sie fuhren seit über einer Stunde. Angeli saß am Steuer, neben ihm Rocky Vaccaro. Auf den Rücksitzen saßen Judd und Anthony DeMarco.

Anfangs hatte Judd nach vorbeifahrenden Polizeistreifen Ausschau gehalten, in der wahnwitzigen Hoffnung, er könne durch ein Zeichen auf sich aufmerksam machen. Aber Angeli suchte wenig befahrene Seitenstraßen. Sie ließen Morristown links liegen, kamen auf die Route 206 und fuhren nach Süden durch kaum besiedelte Gebiete von New Jersey.

Der graue Himmel öffnete seine Schleusen. Ein eisiger Hagel trommelte gegen die Windschutzscheibe und auf das Wagendach.

»Langsam!« befahl DeMarco. »Ich will keinen Unfall.«

Gehorsam nahm Angeli den Fuß vom Gaspedal.

»Die meisten Leute machen entscheidende Fehler«, sagte DeMarco und sah Judd an. »Sie planen nicht voraus. So wie ich.«

Judd betrachtete DeMarco wie einen Patienten. Der Mann litt an Größenwahn. Vernunft und Logik erreichten ihn nicht mehr. An seine Einsicht zu appellieren, war sinnlos. Er hatte kein Moralgefühl, deshalb konnte er bedenkenlos morden.

Jetzt kannte Judd die Antwort auf fast alle Fragen. DeMarco hatte die Morde persönlich begangen. Aus verletztem Ehrgefühl. Es war die Rache des Sizilianers, der den Makel auslöschen wollte, mit dem seine Frau ihn und die *Cosa Nostra*-Familie beschmutzt hatte. Der Mord an John Hanson war ein Versehen gewesen. Als Angeli ihn darüber aufgeklärt hatte, war DeMarco in die Praxis gekommen, hatte dort aber nur Carol angetroffen. Die arme Carol! Sie konnte ihm die Bänder einer Mrs. DeMarco nicht geben. Sie hatte Anne nicht unter diesem Namen gekannt. Hätte DeMarco die Ruhe bewahrt, wäre Carol vielleicht daraufgekommen, wen er meinte. Aber es gehörte zu seinem Krankheitsbild, keine Frustration ertragen zu können. So war er in einen unkontrollierten Wutzustand geraten, und Carol hatte auf diese grauenvolle Weise sterben müssen. DeMarco selbst hatte Judd angefahren. Er war persönlich mit Angeli in die Praxis gekommen, um ihn umzubringen. Judd hatte damals nicht verstanden, warum sie nicht einfach in sein Zimmer gekommen waren und ihn erschossen hatten. Jetzt war es ihm klar: Da McGreavy ihn für schuldig hielt, hatten sie einen Selbstmord aus Reue vortäuschen wollen, um weitere polizeiliche Ermittlungen zu verhindern. Und Moody... Armer Moody! Als Judd ihm die Namen der Detektive nannte, die seinen Fall übernommen hatten, hatte er geglaubt, Moody sei mißtrauisch gegen McGreavy. Dabei hatte der Dicke sofort an Angeli gedacht. Vermutlich hatte er schon geahnt, daß Angeli zu *La Cosa Nostra* gehörte. Und als er der Sache nachging...

Er sah DeMarco an. »Was wird aus Anne werden?«

»Machen Sie sich keine Sorgen. Das ist meine Angelegenheit«, erwiderte DeMarco.

Angeli grinste böse. »Und ob.«

»Es war ein Fehler, eine Frau zu heiraten, die nicht zur Familie gehört«, sagte DeMarco grübelnd. »Außenstehende begreifen das nicht. Niemals.«

Sie kamen jetzt in ödes Flachland. Nur gelegentlich zeichneten sich die Umrisse einer Fabrik vor dem fahlen Horizont ab. »Wir sind gleich da«, meldete Angeli.

»Du hast deine Sache prima gemacht«, sagte DeMarco. »Wir werden dich untertauchen lassen, bis Gras über die Geschichte gewachsen ist. Wo möchtest du hin?«

»Ich hätte nichts gegen Florida.«

DeMarco nickte zustimmend. »Okay. Du kannst zu jemand von der Familie.«

»Ich kenne da ein paar tolle Weiber.« Angeli feixte.

DeMarco lächelte ihm im Spiegel zu. »Du wirst dir eine Luxusbräune wie ein Playboy holen.«

»Ich hoffe, das ist alles, was ich mir einfange.«

Rocky Vaccaro lachte.

Rechts in der Ferne sah Judd eine große Fabrik auftauchen. Rauchwolken stiegen aus den Schornsteinen hoch. Sie kamen an eine Nebenstraße, die zur Fabrik führte.

Angeli bog ab und fuhr bis zu einer hohen Mauer. Das Tor war geschlossen. Angeli hupte im Dauerton. Ein Mann in Regenzeug kam heran. Als er DeMarco erkannte, nickte er grüßend und machte das Tor weit auf. Angeli fuhr hinein. Hinter ihnen schloß sich das Tor.

Sie waren da.

Lieutenant McGreavy saß im 19. Revier in seinem Büro und ging mit drei Detektiven, Captain Bertelli und den beiden Männern vom FBI eine Namensliste durch.

»Das hier sind die *Cosa Nostra*-Familien im Osten. Mit allen *subcapos* und *capos*. Die Frage ist bloß: Zu welcher gehört Angeli?«

»Wie lange brauchen wir, um alle zu überprüfen?« fragte Bertelli.

Einer der FBI-Männer antwortete: »Das sind über 60 Namen. Das dauert mindestens 24 Stunden, aber...« Er brach ab.

McGreavy hatte ihn verstanden. »Aber in 24 Stunden lebt Dr. Stevens nicht mehr.«

Ein junger Polizist kam hereingestürzt. Als er die Gruppe von Männern sah, blieb er unsicher stehen.

»Was gibt's?« fragte McGreavy.

»New Jersey wußte nicht, ob es wichtig ist, Lieutenant. Aber Sie haben ja Order gegeben, alles zu melden, was ungewöhnlich klingt. Ein Operator hat einen Anruf von einer weiblichen Person aufgenommen, die mit der Polizei verbunden werden wollte. Sie hat gesagt, es wäre ein Notruf. Doch dann war die Leitung tot. Der Operator hat gewartet, aber es kam nichts mehr.«

»Wo kam der Anruf her?«

»Aus Old Tappan.«

»Ist die Nummer ermittelt?«

»Nein. Es war zu schnell aufgelegt worden.«

»Fabelhaft«, schnaubte McGreavy erbittert.

»Vergessen Sie's!« sagte Bertelli. »War wahrscheinlich nur eine alte Dame, der die Katze weggelaufen ist.«

McGreavys Telefon klingelte – ein langer durchdringender Ton. Er nahm den Hörer auf. »Lieutenant McGreavy!« Die anderen sahen, wie sein Gesicht sich verhärtete. »Okay! Sie sollen nichts unternehmen, bis ich da bin. Ich komme sofort!« Er knallte den Hörer auf. »Die Highway Patrol hat gerade Angelis Wagen auf der Route 206 entdeckt. Hinter Millstone. Fahrtrichtung Süden.«

»Wird er verfolgt?« fragte einer der FBI-Männer.

»Der Streifenwagen fuhr in entgegengesetzter Richtung. Bis sie gewendet hatten, war Angelis Wagen verschwunden. Ich kenne die Gegend. Da gibt es nichts als ein paar Fabriken. Kann das FBI mir so schnell wie möglich die Namen der Fabriken und Besitzer beschaffen?«

»Klar.« Der FBI-Mann griff nach dem Telefon.

»Ich fahre da raus«, sagte McGreavy. »Rufen Sie mich an, sobald Sie die Liste haben.« Er sah seine Leute an. »Los, fahren wir!« Er rannte zur Tür, die drei Detektive hinterher, gefolgt von dem zweiten FBI-Mann.

Angeli fuhr am Häuschen des Torwärters vorbei. Vor ihnen lag ein Komplex von merkwürdigen Fabrikanlagen. Hohe Schornsteine ragten in den Himmel, breite Kanäle zogen sich zwischen den Gebäuden hindurch, die wie vorzeitliche Ungeheuer in einer kahlen, zeitlosen Landschaft standen.

Der Wagen rollte bis zu einer Anlage aus mächtigen Röhren und Fließbändern und kam jäh zum Stehen. Angeli und Vaccaro sprangen heraus. Vaccaro riß die hintere Tür auf. Er hielt einen Revolver in der Hand. »Raus, Doc!«

Langsam stieg Judd aus, hinter ihm DeMarco. Brodelnder Lärm und ein gewaltiger Luftdruck schlugen ihnen entgegen. Etwa zehn Meter vor ihnen lag eine riesige Pipeline, die mit vielen Atmosphären Druck alles ansog, was ihrem offenen, gierigen Schlund nahe kam.

»Das ist eine der größten Pipelines im Land«, sagte DeMarco stolz. Er mußte schreien, um sich verständlich zu machen. »Wollen Sie sehen, wie sie funktioniert?«

Judd starrte ihn an. DeMarco spielte wieder die Rolle

des perfekten Gastgebers. Nein, er spielte sie nicht. Es war echt, und das war das Erschreckende: DeMarco war im Begriff, einen Mann zu ermorden; doch für ihn war das nichts als ein Geschäft, etwas, das man mit derselben Gleichgültigkeit erledigt, mit der man ein nutzlos gewordenes Werkzeug wegwirft. Aber vorher mußte er sein Opfer noch beeindrucken.

»Kommen Sie, Doktor. Es ist wirklich interessant.«

Sie gingen auf die Pipeline zu. Angeli vorweg. DeMarco neben Judd, hinter ihnen Rocky Vaccaro.

»Diese Anlage bringt jährlich über fünf Millionen Dollar ein«, sagte DeMarco. »Sie arbeitet vollautomatisch.«

Je näher sie der Pipeline kamen, desto unerträglicher wurde der Lärm. Etwa hundert Meter vor dem Eingang zur Vakuumkammer transportierte ein riesiges Förderband gewaltige Hölzer zu einer etwa sieben Meter langen und zwei Meter hohen Schlichtmaschine mit einem halben Dutzend rasiermesserscharfen Fräsköpfen. Die zerschnittenen Hölzer wurden weitergeleitet zu einem Rührwerk, einem stachelschweinähnlichen, mit blitzenden Messern bestückten Rotor. Hobelspäne und Sägemehl wirbelten durch die Luft, mischten sich mit dem Regen und wurden von der Pipeline verschluckt.

»Es spielt keine Rolle, wie groß die Holzstämme sind«, sagte DeMarco. »Die Maschine zerkleinert alles, bis es in die Pipeline paßt.«

Er zog einen kurzläufigen .38 Colt aus der Tasche und rief: »Angeli!«

Angeli drehte sich um.

»Gute Reise nach Florida.« Er drückte ab. Ein rotes Loch explodierte in Angelis Hemd. Angelli starrte DeMarco mit einem dümmlichen Lächeln an, als warte er auf die Auflösung des Rätsels. DeMarco drückte noch einmal ab. Angeli sackte zusammen. DeMarco nickte Rocky Vaccaro kurz zu. Der bullige Mann hob den Toten auf und stapfte auf die Pipeline zu.

DeMarco drehte sich zu Judd um. »Angeli war ein Narr. Jeder Polizist im ganzen Land wird ihn jagen. Wenn sie ihn gefunden hätten, wären sie sofort bei mir gewesen.«

Der kaltblütige Mord an Angeli war ein Schock gewesen. Was jetzt kam, war noch schlimmer. In starrem Entsetzen sah Judd, wie Vaccaro Angelis Leiche zum Schlund der Pipeline schleppte. Der Sog packte die Leiche und schlürfte sie gierig an. Vaccaro mußte sich an einem Metallgriff festklammern, um nicht selbst von diesem tödlichen Zyklon fortgerissen zu werden. Judd sah nur noch, wie Angelis Körper durch einen Wirbel von Sägemehl und Staub geschleudert wurde. Dann war er verschwunden. Vaccaro griff nach einem Schalter neben dem offenen Maul der Pipeline und drehte daran. Ein Deckel glitt über die Öffnung und verschloß sie. Die plötzliche Stille war betäubend.

DeMarco sah Judd an und hob den Colt. Auf seinem Gesicht lag ein verrückter, trancehafter Ausdruck.

Judd begriff, daß Mord für diesen Mann eine Art sakraler Handlung war, ein Akt der Befriedigung. Judd wußte, daß seine letzte Stunde gekommen war. Er empfand keine Furcht, nur Wut darüber, daß dieser Mann weiterleben durfte, um Anne zu ermorden, um andere unschuldige, anständige Wesen zu vernichten. Er stöhnte auf. Er fühlte sich wie ein gefangenes Tier in einer Falle, geschüttelt von Haß und dem Vergangenen, diesen Menschen zu töten.

DeMarco hatte seine Gedanken erraten und lächelte zynisch. »Ich werde Ihnen einen Bauchschuß verpassen. Damit Sie ein bißchen mehr Zeit haben, sich Sorgen um Anne zu machen.«

Es gab eine Hoffnung. Eine winzige, verzweifelte Hoffnung.

»Einer muß sich ja um sie sorgen«, sagte Judd. »Einen Mann hat sie schließlich nie gehabt.«

DeMarco sah ihn verständnislos an. Sein Gesicht war leer.

Judd begann zu schreien, um DeMarco zu zwingen, ihm zuzuhören. »Wissen Sie, was Ihr Schwanz ist? Die

Kanone in Ihrer Hand. Ohne Colt oder Messer sind Sie ein Waschweib!«

DeMarcos Augen weiteten sich und füllten sich mit Haß.

»Sie haben keinen Schwanz und keine Eier, DeMarco. Ohne Ihren Colt sind Sie eine Witzfigur.«

Ein roter Film überzog DeMarcos Augen. Vaccaro machte einen Schritt vorwärts. Aber DeMarco winkte ab.

»Ich werde Sie mit bloßen Händen umbringen«, zischte er heiser. Er warf seine Waffe zu Boden. »Mit diesen Händen!« Langsam kam er näher.

Judd wich zurück. Er wußte, daß er körperlich schwächer war als DeMarco. Seine einzige Chance lag darin, DeMarco psychisch anzugreifen und seinen Verstand zu blockieren. Er mußte ihn immer wieder an seinem wunden Punkt treffen – in seinem Stolz auf seine Männlichkeit und Stärke. »Sie sind eine Tunte, DeMarco!«

DeMarco stöhnte und wollte Judd anspringen. Doch Judd wich seitwärts nach hinten aus.

Vaccaro hob den Colt vom Boden auf. »Boss! Lassen Sie mich das machen!«

»Halt dich raus!« brüllte DeMarco.

Die beiden Männer umkreisten einander wie Boxer im Ring. Judd rutschte auf dem nassen Sägemehl aus und verlor die Balance. DeMarco ging auf ihn los wie ein Stier, seine Faust traf Judd am Mund. Er prallte zurück, fing sich und hieb DeMarco einen Schwinger aufs rechte Ohr. DeMarco schwankte einen Augenblick. Dann stieß er vor und rammte Judd die Fäuste in den Magen; drei harte Schläge, die ihm den Atem nahmen. Er wollte sprechen, um DeMarco zu reizen, aber er bekam keine Luft. DeMarco lauerte vor ihm mit gehobenen Fäusten.

»Keine Luft mehr, was?« höhnte er. »Ich war mal Boxer. Ich werde Ihnen die Nieren zermatschen und den Kopf und die Eier. Ich werde Ihnen die Augen ausreißen, Doktor. Bevor ich mit Ihnen fertig bin, werden Sie betteln und winseln, daß ich Sie erschieße.«

Judd glaubte es ihm. In dem gespenstischen Licht des

wolkenverhangenen Nachmittags sah DeMarco aus wie ein rasendes Tier. Er traf Judd wieder ins Gesicht und riß ihm mit seinem schweren Ring die Wange auf. Judd trommelte mit beiden Fäusten gegen DeMarcos Kopf, aber der zuckte nicht einmal. Immer wieder schlug er Judd in die Nieren, seine Fäuste arbeiteten wie Kolben. Judd wankte. Sein Körper war ein Meer von Schmerzen.

»Sie sind doch nicht müde, Doktor?« Er rammte ihm erneut eine Faust in den Magen. Judd fühlte, daß sein Körper nicht mehr viel einstecken konnte. Er mußte weitersprechen. Er war seine einzige Chance.

»DeMarco...«, japste er.

DeMarco tänzelte, und Judd holte zu einem Schwinger aus. DeMarco duckte sich weg, lachte und stieß Judd das rechte Knie mit aller Wucht zwischen die Beine. Judd sackte vornüber, von einem grausamen Schmerz überwältigt, und ging zu Boden. Sofort war DeMarco über ihm, die Hände an seiner Kehle.

»Mit bloßen Händen!« schrie er. »Ich werde dir mit bloßen Händen die Augen ausreißen!« Er bohrte Judd die Daumen in die Augenhöhlen.

In rasendem Tempo schossen sie auf der Route 206 an Bedminster vorbei, als es im Radio zu knattern begann. »Code drei... Code drei... Alle Wagen Achtung... New York Unit 27... New York Unit 27...«

McGreavy schnappte sich das Mikrofon. »New York Unit 27... Bitte kommen...«

Captain Bertellis Stimme kam aus dem Lautsprecher.

»Wir haben es, Mac. Zwei Meilen südlich von Millstone liegt die New Jersey Pipeline Company. Sie gehört der Five Star Corporation... Die gleiche Gesellschaft, der die Fleischfabrik gehört. Das ist einer der Tarnfirmen von Tony DeMarco.«

»Könnte genau hinhauen«, sagte McGreavy. »Wir fahren hin.«

»Wie weit habt ihr's noch?«

»Zehn Meilen.«

»Viel Glück.«

»Können wir brauchen.« McGreavy knipste den Empfänger aus, schaltete die Sirene ein und trat das Gaspedal ganz durch.

Der Himmel drehte sich in roten Kreisen über ihm. Hämmer droschen auf ihn ein und zerrissen seinen Körper. Er konnte nichts mehr sehen. Seine Augen waren zugewachsen. Eine Fußspitze krachte gegen seine Rippen. Er fühlte, wie Knochen spitternd brachen. DeMarcos heißer Atem schlug ihm in kurzen, erregten Stößen ins Gesicht. Er machte den Mund auf und zwang mit letzter Anstrengung Worte über seine dicke, geschwollene Zunge. »Ich... hatte... recht«, keuchte er. »Sie können... Sie können... einen Mann... nur schlagen, wenn er... am Boden... liegt...«

Der heiße Atem über seinem Gesicht stockte. Er fühlte, wie zwei Arme ihn packten und hochrissen.

»Sie sind ein toter Mann, Doktor. Und ich habe es mit bloßen Händen geschafft.«

Judd wich vor dieser Stimme zurück. »Sie sind... sind ein T-tier«, japste er, nach Luft ringend. »Ein Psychopath... Sie gehören in eine Irrenanstalt.«

»Sie Lügner!« DeMarcos Stimme war wutverzerrt.

»Es ist... wahr.« Judd wich weiter zurück. »Sie sind... krank... Sie werden... durchdrehen... Sie werden wie ein... idiotisches Kind.« Er machte wieder einen Schritt zurück, er wußte nicht, wohin er trat. Hinter sich hörte er das Geräusch der abgedeckten Pipeline. Ein wartender, schlafender Riese.

DeMarcos Fäuste schlossen sich um Judds Kehle. »Ich werde dir den Hals umdrehen!« Seine Hände drückten ihm die Luftröhre zu.

Judd verlor langsam das Bewußtsein. Sein Instinkt schrie ihm zu, DeMarcos Hände von seinem Hals wegzureißen, damit er wieder atmen konnte. Doch mit letzter, übermenschlicher Willensanstrengung streckte er die Hände hinter seinem Rücken aus und suchte den Verschluß der Pipeline. Er fühlte, wie ihm die Sinne schwanden, und in diesem Moment fanden seine Hände den Schalter. Mit letzter Kraft drehte er ihn und warf seinen Körper herum, so daß DeMarco der Öffnung näher war als er selbst. Der mächtige Sog packte sie beide und zog sie in den Luftwirbel. Mit beiden Händen krallte Judd sich an der Verschlußkappe fest und wehrte sich gegen die zyklonische Wut des Luftstroms. Er fühlte, wie De Marcos Finger sich in seinen Hals bohrten, während er auf die Öffnung zugerissen wurde. Der Mann hätte sich retten können, aber in seiner sinnlosen Wut wollte er Judd nicht loslassen. Judd konnte sein Gesicht nicht sehen, er hörte nur die Stimme: Ein wahnsinniger, tierischer Aufschrei, der sich mit dem Brausen des Luftstroms vermischte.

Judds Finger drohten von der Klappe abzurutschen. Er stöhnte auf, und in diesem Augenblick lösten sich De Marcos Hände von seinem Hals. Noch einmal hörte er diesen animalischen Aufschrei, dann nur noch das Röhren der Pipeline. DeMarco war verschwunden.

Zu Tode erschöpft, unfähig, sich zu bewegen, kraftlos stand Judd da und wartete auf den Schuß von Vaccaro.

Sekunden später fiel der Schuß.

Er wunderte sich, daß Vaccaro ihn verfehlt hatte. Durch dumpfe Schleier von Schmerzen hörte er weitere Schüsse, schnelle Schritte, die näher kamen. Sein Name wurde gerufen. Dann legten sich feste Arme um ihn, zogen ihn von der Pipeline weg, und McGreavys Stimme sagte: »Um Gottes willen! Wie sieht der aus!«

Etwas Nasses lief ihm über das Gesicht. Er wußte nicht, ob es Blut oder Regen oder Tränen waren. Es war ihm egal. – Und es war vorbei.

Mühsam machte er ein verquollenes Auge einen Spalt weit auf. Er erkannte McGreavy. »Anne ist zu Hause«, sagte er. »DeMarcos Frau. Wir müssen zu ihr.«

McGreavy sah ihn verständnislos an, rührte sich nicht, und Judd ahnte, daß kein Laut aus seiner Kehle gekommen war. Er hob den Mund an McGreavys Ohr und sagte langsam, in heiserem Krächzen: »Anne DeMarco... zu Hause... Helfen...«

McGreavy lief zu seinem Wagen, nahm das Mikrofon und gab seine Anweisungen. Judd blieb schwankend stehen und ließ den eisigen, beißend kalten Wind über sein geschundenes Gesicht streichen. Vor ihm auf dem Boden lag jemand. Er wußte, daß es Rocky Vaccaro war.

Gewonnen, dachte er. Wir haben gewonnen. Immer wieder sagte er in Gedanken diesen Satz auf. Doch noch während er ihn dachte, bedeutete es ihm nichts. Was war das für ein Sieg? Er hatte sich für einen anständigen, zivilisierten Menschen gehalten, einen Arzt, einen Heiler... Und er hatte sich in ein wildes Tier verwandelt, mit der Lust zu töten. Er hatte einen kranken Mann bewußt bis zum Wahnsinn gereizt und ihn dann ermordet. Es war eine entsetzliche Gewissenslast, mit der er für den Rest seiner Tage leben mußte. Er konnte sich zwar einreden, es sei Notwehr gewesen, aber er wußte, daß er es genossen hatte. Er war nicht besser als DeMarco oder die Vaccaros oder ein anderer Verbrecher. Die Zivilisation war eine dünne Lackschicht, und wenn sie zerbrach, wurde der Mensch wieder zum Tier und fiel zurück in die Abgründe der Vorzeit, die überwunden zu haben er so stolz war.

Er war zu erschöpft, um weiter darüber nachzudenken. Er wollte jetzt nur noch wissen, ob Anne in Sicherheit war.

McGreavy kam zurück. »Ein Polizeiwagen ist unterwegs zu ihrem Haus, Dr. Stevens. Sind Sie beruhigt?« Es klang merkwürdig sanft.

Judd nickte.

McGreavy nahm seinen Arm und führte ihn zum Wagen. Während er langsam die wenigen Schritte machte, merkte er, daß es nicht mehr regnete. Fern am Horizont waren die dunklen Wolken vom rauhen Dezemberwind vertrieben worden. Der Himmel klarte auf. Die Sonne kämpfte sich allmählich durch die Wolken, es wurde heller. Es würde ein schöner Weihnachtstag werden.

*